La vieille laide

-2-

LUCY-FRANCE DUTREMBLE

La vieille laide

- 2 -

Tome 2
Le chemin des aveux
(deuxième partie)
suivi de
Tome 3
De Marie-Anne à Anne-Marie

Guy Saint-Jean ÉDITEUR

Guy Saint-Jean Éditeur
4490, rue Garand
Laval (Québec), Canada, H7L 5Z6
450 663-1777
info@saint-jeanediteur.com
saint-jeanediteur.com

• • • • • • • • • • • •

Données de catalogage avant publication disponibles à Bibliothèque et Archives nationales du Québec et à Bibliothèque et Archives Canada

• • • • • • • • • • • •

Nous reconnaissons l'aide financière du gouvernement du Canada par l'entremise du Fonds du livre du Canada (FLC) ainsi que celle de la SODEC pour nos activités d'édition. Nous remercions le Conseil des Arts du Canada de l'aide accordée à notre programme de publication.

Gouvernement du Québec — Programme de crédit d'impôt pour l'édition de livres — Gestion SODEC

Cette édition est une compilation intégrale d'une partie de *La vieille laide, tome 2 : Le chemin des aveux*, publié originalement en 2009 et de *La vieille laide, tome 3 : De Marie-Anne à Anne-Marie*, publié originalement en 2010.

Infographie : Olivier Lasser
Correction d'épreuves : Audrey Faille
Photo de la page couverture : iStock/stevecoleimages
Dépôt légal — Bibliothèque et Archives nationales du Québec, Bibliothèque et Archives Canada, 2016

ISBN : 978-2-89758-144-2

Imprimé et relié au Canada
3ᵉ impression : décembre 2018

Guy Saint-Jean Éditeur est membre de
l'Association nationale des éditeurs de livres (ANEL).

Tome 2
(deuxième partie)

Chapitre 16

La petite maison bleue

Charles et Anne-Marie prirent la route pour Louiseville la semaine suivante pour rencontrer le curé Salois de l'église Saint-Antoine-de-Padoue. Ce dernier reconnut Charles et les invita à s'installer dans les fauteuils de son cabinet.

— Je suis heureux que vous ayez découvert le nom de vos parents biologiques, monsieur Jolicœur. Bonjour, je suis ravi de vous rencontrer, madame Jolicœur...

— De même, mon père. J'espère que Charles trouvera des réponses à ses questions.

— Je vais faire ce que je peux, ma fille... Vous savez comme moi que ce sont les livres qui vont parler. Si, naturellement... ils ont quelque chose à nous raconter.

— Je comprends.

— Donc, monsieur Jolicœur, reprit le père Salois, vous connaissez le nom de votre mère et celui de vos grands-parents ?

— Oui, mon père. Et si je suis devant vous aujourd'hui, c'est que je voudrais retrouver mon frère jumeau.

— Vous avez un frère jumeau ?

— Oui. Il aurait été adopté ici, à Louiseville, à sa naissance.

— Si vous voulez, nous allons débuter par le nom de votre mère et celui de vos grands-parents.

— D'accord. Mes grands-parents se nommaient Aristide et Gervaise Gagnon et ma mère portait le prénom de Christiane. Ils ont été inhumés au cimetière de Sainte-Ursule. Je pense que leurs funérailles ont été célébrées ici avant qu'ils soient transportés dans leur dernier domaine pour le grand repos.

— D'accord, je vais vérifier dans les registres de l'église si les funérailles ont été célébrées ici à l'église Saint-Antoine-de-Padoue. Si vous voulez bien m'attendre un moment…

— D'accord, répondit Charles.

Le curé revint après quinze minutes qui, pour Charles, avaient semblé durer deux longues heures.

— Bon…, soupira le prélat. Je suis désolé de vous apprendre que dans les registres de l'église, aucun nom ne correspond à celui de vos grands-parents ou de votre mère biologique.

Charles eut une grande déception.

— Par contre…

— Oui, mon père ?

— J'ai un baptistère au nom de Christian Laforge, qui aurait été baptisé la même journée que vous, mais à deux heures de l'après-midi. Si je parcours votre acte de naissance… Charles Jolicœur aurait été baptisé à quinze heures.

— C'est lui, mon père !

— En êtes-vous certain, monsieur Jolicœur ?

— Le docteur Lefebvre m'a dit qu'il avait été adopté par des Laforge !

— Donc, vous avez croisé votre frère pour la dernière fois dans cette église le jour de votre baptême.

— Je n'en reviens pas, Anne-Marie !

— Calme-toi, Charles, tu vas faire une syncope, sainte mère ! Je suis si heureuse pour toi, mon chéri...

— Y a-t-il des citoyens qui portent le nom de Laforge dans votre paroisse, mon père ?

— Ouf ! Attendez-moi un instant, je vais vérifier...

— Merci de vous donner ce mal pour nous, monsieur le curé.

— Mon rôle est de vous aider, monsieur Jolicœur. Si je peux vous donner la joie de rencontrer votre frère, j'en serai doublement récompensé.

L'ecclésiastique réintégra le bureau du presbytère avec un air perplexe et Charles en fut ébranlé.

— Il n'y a pas de Laforge, mon père ?

— Pauvre Charles... vous avez l'air inquiet. Il y a un paroissien du nom de Laforge à Louiseville. Je n'ai pas cru bon d'apporter le document, j'ai mémorisé l'adresse civique.

— Oui ?

— Euh... Il porte le prénom de Christian et il demeure sur la rue Lemay, ici, à Louiseville.

— Hein ? Dites-moi que je rêve ! Tu as entendu, Anne-Marie ?

***

Sur la rue Lemay, une jolie maison bleue âgée d'une centaine d'années projetait l'image d'avoir durement traversé les saisons hivernales. Sur la petite galerie écaillée, une pelle fendillée, un sac de sel et une jardinière dénudée étaient adossés sous une fenêtre. Charles et Anne-Marie étaient demeurés dans la voiture.

Pourquoi déranger des gens tranquilles si c'était pour perturber leur vie ? Christian Laforge vivait-il en solitaire ou avait-il une épouse et un, deux ou trois enfants ? Christian Laforge, maintenant âgé de cinquante-trois ans, avait-il traversé ces années dans la joie ou dans la peine ? Sa santé était-elle appréciable et accompagnée d'une attitude positive ? Voilà les questions que Charles ne s'était pas posées avant de se rendre sur la rue Lemay. Juste avant d'arriver devant cette maison, son cœur était empreint d'émotions et maintenant, l'inquiétude venait de prendre le dessus. Si Christian n'était pas au courant de son adoption, comment lui expliquer que leur mère n'avait que dix-sept ans et qu'elle était décédée à leur naissance ?

***

Le silence enveloppait la petite maison centenaire. Les cloches de la chapelle venaient de sonner. Le mieux pour les deux frères serait-il de continuer à vivre à l'écart l'un de l'autre ? Non, car pour Charles, il ne lui resterait dans ce cas qu'à se monter continuellement des scénarios. « Si on se retrouve, la rencontre va être aussi belle qu'une ascension vers le ciel ou bien elle sera comme une descente aux enfers... » Le temps où les deux frères auraient pu grandir ensemble était bien loin.

— Tu ne veux plus y aller, Charles ?

— Je ne le sais plus. S'il m'envoyait promener, comme on dit ? Est-il un homme mauvais, alcoolique ou bien très malade ?

— Si tu ne fais pas les premiers pas, ce n'est pas lui qui va les faire s'il ne sait rien de sa vie. Ses parents biologiques sont des Laforge et ils lui ont peut-être caché ses racines depuis sa naissance. Je ne peux pas décider pour toi, Charles, mais tu n'es pas pour retourner à Contrecœur et enterrer tout ce que tu viens de découvrir. Un jour prochain, si tu ressens le besoin de revenir à Louiseville, je ne te souhaite pas de te retrouver sur la pierre tombale des Laforge pour réciter un dernier adieu à ton frère jumeau que tu n'auras pas connu. Regarde, Charles !

— Quoi ?

— Le rideau a bougé ! Il y a quelqu'un dans la maison !

— Ouf ! Le cœur va me sauter, Anne-Marie !

— Non, mon chéri... Tu vois dans la fenêtre, à droite ?

— Oui, c'est un chien... On dirait le jumeau de Charlemagne ! Drôle de coïncidence, il est brun comme notre gros pitou ! Je n'en reviens pas !

— Tu sais, mon chéri, que les jumeaux peuvent avoir les mêmes envies et aussi, qu'ils ne font qu'une seule personne parfois... Si l'un des deux se blesse, l'autre peut ressentir aussi la douleur, même s'il se trouve à l'autre bout du monde.

— Mon Dieu !

— Quoi, Charles ?

— Une voiture vient de se stationner dans l'entrée !

— C'est qui ?

— Attends… Je vois une femme.

— Une jeune femme ?

— Oui, elle a ton âge.

— Comme tu es flatteur, mon amour ! Donc, il est marié.

— Je ne sais pas, Anne-Marie… C'est peut-être une vendeuse de produits Avon ou bien une cousine du côté des Laforge…

Pendant qu'Anne-Marie et Charles discutaient dans la voiture, un homme était sorti de la maison pour s'approcher de leur véhicule et doucement, il avait donné trois petits coups sur le pare-brise.

— Mon Dieu ! s'écria Anne-Marie.

— Je vais mourir ! répliqua Charles.

L'homme, le regard imprégné de larmes, souriait. Charles sortit de sa voiture en tremblotant et se dirigea vers son frère, son frère identique.

— Bonjour, Charles… Tu sais que je t'attendais ?

— Dieu du ciel ! Un miroir !

— Ce miroir te renvoie une image magique, Charles. Je suis ton petit frère. Depuis un demi-siècle qu'on était séparés. On a été collés l'un sur l'autre dans le sein de notre mère Christiane et on s'est séparés le vingt-six décembre 1943.

— Tu es au courant de tout ce qui s'est passé depuis notre naissance ?

— Non, Charles. Ma mère me l'a appris le soir du vingt-cinq février. Elle est décédée dans la nuit du vingt-six. À ce que je vois, notre grand-mère Gervaise et notre grand-père Aristide avaient fait un choix censé en choisissant nos familles adoptives. Par contre, le jour de notre adoption, la Providence aurait pu faire qu'on soit adoptés par les mêmes gens.

Quand Charles reprit la parole pour lui dévoiler qu'il avait reçu l'amour de sa mère Madeleine, mais que son père avait été pour lui comme un étranger et qu'il n'avait en rien la fibre paternelle, le chagrin l'emporta, Christian lui ouvrit ses bras. Anne-Marie pleurait à chaudes larmes dans la voiture.

— Cette jolie dame est ton épouse, Charles ?

— Oui… Et avant qu'elle devienne mon épouse, elle était ma sœur. Mais pas ma vraie sœur…

— Je ne comprends pas…

— Je vais t'expliquer, Christian. Tu es mon frère et tu ne peux pas savoir le remue-ménage qu'il y a dans mon cœur en ce moment. Viens, mon cœur… Je vais te présenter ton beau-frère.

Anne-Marie tremblait à voir devant elle la copie conforme de son mari. Tout ce qui le différenciait de Charles était qu'il portait des verres et que ses cheveux bruns, parsemés de fils dorés, étaient coiffés différemment.

— Heureux de te rencontrer, Anne-Marie… Viens dans mes bras.

Anne-Marie frissonnait. Christian était identique à Charles.

— Tu es marié ? lui demanda Charles.

— Oui, ma douce épouse se prénomme Isabelle et on a une fille de vingt ans, Jessica. Elle est née un jour de mars, le douze.

— Voyons ! s'écria Anne-Marie. Notre fille Mélanie est née le douze mars et elle est âgée de vingt ans !

— Tu es surprise ? lui dit Christian. Tu vas te rendre compte que les jumeaux, même ceux qui ne se sont pas croisés, tout au long de leur vie suivent parallèlement le même chemin sans le savoir...

— Je n'en reviens pas, Charles ! Mélanie a une petite cousine du même âge qu'elle...

— Oui, mon amour. Est-ce que vous vous êtes mariés en avril ?

— Ha ! ha ! Non, Charles, on s'est mariés en 87, un jour de mai. Est-ce que vous entrez ? Je vais vous présenter Isabelle.

— Bien sûr ! répondit Charles.

— Voilà une journée exceptionnelle, reprit Christian, et pour rien au monde je ne voudrais qu'elle se termine. On a cinquante ans à rattraper !

Dans la modeste maison fraîchement repeinte, un salon habité de meubles dépareillés, une cuisine égayée de couleurs vives et deux petites chambres suffisaient à rendre ces gens heureux. Isabelle avait étreint tendrement ses invités et leur avait offert une liqueur d'orange mariée à du cognac.

Isabelle était très jolie. Elle était vêtue d'un jean et d'un col roulé bleu pastel et ses cheveux étaient dissimulés sous un petit foulard de soie de couleur maïs. Pouvait-on présumer qu'elle était blonde, vu la teinte de ses sourcils châtains ?

La conversation se déroula au cœur des années passées : l'enfance de Charles, la rencontre d'Anne-Marie, les lettres et la naissance de Mélanie. Christian leur narra aussi son enfance auprès de ses parents adoptifs, Olivette et Armand Laforge.

— Oui, je suis allé voir la tombe de ma mère... de *notre* mère Christiane, et celle de nos grands-parents... avec Isabelle.

— C'est pour cette raison que la dalle de granit venait d'être déneigée quand j'y suis allé?

— Non. Quand je suis allé au cimetière, la plaque de notre mère avait déjà été déneigée. Je me suis demandé quelle était la personne qui la connaissait assez bien pour aller lui rendre visite et la dégager de la dernière chute de neige.

— Ah, bizarre... Est-ce que tu es à la retraite, Christian?

— Je n'ai pas encore pris ma retraite. J'aimerais bien me la couler douce, comme on dit, mais ce ne sera pas ces jours-ci.

— Tout comme moi. L'école où j'enseigne ne peut pas se passer de moi.

— Ce n'est pas vrai? Je suis professeur, moi aussi!

— Non!

— Bien oui, j'enseigne à l'école Jean XXIII sur l'avenue Saint-Jacques, ici même à Louiseville! Quand ma mère adoptive est décédée, j'ai compris pourquoi je n'étais pas allé à la petite école de Louiseville durant mon enfance. Cette dernière ne souhaitait pas qu'on se retrouve sur les mêmes bancs d'école. Je suis allé à l'école primaire de Sainte-Ursule.

— Tu ne pouvais pas te rendre à Sainte-Ursule à pied!

— Mon père était concierge dans cette école et il m'y emmenait tous les matins.

— Tout s'éclaire maintenant... Où as-tu étudié pour devenir professeur, Christian ? Moi, j'ai étudié à Trois-Rivières.

— Je voulais aller étudier à Trois-Rivières, moi aussi. Mes parents ont décidé de m'envoyer à Drummondville.

— Je vois... Et ils ne voulaient pas qu'on se croise à l'école secondaire de Trois-Rivières... Je comprends maintenant.

— Je n'en reviens pas ! reprit Anne-Marie. Toi, Isabelle, est-ce que tu serais bibliothécaire comme moi ?

— Non... Hi ! hi ! Je suis infirmière auxiliaire à l'hôpital Comtois.

— Ah oui ? Depuis combien d'années ?

— J'y travaillais depuis trente-deux ans. J'ai dû prendre un congé prolongé. Euh... J'ai été atteinte d'un cancer l'an dernier et présentement je suis en chimiothérapie à l'hôpital Notre-Dame de Montréal, ce qui me prend tout mon temps et tous mes loisirs.

— Ah non !

— Eh oui ! Un cancer du pancréas. Pour l'instant, le diagnostic est rassurant et si tout se déroule bien, je devrais avoir terminé mes traitements dans deux mois.

— C'est pour cette raison que tu portes un...

— ...un foulard ? Oui. J'ai perdu mes cheveux bruns.

— Oh... Je ne sais vraiment pas quoi te dire, Isabelle !

— Il ne faut pas être triste, Anne-Marie. Mon moral est positif et je suis certaine de vivre encore cent ans auprès de Christian et de ma petite puce, Jessica.

— Comme c'est magique ! Moi aussi, je surnomme Mélanie ma petite puce ! Où est-elle, Jessica, en ce moment ?

— J'aurais aimé vous la présenter, mais elle est demeurée à Montréal ce week-end. Elle étudie en théâtre.

— Wow ! Une actrice !

— Elle rêve de jouer de grands rôles dans une pièce de Shakespeare ou dans *Les belles-sœurs* de Michel Tremblay. Elle voudrait aussi toucher le milieu de la télévision et interpréter des personnages dans les téléromans. Qui sait, peut-être aura-t-elle le talent pour faire les deux...

— On pourrait voir une photo de Jessica, Isabelle ?

— Bien sûr !

Isabelle se dirigea vers la chambre de sa fille.

— Est-ce que je rêve ? demanda Charles à son frère Christian.

— Non, je peux également vous avouer que mon Isabelle n'est pas sortie du bois, comme on dit ! Pauvre petite fleur... elle a un moral d'acier et elle veut se battre jusqu'à la fin.

— Jusqu'à la fin ? demanda Anne-Marie.

— Isabelle sait qu'il n'y a pas d'espoir de survivre à ce cancer et elle refuse de baisser les bras.

Isabelle revint dans la cuisine munie d'un album contenant des photos de famille.

— Elle est jolie, votre fille ! s'exclama Charles. Une vraie princesse !

— La copie de sa mère, reprit Christian. Aussi, je peux t'avouer qu'elle a les traits de sa grand-mère Christiane... notre mère.

— Tu as conservé des photos de notre mère ?

— J'ai deux photos d'elle, Charles. Ma mère adoptive me les a remises juste avant de mourir en me disant: «Je suis certaine que tu vas retrouver ton frère jumeau... À quel moment de ta vie ? Dieu seul en connaît le secret.» Le jour de notre adoption, Gervaise Gagnon, notre grand-mère maternelle, lui a donné ces deux photos pour qu'elles se retrouvent entre nos mains.

— Oh... Je peux la voir ?

— Oui, je l'ai conservée dans mon portefeuille. Tiens, la voilà. Elle avait seize ans.

Charles n'en croyait pas ses yeux. Sur la photographie noir et blanc, une jeune fille de seize ans aux cheveux bouclés semblant être blonds, vu la pâleur de sa coiffure, était vêtue d'une robe longue incrustée de reliefs floraux. Ses yeux scintillaient comme des pierres précieuses tellement ses prunelles brillaient sous son ombrelle de soie.

Anne-Marie était muette devant ces deux hommes. Si Christian n'avait pas porté des verres et s'il avait été habillé des mêmes vêtements que Charles, elle n'aurait pu deviner qui était qui. Pourquoi Madeleine n'avait-elle pas divulgué l'existence de son frère jumeau dans sa lettre ? Si celle-ci en avait été informée, Delphis aurait peut-être accepté d'adopter les deux frères...

— Il va falloir qu'on y aille, Charles... On a dit à mon oncle Albert qu'on irait le visiter.

— Oui, mon cœur.

— Vous avez un oncle qui demeure ici, à Louiseville ?

— Oui, Christian. L'oncle d'Anne-Marie. Le frère de son père Delphis.

— Celui qui a été ton supposé père biologique ? reprit Isabelle en jetant un regard à Charles.

— Eh oui ! Et si je n'avais pas connu ce Delphis, ma vie aurait été parfaite.

— Il se montrait si dur avec toi ? lui demanda Isabelle.

— Très dur, reprit Charles. Je vais vous raconter ma vie de petit gars, mais aujourd'hui, je n'ai pas envie d'entrer dans la monotonie de mon enfance. Le moment que je vis est précieux et je veux le garder à tout jamais dans ma mémoire. Vous allez nous faire le plaisir de venir nous voir à Contrecœur avec Jessica ?

— Promis, Charles. Quand Isabelle aura terminé ses traitements de chimiothérapie à Montréal et qu'elle aura retrouvé ses forces, on vous rendra visite.

— Oui, Christian, ajouta Isabelle. On vous en fait la promesse. On vient de vous retrouver et on va continuer notre route ensemble.

— Oui, conclut Christian. On est une vraie famille et on va suivre le chemin des jours heureux. Et à l'instant même, au paradis, il y a une jeune fille du nom de Christiane qui soupire de joie sur son nuage.

Chapitre 17

Je l'aimais tellement

Albert Jolicœur tirait les rideaux de velours de sa fenêtre de salon toutes les cinq minutes dans le but de distinguer une voiture noire. Aujourd'hui, ce dernier avait parcouru les livres de recettes de sa défunte femme, Marie-Anna. Il avait réussi à mitonner un bœuf Stroganoff et à sa grande surprise, le fumet qui jadis se répandait dans la maisonnée était revenu hanter son passé.

— Mmm… Quelle odeur, Marie-Anna! Tu m'as cuisiné mon plat préféré ?

— Tu as bien deviné, mon mari.

— Déjà 1962! C'est le premier repas que tu m'avais préparé le lendemain de nos noces…

— Oui. Le vingt-trois avril 1945. Ta mère Bernadette et ton père Bertrand étaient venus souper ce soir-là. Comme le temps a passé !

— En effet, Marie-Anna. Mon père est décédé de la polio l'année d'après, en 46, et en 48, ma mère nous léguait cette maison pour emménager à Trois-Rivières.

— Elle demeure dans une jolie petite maison, à Trois-Rivières, on dirait...

— Une petite chaumière. Je ne comprends pas pourquoi elle a laissé Louiseville pour s'installer à Trois-Rivières.

— Voyons, Albert... elle te manque à ce point ? Elle se trouve à deux pas de nous !

— Oui, je sais, elle n'avait pas d'attache ici à Louiseville. Papa est mort et elle a coupé tous les liens avec Delphis.

— Et elle savait bien qu'en déménageant à Trois-Rivières, on irait la visiter régulièrement dans sa petite chaumière.

— Il le faut, Marie-Anna, il ne lui reste que nous ! Delphis, pour moi, il est mort et enterré depuis que mes parents lui ont annoncé que j'hériterais de leur terre agricole. Pauvre Delphis... s'il avait voulu agir en homme, il n'aurait pas eu besoin de s'acheter un terrain pour nous prouver qu'il pouvait devenir cultivateur. Je ne connais même pas sa femme Madeleine.

— Tu n'as pas essayé de la connaître, Albert. Si tu passais dans le rang où ils habitent de temps en temps...

— Non, Marie-Anna ! Il serait assez fou pour sauter sur moi... Comme dans les années quarante !

— Pauvre femme... Je ne la connais pas et je ressens du chagrin pour elle. Un jour, on va se retrouver l'une en face de l'autre et je pourrai lui dire...

— Que lui diras-tu, Marie-Anna ?

— Je ne sais pas, Albert... Peut-être que je lui dirais que j'aurais aimé qu'elle soit ma belle-sœur. Cette femme doit gagner son ciel auprès de ton frère Delphis. Peut-être qu'ils ont des enfants...

— Ouf! Delphis est un homme ingrat. Ça me surprendrait qu'il ait entrepris de nourrir un ou deux enfants, comme on dit, et ma mère me l'aurait dit, aussi. À moins qu'elle ait gardé le secret avec elle...

— S'ils ont eu des enfants, on n'aura pas la chance de les connaître, Delphis et Madeleine ne se rendent jamais à la grande messe du dimanche matin à l'église Saint-Antoine. Je suis certaine que Madeleine représente la chrétienté. Elle doit réciter son chapelet à cœur de journée.

***

La Golf s'était immobilisée dans l'entrée à quatorze heures quinze. Albert avait accueilli ses invités à bras ouverts et les avait invités à passer au salon.

— Mmm... Quel arôme! Vous avez cuisiné, oncle Albert?

— J'ai sorti les vieux livres de recettes de Marie-Anna et je me suis initié à la cuisine... et je crois que j'ai réussi mon premier plat. Vous allez me faire le plaisir de souper avec moi?

— C'est tentant..., répondit Charles. On avait apporté une sauce à spaghetti maison, mais vous n'aurez qu'à la ranger au réfrigérateur...

— Mmm...

Le souper, accompagné d'un vin rouge, avait été délicieux. Albert Jolicœur avait pris soin de déposer deux bougies sur la nappe à carreaux. Celui-ci se voyait heureux d'avoir invité Charles et Anne-Marie pour ce repas familial qu'il espérait depuis des mois.

— C'était divin, oncle Albert !

— Merci, ma fille... Je suis heureux de vous voir ici avec moi à cette table. Je vous remercie de votre présence.

— Voyons, monsieur Jolicœur... Aimeriez-vous venir passer votre prochain Noël à Contrecœur ?

— Maudit que j'aimerais ça !

— Hi ! hi ! fit Anne-Marie. Je vais profiter de votre présence à la maison pour m'initier au bœuf Stroganoff...

— Tu veux célébrer le réveillon de Noël avec ce plat, Anne-Marie ?

— Non, mon oncle... Ce serait pour le repas du vingt-trois.

— Le vingt-trois ?

— Oui ! Vous ne vous présenterez pas à Contrecœur seulement le vingt-quatre au soir, j'espère... On espère bien pouvoir profiter de votre présence au moins trois jours ! Vous allez nous concocter ce bon petit plat et moi, je vais préparer le gâteau d'anniversaire de Charles pour la veille de Noël.

— Tu es né le vingt-quatre décembre, Charles ?

— Oui, acquiesça Anne-Marie avant que Charles ne réponde, et il fêtera ses cinquante-trois ans, mon amour...

— Comme le temps passe, reprit Charles. Si Dieu le veut, on pourra célébrer deux anniversaires en même temps. N'est-ce pas, mon cœur ?

— Toi aussi, Anne-Marie, tu es née le vingt-quatre décembre ? Ou bien c'est Mélanie ?

— Non, non ! Je suis née en octobre et Mélanie est née en mars, mon oncle...

— Je ne comprends pas !

— Charles a une nouvelle à vous annoncer, mon oncle…

— Oui, Charles ?

— Voilà, monsieur Jolicœur…

— Charles, est-ce que tu pourrais m'appeler mon oncle, comme Anne-Marie le fait, s'il te plaît ?

— Avec plaisir, mon oncle Albert ! Je n'osais pas…

— Et alors ? insista Albert.

— J'ai retrouvé mes racines, mon oncle !

— Ce n'est pas vrai ! Comme je suis heureux pour toi ! Raconte…

— Ouf ! Une longue histoire… Je commence immédiatement, sinon on va y passer la nuit. Voilà… Je vous avais déjà dit que je portais le nom de Christophe Gagnon et que j'étais né à Sainte-Ursule ?

— Oui, oui…

— J'ai rencontré le médecin qui a accouché ma mère.

— Il doit être âgé aujourd'hui…

— En effet, il a quatre-vingt-deux ans et il demeure à la résidence Ursula de Sainte-Ursule. Et je peux vous dire qu'il possède une mémoire phénoménale ! Je suis heureux d'avoir obtenu les renseignements concernant mes origines. Malheureusement, mes parents sont décédés.

— Comme c'est dommage, Charles… Comment se nomment-ils ? Même s'ils viennent de Sainte-Ursule, je les ai peut-être déjà croisés…

— Mes grands-parents se nommaient Aristide et Gervaise Gagnon. Et ma mère est décédée le vingt-quatre décembre 1943 en me donnant la vie. Elle se prénommait Christiane.

— Vous allez bien, mon oncle ? Vous êtes blanc comme un drap, sainte mère !

— Bien sûr, Anne-Marie… Le vin me joue des tours, des fois. Je prépare du café. Si vous voulez m'attendre… Je veux connaître l'histoire dans son entièreté.

Albert prépara le café et déposa un assortiment de biscuits dans une petite assiette qu'il plaça au centre de la table.

— Voilà, mes enfants… Un café chaud. Vous voulez du sucre ?

— Merci, on le prend noir tous les deux.

— Tout comme moi. Tu disais que tes grands-parents et ta mère étaient enterrés au cimetière de Sainte-Ursule, Charles ?

— Oui. J'y suis allé après avoir rencontré le docteur Lefebvre. Mon grand-père est mort en 1973 et ma grand-mère en 1988. Ma mère, Christiane, est décédée en 1943. La pauvre est morte à dix-sept ans en me donnant la vie.

— Voulez-vous vous étendre, oncle Albert ? lui demanda Anne-Marie. Est-ce que vous avez l'habitude de prendre du vin ?

— Oui, oui… J'en ai juste pris un petit peu trop. Le café va me remettre d'aplomb, ma fille. Je te remercie… Tu dois avoir eu tout un choc, Charles ?

— J'ai été soulagé, mon oncle ! Oui, ils sont décédés, mais je suis heureux de savoir qu'ils reposent en paix. Lorsque je suis venu pour déposer mes fleurs sur la petite pierre au pied de laquelle reposent mes grands-parents, où le nom de ma mère était inscrit, j'ai remarqué que la plaque était fraîchement déneigée. Je serais curieux de savoir qui peut bien la visiter…

— C'est moi, Charles, qui ai déneigé l'épitaphe de ta mère...

— Pardon ?

— Je l'aimais tellement...

Charles posa son regard sur Anne-Marie.

— Vous connaissiez ma mère, Albert ?

— Oui, Charles... Je l'ai connue en 1942 et je l'ai aimée comme un fou.

— Voyons, mon oncle, vous me faites une blague ?

— Je voudrais bien te dire que c'est une blague, Charles... J'ai aimé ta mère comme personne au monde. Quand elle m'a avoué qu'elle était tombée enceinte...

— Voyons, vous ! Vous me faites marcher ?

— Non, Charles... Laisse-moi continuer. Quand ta mère est tombée enceinte, elle a changé complètement. J'ai bien voulu la marier, mais elle a refusé ma demande et je ne l'ai pas revue. Ce que je savais, c'est qu'Aristide et Gervaise Gagnon la gardaient en secret dans la maison familiale. Et la pauvre petite n'en est ressortie que pour ses funérailles. J'ai appris son décès dans le feuillet paroissial de l'église de Sainte-Ursule. Je revois encore ses parents dans le banc qui leur avait été attitré par l'Église... Malheureusement, je n'ai revu Christiane qu'au salon mortuaire Gagnon, sur la rue Saint-Louis à Sainte-Ursule. Chut ! Charles... Laisse-moi terminer pendant que j'en suis encore capable... Dans sa tombe, ta mère ressemblait à une petite princesse avec sa robe de dentelle blanche...

— Sainte mère ! Vous êtes mon oncle et le père de Charles ! Charles, tu es mon cousin !

Les deux hommes se regardèrent, les yeux humides, et Charles posa sa main sur celle d'Albert, qui s'était mis à pleurer à chaudes larmes.

— Je te jure, Charles, que je ne savais rien !

— J'ai retrouvé mon père, mon cœur !

Anne-Marie pleurait.

— Tu m'en veux, Charles ?

— Non… Je pourrais t'en vouloir de ne pas avoir épousé ma mère, mais je suis heureux de t'avoir retrouvé. Merci d'avoir écrit une lettre à Anne-Marie pour l'informer des dernières volontés de notre grand-mère Bernadette, sinon on ne se serait probablement jamais rencontrés. Pendant plusieurs années, je n'ai eu aucun lien de parenté avec mamie Bibianne et aujourd'hui, j'apprends qu'elle était ma grand-mère paternelle et que Bertrand Jolicœur était mon grand-père. J'ai la tête comme dans un étau, moi !

— Vous êtes le grand-père de Mélanie, oncle Albert ! Vous êtes aussi le grand…

— Attends, Anne-Marie… J'ai une petite-fille ! s'exclama Albert Jolicœur en sanglotant.

Charles ne savait plus s'il devait continuer ou bien se taire pour éviter à nouveau de déchirer le cœur de son père.

— Je veux savoir, Charles. Que voulais-tu dire, Anne-Marie, tout à l'heure ?

— Elle voulait dire que, euh… vous êtes le grand-père de notre fille Mélanie et aussi… le grand-père de Jessica.

— Hein ? Qui est Jessica ?

— La fille de mon jumeau Christian… Ton autre fils.

— Dites-moi que je suis encore sur la terre ! Christiane est morte en mettant deux enfants au monde ?

— Oui, répondit Charles, et elle ne l'a jamais su... Quand le docteur est arrivé à son chevet pour l'accoucher, elle avait déjà rejoint le Bon Dieu dans son paradis.

— Oh non !

— Oui, mon onc... euh... papa... On peut remercier le docteur Lefebvre d'avoir travaillé pour nous sortir du sein de notre mère parce que Christian et moi, on reposerait à côté de notre mère au cimetière.

Albert reprit son souffle.

— Où demeurent-ils, mon autre fils et ma petite-fille Jessica ?

— Ils demeurent ici, à Louiseville, sur la rue Lemay. Il y a aussi la femme de Christian, qui se prénomme Isabelle...

— Pourtant, la ville de Louiseville est si petite ! J'aurais pu me retrouver face à face avec lui ! Christian te ressemble beaucoup, Charles ?

— Il est identique à Charles, oncle Albert ! Vous alliez à l'église de Sainte-Ursule le dimanche matin. La chance que vous vous retrouviez sur le même chemin que lui était mince...

— J'aurais pu le croiser dans le village...

— Non plus, répliqua Charles. Tu nous as dit que tu ne sortais pas de ton rang.

— C'est vrai que je suis sauvage. C'est le petit Gauvin qui fait mes commissions quand il va au village. Raconte-moi comment tu as retrouvé ton frère, Charles...

— Je vais te raconter. Mais avant, j'apprécierais si tu me parlais de ma mère...

— D'accord. Je l'aimais tellement! J'ai été heureux avec Marie-Anna. Elle a été une bonne compagne pour moi et je l'ai respectée durant toute sa vie sur terre...

— Mais tu n'avais pas pu oublier ma mère...

— En effet... Ta mère, je serais mort pour elle tellement elle me chavirait le cœur.

— Comment l'as-tu rencontrée ?

— J'étais parti livrer les bidons de lait au magasin général de Sainte-Ursule. Cette journée-là, mon père Bertrand, ton grand-père, se relevait d'une pneumonie. C'était au début du mois de mars 1943. Elle était avec sa mère quand j'y suis entré. Elle tenait dans ses mains un rouleau de tissu de dentelle ivoire. Elle demandait à sa mère de le lui acheter et lui faisait la promesse que si elle lui confectionnait sa robe dans ce tissu de princesse, elle ne la porterait que pour la fête de Noël.

— Oh..., reprit Anne-Marie. Elle l'a étrennée le jour de ses propres funérailles...

— Durant que sa mère faisait tailler le tissu sur le grand comptoir, moi, j'attendais que le tenancier, monsieur Cassegrain, me paie les bidons de lait. Je venais de les déposer à côté du présentoir, où il y avait une demi-douzaine de bocaux de bonbons multicolores. J'ai regardé Christiane, elle a tourné son visage vers moi. Je pensais qu'elle fixait les friandises. Cette jolie fille ne pouvait pas s'intéresser à un homme mal attriqué sortant directement d'une étable! Je la trouvais si attirante... J'avais quatre cents dans le fond de mes poches de salopette et je lui ai offert des lunes de miel dans un petit sac en papier brun. Elle a été touchée par mon geste. Elle m'a glissé à l'oreille: «J'espère que demain, c'est toi qui vas venir livrer les bidons de lait. Je vais t'attendre dehors. Je ne peux pas me rendre à Louiseville, je suis trop jeune. J'aimerais qu'on devienne des amis. Je m'ennuie ici à Sainte-Ursule... et les seules fois que je peux sortir, c'est pour me rendre à l'école. À l'école, les élèves sont jeunes et je n'ai pas d'amies de mon âge...»

«On s'est revus le lendemain matin. C'était un samedi. Et ce qui devait arriver est arrivé. En jasant, on a suivi un petit chemin qui menait à une cabane à sucre en arrière du magasin général. Le propriétaire était absent. Il était parti pour cueillir son eau d'érable, car à côté de la cabane bien réchauffée, on a vu des traces fraîches de traîneau. Comme deux jeunes jouant à la cachette, on est entrés dans la cabane et en riant aux éclats, on s'est embrassés. C'est à cet instant que j'ai oublié que Christiane n'était qu'une enfant...»

— Il n'y a pas de culpabilité dans votre roman d'amour! reprit Anne-Marie. Vous vous aimiez... Vous vous êtes aimés...

— Oui, Anne-Marie. Mais Christiane n'a pas voulu de moi par la suite. Si j'avais su, j'aurais tout fait pour vous prendre avec moi, Charles.

— Le destin en a décidé autrement... Par la suite, la providence t'a conduit vers Marie-Anna.

— Marie-Anna était une femme compréhensive... Elle ne posait aucune question lorsqu'elle voyait que mes pensées voyageaient dans un autre monde. Christian... va-t-il accepter de me rencontrer?

— Une chose à la fois si tu veux, Alb… papa. Tu vas commencer par te remettre de tes émotions. Moi, je vais communiquer avec lui et on organisera une rencontre. Il faudra que le moment soit bien choisi, à cause d'Isabelle…

— Il y a un problème avec sa femme, Charles ?

— Oui, la maladie. Elle souffre d'un cancer du pancréas.

— Non… Ce n'est pas vrai ?

— Elle suit des traitements de chimiothérapie à Montréal.

— Elle va mourir ?

— Il n'y a pas d'espoir pour elle… Et je suis triste pour Christian et Jessica.

— C'est injuste ! hurla Albert Jolicœur.

Chapitre 18

Madame Pauline

Malgré la chute de neige du douze mai, le ciel avait repris son teint d'azur et les nuages s'étaient envolés dans l'infini. *C'est le mois de Marie, c'est le mois le plus beau.* À Trois-Rivières comme à Saint-Hyacinthe, le moment de plier bagage approchait. Les cégépiens réintégreraient leur famille. Pour certains finissants, des petites vacances de quelques semaines seraient bien appréciées et pour d'autres, diplôme en main, il serait temps de partir à la recherche d'un tout premier emploi.

— T'es sérieux, Jean-Sébastien, tu veux t'installer définitivement à Trois-Rivières ?

— Oui, mon vieux. Mes parents vont défrayer le coût de mon appartement pour un an, le temps de me trouver un travail. Je n'ai pas bûché durant trois ans pour retourner travailler au salaire minimum dans un dépanneur ou bien dans un salon de quilles !

— T'as raison, mon chum. Et tu ne devrais avoir aucun problème à te trouver un emploi à Trois-Rivières.

— J'ai confiance, Ben. En plus, je vais avoir la possibilité de suivre mes cours en génie électronique les soirs de semaine. Le destin veut qu'on prenne un chemin différent, mon chum.

— En effet. Et moi, il va me rester encore treize semaines d'étude à l'Institut de police du Québec de Nicolet.

— Qu'est-ce que tu vas faire cet été, *dude* ?

— Je vais probablement travailler au IGA comme emballeur, si monsieur Côté veut bien me reprendre les week-ends... Et je vais...

— Tu vas aller faire ton tour régulièrement aux Promenades de Sorel au cas où tu croiserais Véronique ?

— Qu'est-ce que ça m'apporterait, Jean-Sébastien ? Je ne sais même pas si elle retourne à Sorel. Elle a peut-être pris la décision de demeurer à Chicoutimi. Tu sais, ce n'est pas à Contrecœur qu'elle va travailler comme garde forestier... Elle va s'exiler là où il y a de grandes forêts.

— Tu l'aimes encore, mon vieux ?

— Oui... Malheureusement, ce n'est pas réciproque.

— Tu vas l'oublier, Ben... avec le temps. Tu ne m'as pas dit que dans tes cours en techniques policières, quarante pour cent des étudiants étaient des filles ?

— Oui...

— Ouf ! Des belles grandes femmes... Tu n'as jamais croisé une femme qui a retenu ton attention pour que tu l'invites au moins pour un souper ?

— Non, J.-S. T'es en retard dans les nouvelles, mon vieux. Les filles qui étudient en techniques policières ne sont pas toutes des grandes femmes, comme tu penses.

Plusieurs d'entre elles mesurent entre cinq pieds trois et cinq pieds quatre.

— Ah oui ? Ç'a changé beaucoup avec les années !

— Oui. J'ai lu un article au cégep sur Nicole Juteau. Elle a été la première femme policière au Québec.

— Vraiment ? Et en quelle année a-t-elle été diplômée ?

— Elle ne l'a pas eu facile, crois-moi… mais c'était une battante. Regarde ici, j'ai découpé l'article dans le journal… Nicole Juteau est née à Laval en 1954. Son rêve de devenir policière lui venait de son père, qui était sapeur-pompier. Le goût du défi et de l'action lui est venu quand, un jour, elle a accompagné son père sur les lieux d'un incendie alors que celui-ci n'était pas en service.

— Mais elle voulait devenir policière !

— Pour elle, c'était la même vocation : sauver des vies. Elle avait fait son inscription en techniques correctionnelles en 1972 au cégep Ahuntsic, vu qu'aucune femme ne pouvait être admise en techniques policières à cette époque. C'est après un an d'études à ce collège qu'elle a enfin pu réaliser son rêve en accédant au programme. Elle était la seule femme dans sa profession.

— Toute seule avec des hommes ?

— Oui. Même qu'un des étudiants, Benoît, était son frère. Ils ont terminé leurs études en 1975.

— Elle a pu faire ses études à l'Institut de police du Québec par la suite ?

— Oui, en signant un formulaire de désengagement de responsabilité du cégep Ahuntsic.

— Pourquoi ?

— Parce qu'elle n'avait pas obtenu de promesse d'embauche. À cette époque, l'obtention du diplôme d'études collégiales était conditionnelle à la réussite du stage à l'Institut, contrairement à aujourd'hui.

— Eh bien ! Elle doit avoir trouvé ça ardu à l'Institut de Nicolet…

— En effet. À l'Institut, il n'y avait rien d'aménagé pour les femmes. Mais elle a eu la chance d'hériter d'une chambre d'instructeur avec deux autres filles, une de Rimouski et l'autre de Sherbrooke. L'entraînement des femmes était le même que celui des hommes, ce qui était très dur pour elles ! Elles ont eu le bonheur d'avoir leur premier uniforme seulement deux mois et demi après. Par la suite, ce fut encore plus dur. Les recruteurs des différents corps policiers qui venaient rencontrer les étudiants n'avaient rien à offrir à madame Juteau. Les gens lui mentaient en lui servant de fausses excuses.

— De la discrimination ?

— Oui, mon chum ! Elle a appris par la suite qu'il y avait deux corps policiers qui engageaient des femmes, celui de la ville de Sainte-Foy, à Québec, et la Sûreté du Québec.

— Elle a eu l'emploi, Ben ?

— Attends… Elle a postulé aux deux endroits en disant : « Le premier endroit qui me téléphonera, c'est là que j'irai. » Par la suite, elle a terminé avec brio sa formation en patrouille gendarmerie en mai 1975.

— Wow ! Où a-t-elle travaillé par la suite ?

— Elle a décroché son premier emploi le dix-neuf juin au sein de la Sûreté du Québec à Parthenais. C'était durant l'Année internationale de la femme. Mais avant, elle a été contrainte de faire du travail de bureau durant quatre mois.

— C'était platonique pour elle... Pourquoi ?

— Elle ne correspondait pas aux normes auxquelles on s'attendait chez un policier. C'est-à-dire la taille et le poids... et il n'y avait pas d'uniforme pour les femmes.

— T'es sérieux ?

— Je te cite ce qu'il y a d'inscrit sur ce papier, J.-S. Ce n'est pas moi qui l'ai inventé. Par la suite, la loi de la police a été modifiée et madame Juteau a été assermentée le onze septembre. Et là, en octobre, elle obtenait le premier poste de policière du Québec dans la ville de Shawinigan.

— Il était temps ! Elle n'avait pas bûché pour rien, cette femme !

— Elle détenait aussi un titre de championne de tir et elle était la meilleure tireuse de la Mauricie. Elle a été la seule femme policière du Québec durant onze mois. Par la suite, de partout au Québec, les gens se sont mis à téléphoner à Shawinigan pour savoir s'ils pouvaient engager des femmes policières.

— Bravo !

— Ce n'est pas tout, J.-S. ! Après cinq ans de service, madame Juteau a eu le droit de postuler dans une escouade.

— Ah oui ?

— Mais la première année n'a pas été bénéfique pour elle. Elle a dû attendre encore un an avant de pouvoir s'inscrire pour deux postes, un aux crimes majeurs et l'autre à l'escouade du crime organisé. Elle a obtenu le deuxième.

— Wow !

— Elle aurait pu obtenir le premier, mais vu qu'elle était une femme… Et c'est pour cette raison qu'elle a eu le deuxième !

— Ha ! ha !

— Eh oui ! Elle a été enquêteuse dix-huit ans pour le crime organisé, dix-huit ans comme agent double et deux ans et demi pour les renseignements criminels.

— Elle travaille encore ?

— Oui. Elle devrait prendre sa retraite dans les années deux mille.

— Voilà une femme de tête !

— Elle le méritait, mon chum. Je veux dire… de réaliser le rêve qu'elle caressait depuis son enfance. Écoute, Jean-Sébastien… Même si nos cours sont terminés ici à Trois-Rivières, j'espère qu'on va se revoir souvent. Tu connais la chanson de Patrick Bruel, *La place des grands hommes* ?

— Oui, mon chum… Et je pense comme toi à l'instant. Il ne faut pas se redonner rendez-vous seulement dans dix ans. On est deux chums pour la vie.

— Là, tu me rassures. On pourrait tout de même se rendre à la Broue Lib de temps à autre ?

— Sûr ! Puis on ne connaît pas l'avenir… Peut-être que dans quelques semaines, tu exerceras ton métier de policier ici à Trois-Rivières…

— J'aimerais bien, Jean-Sébastien. Je vais commencer par m'acclimater aux règles de l'Institut à Nicolet et si je passe à travers, mon diplôme, je vais l'encadrer !

— Ha ! ha ! C'est certain que ce sera un gros treize semaines de discipline pour toi, mais je suis assuré que t'en sortiras gagnant.

— Tu sais que pour moi, l'important est que mes parents soient fiers de moi et qu'ils ne regrettent en rien d'avoir fait un emprunt de trois mille trois cents dollars pour payer mes études. Je peux compter sur ta présence pour la journée de mon cérémonial, qui aura lieu au début de décembre, J.-S. ?

— Je ne manquerais pas ça pour tout l'or du monde, vieux ! À quel endroit se déroulera la cérémonie ?

— Habituellement, la cérémonie se fait à la cathédrale Saint-Jean-Baptiste de Nicolet, sur le boulevard Louis-Fréchette, juste à côté de l'Institut. Et par la suite, il y aura un buffet servi dans la grande cafétéria.

— Je t'en fais la promesse, Ben.

***

À Saint-Hyacinthe, Mélanie et Denis avaient bouclé leurs valises pour réintégrer la ville de Contrecœur. Mélanie, maintenant membre de l'Ordre des hygiénistes dentaires du Québec, avait embrassé Marie-Berthe et Léonard Lafontaine. Mais ce n'était pas un adieu définitif. Une promesse avait été faite, celle de les visiter dès qu'elle se serait trouvé un emploi dans un cabinet dentaire privé dans la ville maskoutaine.

— Regarde, mon amour, j'ai la voiture de mon frère Christian à ma disposition. Tous les lundis, on va se rendre à Saint-Hyacinthe pour remettre notre curriculum vitæ là où on aimerait travailler.

— Le mieux serait que la Providence te fasse trouver un travail avant moi...

— Mais Mélanie...

— Oui, Denis. Tu as ta voiture et au début, tu pourrais voyager entre Contrecœur et Saint-Hyacinthe… Et lorsque j'aurai trouvé mon emploi, on trouvera un logement. Ma mère m'a aussi offert son auto pour voyager à l'occasion.

— Avec quel véhicule se rendra-t-elle à son travail ?

— Pour le temps qu'il faudra, elle va covoiturer avec ma marraine Solange.

— Ah bon… Tu vois ! Ce n'est pas si compliqué, ma petite sirène !

— Je t'aime, Denis, et je suis impatiente d'emménager avec toi.

***

Au presbytère Sainte-Trinité, sous une pluie torrentielle, l'abbé Guillemette venait tout juste de rentrer de la pharmacie. Le curé Allard souffrait d'un lumbago qui, selon lui, le dirigeait tout droit à la droite du Seigneur. Rachèle Soullières se voyait épuisée. La petite cloche de l'autel que le vicaire avait placée tout près du curé sur la table de nuit tintait aux dix minutes.

— Est-ce que vous les avez, ses petites maud… ses petites pilules, l'abbé ?

— Oui, madame Soullières. Les voilà. Et je souhaite qu'elles aient le pouvoir d'endormir notre curé pendant des heures !

— *Hon…* Hi ! hi ! Mais d'un autre point de vue, ça me donnerait du temps pour cuisiner, je suis toujours rendue à son chevet ! Il est à la veille de vous demander de lui administrer l'extrême-onction, câline !

— Ha! ha! Est-ce que le bedeau Lavoie a terminé de nettoyer les bénitiers et le hall d'entrée de l'église, madame Soullières?

— Oui. Et vu qu'il pleut toujours, je lui ai donné la tâche de vider et d'épousseter la grande armoire dans la sacristie.

— Très bien. Il va pleuvoir toute la journée et les anigozanthos du curé Forcier devront attendre à demain. Mais... qui est cette personne qui se dirige vers le presbytère par cette température? demanda le vicaire Guillemette en toisant la fenêtre tapissée de gouttelettes.

— C'est madame Tessier. Je vous dis qu'à soixante-quinze ans, rien ne l'arrête, cette femme!

— En effet, pour son âge, elle est bien en forme physiquement!

Madame Tessier était entrée dans le presbytère sans frapper et s'était installée à la table sans en avoir reçu l'invitation du vicaire Guillemette. Malgré la tem-pérature chaude et humide, elle portait un lourd manteau et, sur sa tête, un bonnet donnant l'impression d'un sac de polythène. Rachèle lui offrit une tasse de thé qu'elle accepta volontiers, et sans plus attendre, elle débita ses lamentations.

— J'en peux pus, cibole!

— Faites attention à votre langage, madame Tessier, lui suggéra l'abbé Guillemette. Qu'est-ce qui vous met tout à l'envers comme ça aujourd'hui?

— C'est Marcel Duchesne! Y est pas encore marié avec ma fille Marielle pis quand y vient à' maison, y arrête pas de faire ses lois! Au début, je trouvais qu'y avait l'air constipé tellement y était gêné pis là, y est devenu chiant sans bon sens !

— Voyons, madame Tessier… vous n'en mettez pas un petit peu trop ?

— Pantoute ! Qu'est-ce que ça va être quand y va rester dans ma maison, celui-là ? La seule affaire qu'y va avoir en commun avec ma fille au mois de juillet, c'est qu'y vont s'avoir marié en même temps, verrat ! Parce qu'y vont pas pantoute ensemble, ces deux-là !

— Pour quelle raison vous pensez de cette façon, madame Tessier ? Monsieur Duchenes me donne l'impression d'être un bon citoyen, non ?

— C'est un hypocrite, l'abbé ! Y est tellement hypocrite qu'y en pue la menterie !

— Tsut, tsut ! madame Pauline ! Vous savez que vous êtes dans la maison de Dieu ici ? s'exclama l'abbé en retenant son envie de rire.

— Excusez-moi, père Guillemette, mais je suis hors de moé, cib… Y se mêle de toute ! Y dit qu'y aime ma fille Marielle pis y a rend coupable en disant qu'y aurait aimé avoir des bébés… Y est pas fin, hein ? Marielle est dans sa ménopause ben raide ! Y voit ben qu'y y fait de la peine en y disant ça !

— En effet, ce n'est pas très gentleman de sa part.

— Y avait juste à en prendre une plus jeune si y voulait avoir des enfants, cibole ! On sera jamais une famille tricotée serré, nous autres… Y va mettre la chicane dans cabane aussitôt qu'y va y avoir mis ses grands pieds. Pis y a assez des grands pieds, on dirait des chaloupes, maudit verrat !

— Qu'en pense votre fille Marielle ?

— Marielle ? A' voit rien pantoute, est aveugle ben raide ! Quant a' y demande d'aller magasiner aux Promenades Saint-Bruno avec elle, y y répond : « As-tu vraiment besoin d'une nouvelle robe, Marielle ? T'es si belle dans ta robe noire ! » Mon cul, cibole ! C'est juste qu'y veut pas dépenser une maudite cenne pour elle... C'est juste un gratin. Y est pas récupérable !

— Que voulez-vous dire, madame Tessier ?

— Ben, y a toujours été célibataire, faque... y est monté en graines. Y est né innocent pis y changera jamais. Pis moé, j'vas être pognée avec cet énergumène-là dans ma maison à longueur de journée ! Je pensais clairer mon déneigeur pis mon petit gars qui fait le gazon, mais ç'a tout l'air que je peux faire une croix là-dessus, hein !

— Il ne demeure pas encore dans votre maison, madame Tessier. Vous pourriez lui laisser le temps de montrer ce qu'il sait faire, vous ne croyez pas ? Il demeurait...

— Oui, je le sais. Y restait à Pierreville dans un rang de campagne pis y devait être habitué à s'occuper du dehors d'une maison, mais ça m'a tout l'air qu'y faisait rien chez eux ! On voit ben que le cordon du cœur y traîne dans marde !

— Madame Tessier ! Je pense que plus vous prenez de l'âge et plus vous êtes vulgaire ! Calmez-vous un peu...

— C'est vrai que j'ai changé. Ça paraît-tu tant que ça, monsieur l'abbé ?

— En effet, je ne vous reconnais plus, bonté divine ! Vous allez voir, quand votre fille Marielle et monsieur Duchesne vont se marier et que celui-ci va s'installer dans votre belle grande maison, l'harmonie va s'installer. Et je suis assuré qu'il va vous aider à l'intérieur comme à l'extérieur de la maison.

— Je suis pas prête à dire ça, moé. Depuis que je le connais, y m'a offert juste une fois de m'aider pour peinturer la couverture de tôle de ma maison.

— Vous voyez !

— J'ai plutôt vu qu'y m'a faite une job de cochon. La peinture verte dégouttait partout, jusque dans mes fenêtres pis su' ma galerie. C'est qui qui s'est mis à quatre pattes pour décrasser tout ça, vous pensez ? C'est moé, la niaiseuse !

— Votre fille Marielle n'était pas là pour vous seconder ?

— A' travaillait à' piscine municipale de Tracy c'te journée-là...

— Bravo ! Elle a réussi à se trouver un emploi ? Et que fait-elle comme travail à la piscine de Tracy ?

— A' travaille dans les papiers dans le bureau de la piscine.

— C'est très bien ! Moi, j'aurais une solution pour vous, madame Tessier...

— Laquelle ?

— Si vous croyez, comme vous dites, que ce ne sera pas vivable dans votre maison lorsque monsieur Duchesne emménagera, vous pourriez faire une demande pour vous installer dans une maison pour les aînés ?

— Ah ben, cibole ! J'ai dit à ma fille que je sortirais de ma maison les deux pieds devant, ça sera pas avant ça !

— Vous avez soixante-quinze ans, madame Tessier...

Vous seriez bien installée dans une résidence ou un manoir, juste à vous faire dorloter puis vous laisser servir vos repas !

— Y en est pas question, l'abbé ! Moé, quand j'me fais cuire un steak, j'me fais pas cuire du bœuf à *springs* ! Pis de la bouillie de chat, ben… j'en mange pas ! Pis quand les propriétaires d'une maison de vieux nous vantent leurs services aux aînés, c'est juste pour avoir notre argent, cibole ! Des vrais voleurs !

— Je ne suis pas d'accord avec vous, madame Pauline. Il existe de très bonnes maisons de retraite à Sorel, à Tracy ou à Contrecœur.

— Y en est pas question, monsieur le vicaire ! Moé, chus pas habituée de manger le temps à pleines cuillérées. J'aime mieux rester chez nous pis faire ce que chus encore capable de faire. Quand Marcel Duchesne va déménager chez nous, j'vas le mettre à ma main. Y aura pas le choix, y va vivre dans ma maison ! Pis mon homme à tout faire va être obligé de s'trouver une autre job. De toute façon y était trop bas du cul, ça y prenait tout le temps un échelle pour faire ses *jobs*, pis ça y prenait un éternité pis moé, ça m'enrageait de le voir avancer à pas de chameau.

— Votre vie vous appartient, madame Tessier. Moi, je n'ai fait que mon devoir, celui de vous écouter et de vous conseiller.

— Je l'sais ben, l'abbé… Mais vous m'avez pas aidée pantoute. Là, faut que je parte tu-suite à' maison, j'ai un bouilli su' le poêle pour souper pis comme d'habitude, Marielle va inviter son sans-cœur de chum à venir souper. Pis après avoir mangé comme un cochon, y va me dire : « C'tait ben trop bon, madame Tessier, j'ai mangé deux assiettées pis là, je m'endors comme un bébé!» C'est ça... Y va aller faire son somme pendant que j'vas faire la vaisselle tu-seule avec Marielle. Mais au moins, durant ce temps-là, j'aurai pas sa face d'innocent devant moé...

***

La saison des couleurs régnait de tous ses feux avec ses coloris chatoyants et les chanteurs des bois donnaient l'impression d'avoir égaré quelques notes de leur répertoire. D'autres, un peu plus frileux, prévoyaient s'envoler bientôt au gré du vent chaud.

En ce deux octobre 1996, tous les citoyens du Québec étaient touchés par le décès de monsieur Robert Bourassa, décédé d'un cancer de la peau alors qu'il était âgé d'à peine soixante-trois ans. Monsieur Bourassa avait régné à deux reprises sous la bannière du Parti libéral du Québec. Cet homme avait dirigé la province de Québec du douze mai 1970 au vingt-cinq novembre 1976 ainsi que du douze décembre 1985 au onze janvier 1994.

Aussi, tout le Québec n'oubliera jamais les journées du vingt et du vingt et un juillet, où des pluies torrentielles frappèrent la région du Saguenay–Lac-Saint-Jean, ce qui fit évacuer seize mille résidants et en fit périr dix. Au cours de cet événement météorologique, entre cent soixante-dix et deux cents millimètres d'eau étaient tombés en trente-six heures, et deux cent cinquante millimètres s'étaient accumulés en quarante-huit heures.

Chapitre 19

La Nativité

En ce vingt-quatre décembre 1997, Charles venait de coiffer ses cinquante-cinq ans et Anne-Marie régnait d'un an de plus, cette dernière se plaignant de bouffées de chaleur liées à la ménopause, qui lui volait dans une certaine mesure la qualité de ses nuits. Le vieux docteur Gadbois lui avait vanté les bienfaits d'un traitement hormonal, mais cette dernière avait décliné son offre en lui divulguant qu'elle préférait prendre sérieusement son alimentation en main.

En novembre 1996, Mélanie s'était installée avec Denis dans un joli quatre pièces et demie à Saint-Hyacinthe. À vingt-deux ans, elle était plus jolie que jamais. Elle adorait son travail auprès de monsieur Poudrier, un dentiste généraliste possédant son cabinet privé sur la rue Girouard. Denis exerçait la profession de gardien de sécurité au cégep, sur l'avenue Boullé, tout près de la rue Sicotte. Qui l'aurait cru ! Les cours en gestion informatique, pour lui, étaient chose du passé. En tout cas pour l'instant. Ce soir, en cette veille de Noël, les invités se verraient émus et heureux de voir les deux promis échanger leurs bagues de fiançailles.

Solange et Anne-Marie étaient toutes les deux entrées dans le merveilleux monde des retraités et, jouissant d'une santé très appréciable, elles avaient tout planifié pour les années à venir : du magasinage au Mail Champlain, aux Promenades Saint-Bruno et une soirée de bingo tous les lundis soir dans l'établissement du Palais agricole, en arrière du colisée Cardin sur la rue Victoria, à Sorel.

Benjamin avait le bonheur d'exercer sa profession de patrouilleur pour la police municipale de Tracy depuis le départ de Gilbert Sirois, qui avait déménagé à Saint-Sauveur dans les Laurentides. Marie-Josée, la fille de ce dernier, s'était exilée en République dominicaine et elle travaillait dans un bureau de l'hôtel Tropic Club Los Almendros, à Sosua.

Au cérémonial de la remise des diplômes à la cathédrale de Nicolet, un souvenir heureux s'était imprégné dans le cœur de Benjamin. Parents et amis avaient assisté à cette cérémonie émouvante où avaient été présentées des manœuvres de marche *drill*, des simulations de contrôle de foule et des prestations d'habileté physique. Par la suite, tous les invités avaient été conviés dans la grande cafétéria de l'Institut pour un léger goûter. Une promesse avait été tenue. Jean-Sébastien avait étreint son ami Ben en lui confiant être très fier de lui.

— Je l'ai gagné, mon diplôme, mon vieux !

— Bravo, mon Ben ! Je suis fier de toi ! La vie était dure à l'intérieur de l'Institut ?

— Pour le lever à six heures du matin, c'était correct. Le soir, on devait être rentrés pour onze heures et à onze heures trente, c'était l'extinction des feux.

— Des heures normales…

— En effet. Ce que j'aimais le moins, c'était mes soirs de garde à la guérite.

— Tu passais tes soirées à espionner les gens qui entraient et sortaient ?

— Oui… L'été, c'était agréable… L'hiver, je trouvais le travail interminable.

— Est-ce que c'est vrai que tu repassais ton uniforme tous les jours ?

— Oui, mon vieux. À six heures du matin, on repassait notre linge et on faisait nos lits… Mais pas de n'importe quelle manière !

— Ah bon !

— Quand on mettait les draps propres et la petite couverture de laine grise sur nos lits, on devait se coucher en dessous et tirer les draps et la couverture pour s'assurer qu'il n'y avait aucun pli. Et quand on lançait un dix sous sur le lit et qu'il rebondissait, ça voulait dire que notre lit était parfait.

— Tu me fais marcher, Ben…

— Pas du tout ! Après, on enfilait notre uniforme pour aller à la cafétéria prendre notre déjeuner et en réintégrant notre dortoir, on devait se changer de chemise au cas où celle qu'on portait aurait pu être froissée ou bien salie. Par la suite, c'était l'inspection. On était six par dortoir. Il y en avait toujours un qui était plus intelligent que les autres et il réussissait toujours à nous nuire.

— Qu'est-ce qu'il faisait pour vous nuire ?

— Il nettoyait le parquet devant son lit avec du Windex.

— Voyons donc, toi !

— Oui, oui ! Et nous, les cinq autres, on écopait d'une sanction.

— Je n'en reviens pas ! Et comment ça fonctionnait pour les sanctions ?

— Après dix sanctions, c'était l'expulsion de l'Institut, mon vieux…

— Ce n'est pas vrai !

— Tout dépendait des sanctions. Il y avait des sanctions mineures, qui étaient seulement notées dans notre dossier, et il y en avait des majeures, qui étaient inscrites sur la liste des dix sanctions.

— Et la sanction du Windex, c'était une sanction sévère ?

— Non, tout comme la sanction dont j'avais écopé en époussetant l'armoire dans mon dortoir. J'avais commencé par épousseter les portes au lieu de commencer par le haut.

— Des détails insignifiants…

— Et je ne te parle pas de nos vêtements ! Tous les pantalons devaient être disposés correctement, le haut du pantalon vers la droite et le devant des chemises dans le même sens que les pantalons. Ensuite, on devait prendre chacune des manches et la ramener vers les pantalons.

— Est-ce que tu vas pratiquer le même rituel chez toi ?

— Je pense que oui, j'en ai gardé l'habitude…

— Ha ! ha !

— De même pour mes bas sourires.

— Hein ? Des bas sourires ?

— Regarde, je vais te montrer. Je vais prendre une paire de bas dans mon sac à dos. Tu mets les bas un sur l'autre à plat sur la table en prenant bien soin de mettre les talons au centre et tu les décales d'environ un pouce. Tu les roules et avec la bordure de décalage, tu ramènes tout à l'intérieur, et regarde...

— Ha ! ha ! Une petite boule avec une bouche !

— Voilà ! Et il faut que les sourires soient tous placés dans le même sens...

— Je n'en reviens pas !

***

Marcel Duchesne demeurait toujours chez les Tessier et madame Pauline s'était vue charmée par les bonnes intentions de son gendre, qui la traitait « aux petits oignons ».

Bruno avait vendu la moitié des actions de sa clinique à Christian Brière. Le temps était venu pour les deux amoureux de prendre la vie doucement et de visiter le monde entier.

Au presbytère Sainte-Trinité, le curé Allard était alité et récupérait d'un infarctus.

Le mois d'avant, Doris Labonté avait visité Anne-Marie à la bibliothèque de Tracy et lui avait annoncé qu'elle laissait son travail à l'école Mère-Marie-Rose pour s'installer dans la demeure de ses parents, sur le chemin Georgeville dans le canton de Magog.

Annick Chénier n'avait posté que trois lettres à Anne-Marie depuis qu'elle avait réintégré la ville de

Trois-Rivières. Elle s'était enfoncée dans une profonde dépression et refusait de voir qui que ce soit, incluant sa grande amie, qu'elle côtoyait depuis les années soixante-dix, alors qu'elles habitaient sur la rue des Forges à Trois-Rivières.

Les grands-parents de Denis, Laurier et Carmen Brière, vivaient toujours dans leur belle époque et à l'occasion, ils se rendaient à leur cabane à sucre au bord de l'autoroute trente pour récolter leur eau d'érable dans leurs petits casseaux d'écorce.

Sylvianne Germain et Georges Charland demeuraient toujours à Sainte-Thérèse-de-Blainville et Sylvianne était devenue, comme on dit, le bras droit de son curé, un ecclésiastique aux yeux ténébreux.

Une jolie fillette de neuf ans du prénom d'Élodie était l'attraction du rang du Ruisseau. Plus elle grandissait, plus elle ressemblait à un ange du paradis.

***

La fête de Noël fut célébrée dans l'harmonie chez les Jolicœur.

À la fin de l'homélie de la messe de minuit, célébrée par Lambroise Guillemette devant la crèche animée, Mélanie et Denis avaient échangé une promesse, celle qui les amènerait au pied de l'autel, où ils s'uniraient l'un à l'autre pour la vie.

Sur le parvis parsemé d'étoiles scintillantes de la sainte église Sainte-Trinité, les fidèles endimanchés avaient échangé leurs vœux et félicité les futurs mariés. Une date avait été choisie pour la célébration du mariage de Mélanie et Denis. Ces derniers suivraient la grande allée de l'église Sainte-Trinité le vingt-six juin 1999.

Parents et amis s'étaient rassemblés dans la demeure des Jolicœur autour de la table joliment parée de rouge et d'argent. Jessica était émue d'avoir dans sa vie une nouvelle famille et Isabelle était resplendissante. Elle avait difficilement traversé sa maladie pour en sortir complètement guérie et Christian remerciait Dieu tous les jours de lui avoir laissé la femme qu'il adorait plus que tout au monde. Albert Jolicœur, assis à la droite de Charles, collait sur son cœur chaque minute qui défilait devant ses yeux émerveillés. Pour la toute première fois, Bruno et Charles-Édouard n'étaient pas présents à la fête. Ils séjournaient au Sénégal depuis le début du mois de décembre. Madame Pauline n'avait pas turluté de chanson du répertoire de la Bolduc puisqu'elle célébrait la Nativité en compagnie de ses filles Marielle et Nicole, et évidemment, de son gendre Marcel. Leurs amis fidèles, Solange et Mario, étaient toujours heureux de partager avec les Jolicœur, mais un tantinet déçus que Lorie soit demeurée à Montréal et que Benjamin patrouille toute la nuit dans la ville de Tracy.

— Que les années ont passé vite, ma Solange! Nous voilà toutes les deux à la retraite et dans quelques années, on va bercer nos petits-enfants...

— Hi! hi! Qu'est-ce qu'on peut y faire? On ne peut pas prendre les aiguilles de l'horloge pour les retourner dans le temps! Attends... Je vais t'aider à essuyer la vaisselle, Anne-Marie. Est-ce que tu te souviens, il y a plusieurs années... on était ici même à mémérer en se rappelant notre jeunesse puis on mangeait nos bonbons de Noël préférés chez nos grands-mères...

— Et on avait dit que les rides, on les laisserait pour les autres ! Ça n'a pas fonctionné, j'ai les yeux encerclés de rides…

— Que veux-tu, Anne-Marie, on doit accepter ces petites différences. On a la santé et ça passe avant tout.

— Oui, pour l'instant, on a la santé, comme tu dis, mais pourquoi les gens doivent-ils être malades et souffrir avant de mourir, Solange ? Ils pourraient tout simplement s'endormir à tout jamais !

— Tu as peur de souffrir, Anne-Marie ?

— C'est que je n'aimerais surtout pas être un poids pour Charles et Mélanie. J'aimerais m'endormir comme la Belle au bois dormant.

— Je comprends, mais on dirait que tu as décidé de partir avant Charles… Personne ne peut choisir le moment de son départ, ma vieille !

— Je sais bien, Solange… Je suis égoïste, j'aimerais partir avant Charles pour ne pas avoir à le pleurer et à m'ennuyer de lui.

— Voyons, Anne-Marie ! Et si on changeait de sujet en cette belle nuit de Noël ?

—Tu as raison. Pendant quelques instants, je me suis vue à des funérailles au lieu d'être dans l'ambiance de la Nativité.

— Pourquoi ne pas avoir loué ta petite maison, Anne-Marie, depuis que Marcel Duchesne est déménagé chez madame Pauline ?

— J'espérais que Mélanie change d'idée et qu'elle s'installe ici avec Denis, dans le rang du Ruisseau…

— Il faudrait que tu quittes la nostalgie qui s'est installée dans ton cœur, mon amie. Charles et toi, vous avez inculqué les bonnes valeurs à Mélanie et il vous faut accepter que le chemin qu'elle a choisi, vous seuls le lui avez tracé en lui permettant d'étudier à Saint-Hyacinthe et d'exercer aujourd'hui la profession qu'elle a toujours souhaité.

— Tu as raison, ma vieille, et ça lui a permis de rencontrer un homme charmant qui l'aime par-dessus tout.

— Tu vois ! Le parcours de vie qu'on souhaite n'est pas nécessairement celui qu'on récolte, mais il sait aussi amener les gens sur une route enrichissante.

Chapitre 20

Le verglas

La nouvelle année 1998 s'était présentée sur un plateau désolant. Entre le quatre et le dix janvier, trois tempêtes successives avaient frappé certaines parties de l'est de l'Ontario et de l'ouest du Québec. Les gens avaient qualifié cet événement de pire désastre naturel de l'histoire du Canada. Les précipitations, qui étaient tombées sous forme de pluie verglaçante, de grésil et de neige, avaient dépassé soixante-treize millimètres à Kingston, quatre-vingt-cinq millimètres à Ottawa et cent au sud de Montréal.

La tempête de verglas avait débuté avec l'arrivée d'un front chaud dépressionnaire venu du Texas et d'un front froid arctique de haute pression. Comme l'expliquaient les météorologues, lorsque les masses d'air se rencontrent, l'air chaud monte et maintient l'air froid en dessous. La neige, en tombant, fond à mi-hauteur, n'a pas assez de temps pour geler en tombant, et cette dernière gèle au sol.

L'accumulation de glace avait fait tomber les lignes électriques, ce qui avait obligé cent mille personnes à chercher refuge dans des hôtels, chez des parents ou des amis, ou encore dans l'un des trois cent soixante-deux abris rendus disponibles d'urgence. D'autres avaient trouvé refuge dans les écoles, les églises, les hôpitaux et les centres communautaires. Les sinistrés avaient pu profiter de la chaleur, de médicaments et de nourriture. Des centaines de bénévoles avaient offert leurs services et plusieurs artistes québécois avaient fait sur place une tournée de spectacles gratuits pour remonter le moral des victimes.

Plusieurs milliers de lignes électriques et de câbles téléphoniques étaient devenus hors d'usage. Du personnel provenant de quatorze territoires – six provinces canadiennes et huit États américains – travaillait sans relâche pour rétablir les services. L'état d'urgence avait été décrété. Les forces armées avaient mobilisé seize mille hommes.

L'impact économique de la tempête de verglas fut estimé à plus d'un milliard de dollars. Cette tempête ravagea la région géographique où se trouvait près du quart des vaches laitières du Canada, dont soixante pour cent au Québec. Dépourvus d'électricité, les cultivateurs ne pouvaient faire fonctionner les trayeuses et ne pouvaient traire leurs bêtes, qui risquaient de développer une mastite. Le seul endroit où les fermiers auraient pu exécuter leurs tâches était les usines de traitement, mais ces dernières n'avaient plus d'électricité. Les cultivateurs durent jeter plus de dix millions de litres de lait, évalués à cinq millions de dollars.

L'industrie du sirop d'érable avait été aussi durement touchée dans tout le Canada, dont vingt et un millions d'entailles au Québec. L'industrie du sirop d'érable du Québec représente soixante-dix pour cent de la production mondiale.

Dans toute la Montérégie, le paysage se voyait féerique, mais trois cent cinquante mille abonnés d'Hydro-Québec étaient privés d'électricité. Les lignes régionales avaient été arrachées par le vent et l'accumulation de verglas. Les rues étaient impraticables. Les transformateurs qui explosaient et les fils électriques qui se frappaient donnaient tout un spectacle dans le ciel ténébreux. Au loin, les citoyens pouvaient distinguer le craquement des arbres et des glaces qui éclataient en émettant des bruits de verre brisé. Soixante-quatre millimètres de pluie verglaçante avaient recouvert tout le paysage. Les autos étaient emprisonnées sous la pesanteur de la glace et les champs s'étaient métamorphosés en patinoires. Plusieurs pylônes commençaient à s'effondrer. Les trottoirs et les rues étaient si glacés que marcher y était devenu impossible et très dangereux. Les véhicules d'urgence ne pouvaient rejoindre les gens en difficulté. L'eau gelée faisait exploser les tuyaux et les canalisations. Montréal et la Rive-Sud avaient été déclarés zones sinistrées. La crise du verglas dura six jours et certains citoyens ne purent réintégrer leur demeure que quatre semaines plus tard. Au Québec seulement, il y eut vingt et un décès.

***

Pour annoncer l'arrivée des chanteurs des bois, malgré le paysage désolant, les glaces des cours d'eau venaient de se gonfler et se préparaient à éclore pour glisser en travers des milliers d'épaves. Pour la villégiature, il faudrait attendre encore des mois avant que tout soit nettoyé et que le soleil recommence à briller sur les nouveaux feuillus.

***

Vingt-deux mars : la fête de Pâques

Le curé Allard avait célébré l'homélie de la résurrection du Christ devant plusieurs de ses fidèles. D'autres paroissiens, levés à l'aube, s'étaient aventurés sur les rives du fleuve Saint-Laurent pour récolter l'eau miraculeuse qui les préserverait des maladies et des catastrophes naturelles de la vie terrestre.

— On devrait apporter un petit présent aux grands-parents de Denis, Charles…

— Oui, mon amour, mais quoi ? Ils vivent encore au temps des années tranquilles, comme on dit. On ne peut pas leur offrir des savons odorants ou bien du sel de bain, Mélanie nous a dit qu'ils fabriquaient leur savon eux-mêmes.

— Pourquoi pas des fleurs ?

— Voilà une excellente idée, mon cœur. À quelle heure Mélanie et Denis quittaient-ils Saint-Hyacinthe ?

— Ils partaient à dix heures. Ils devraient être arrivés à la cabane à sucre à l'heure qu'il est…

— D'accord. On y va, mon amour ?

À l'orée de la venelle boueuse de la cabane à sucre des Brière, une brise fraîche faisait danser la fumée blanchâtre de la petite cheminée constituée d'un tuyau de tôle rouillée. Laurier Brière, muni de sa hache devant un énorme rondin, fendillait des copeaux d'érable dans le but de les acheminer dans la cabane.

— Tiens… si c'est pas nos invités ! Rentrez, je vais vous servir un petit remontant !

La table avait été dressée avec de la vaisselle dépareillée. Le repas, composé de mets typiquement québécois, avait été apprécié de tous les convives. Il était évident que vu leur âge avancé, ouvrir leur cabane à sucre demandait beaucoup aux Brière : un lever à l'aube, un coffre arrière de voiture bien rempli et une attente de deux heures avant que le petit espace se réchauffe.

Mélanie et Denis avaient emprunté un petit sentier où un silence paisible enveloppait le bocage. La promenade s'était avérée difficile, le décor étant encombré de branches sectionnées.

— Vous comprenez ben qu'on aurait ben aimé vous servir du bon sirop de c't'année, moi pis mon Laurier, mais on n'a pas pu entailler nos érables. Pis là, on rajeunit pas, vous savez… On a ouvert notre cabane à matin pis quand on va la fermer à soir, ça va être pour de bon.

— C'est triste, reprit Anne-Marie, tenant dans ses mains une tasse de thé bien chaude. Mais, d'un autre côté, vous allez profiter de l'occasion qui vous sera offerte pour prendre vos repas typiques dans d'autres cabanes à sucre.

— C'est pas pareil, reprit Laurier. Les cabanes à sucre d'aujourd'hui sont trop modernes. Nous autres, icitte, on marche comme dans les années trente. Pis c'est pas comme avant, les nouvelles érablières… Dans notre temps, quand on rentrait dans le bois pis qu'y venait de tomber une bonne tempête de neige, les plaines pis les érables avaient reçu assez de neige que ça ressemblait à un tunnel. Y faisait un beau soleil dehors pis quand on rentrait dans cabane, y faisait noir comme la nuit à cause que la neige avait monté jusqu'au-dessus des châssis. C'était le bon temps, ça, ma femme, hein ?

— Oui, mon vieux.

Charles et Anne-Marie aimaient les entendre se raconter et ils n'osaient intervenir dans ce merveilleux conte des années passées.

— C'est pas des farces, vous deux… Une fois, on a été obligés de casser un châssis pour sortir de chez nous, à Saint-Antoine !

— Voyons, vous ! s'exclama Anne-Marie.

— Oui, ma fille ! reprit Carmen Brière. J'me rappelle encore du douze mars 1953… Y était tombé deux pieds de neige juste dans veillée !

— Vous êtes sérieuse ? reprit Charles.

— Je vous le dis ! s'exclama Laurier. J'ai moi-même mesuré la neige avec un bâton.

— Avec un bâton ? lui demanda Anne-Marie.

— Oui, ma fille. J'ai toujours mesuré la neige avec un bâton, moé. C'était notre manière à nous autres, pis on se trompait jamais ! Pis l'été, quand les abeilles construisaient leur nid dans le haut des arbres, ça voulait dire qu'on était pour avoir un hiver ben rigoureux.

C'était le contraire quand y construisaient leur nid au pied des arbres...

— Vous nous en apprenez des choses, vous deux, ce matin! reprit Charles.

— Oui, mon gars! répondit la septuagénaire. Pis quand les cônes des pattes de nos porcs étaient ouverts, ça voulait dire qu'on était pour avoir un hiver ben doux. Pareil comme quand j'arrachais mes oignons dans mon jardin... Je pouvais prédire si on aurait un hiver ben doux ou ben frette.

— Pourquoi? l'interrogea Anne-Marie.

— C'est ben simple, ma fille. Je vais t'expliquer tout ça. Quand la pelure des oignons était épaisse, ça voulait dire qu'on était pour avoir un hiver ben frette... C'est juste ça!

— Eh bien..., reprit Charles.

— Pis quand la rate du cochon était belle pis ben fine...

— Laisse-moé parler, Marie-Catouche... tu fais juste te répéter!

Charles et Anne-Marie se mirent à rire.

— Mais pour les hivers ben frettes, on était habillés chaudement... Mais pas les femmes! C'était pas comme aujourd'hui. Si on avait vu une femme mettre des pantalons... ouf! j'me demande c'que le monde aurait pu penser! Y mettaient des gros bas de laine...

— Oui..., continua Carmen, pis des gros bas de laine qu'on tricotait nous autres mêmes! Ouin... Nos petits écureux se sont-tu perdus dans le bois? Ça fait une heure qu'y sont partis se promener! En tout cas. Je continue mon histoire... On tricotait nos bas, nos chandails, nos pantoufles, nos tuques, nos mitaines pis nos chapes. Pis quand on avait le temps, on taillait nos vieilles crémones pour coudre du linge à nos enfants... Pis à' main, en plus !

— Exactement, reprit Charles. Ma mère Madeleine m'a déjà confectionné un paletot dans son vieux manteau de drap gris. Ce manteau-là m'a gardé au chaud pendant deux longs hivers.

— Je comprends, mon gars ! Eille, quand j'étais plus jeune, nos vieux nous faisaient notre linge avec de la jute ! C'tait pas comme aujourd'hui ! Les jeunes ont juste à aller aux Promenades de Sorel pour tout acheter ce que ça leur prend pour passer l'hiver !

— Y a même des écervelés qui se promènent en *runnig shoes* toute l'hiver ! Y doivent ben attraper leur coup de mort !

— Vous avez raison, reprit Anne-Marie. On voit souvent des adolescents marcher dans la neige avec des espadrilles.

— Pis si on parlait des maisons d'aujourd'hui ! de dire Laurier. Ç'a-tu changé, verrat ! Dans le temps, les maisons étaient isolées avec de la glaise, torrieu ! Y mettaient ça entre les planches de bois des maisons. Aujourd'hui, les maisons sont ben trop isolées, y a pus d'air, batèche ! Y faut qu'y mettent des humidificateurs partout parce que le chauffage électrique, c'est trop sec ! C'est pas mieux des fois... hein ?

— Vous parlez de votre époque comme si vous nous racontiez une histoire d'amour, leur dit Anne-Marie d'un air nostalgique. J'aurais aimé vivre dans ces années-là, moi... Dans ma jeunesse, j'ai profité beaucoup du plein air, moi aussi. Aujourd'hui, les jeunes sont confinés dans leur maison devant leur ordinateur et leurs jeux vidéo.

— C'est en plein ça les temps modernes, mon petit oiseau ! Toi, Anne-Marie, quand t'étais petite, t'allais glisser en traîne sauvage, mais pas nous autres ! On glissait su' des morceaux de carton ciré qu'on découpait dans des grosses boîtes, pis laisse-moé te dire que ça glissait en si vous plaît !

— Oui, reprit Charles. Moi, j'ai déjà glissé sur un capot de voiture et laissez-moi vous dire qu'on volait comme des oiseaux, tornon !

— Ben sûr ! reprit Laurier. C'était la mode dans les années cinquante, pis encore aujourd'hui ! Nous autres, quand le père nous disait que les nuages étaient en peau de crapaud, ça voulait dire qu'y était pour avoir une grosse bordée de neige… pis là, on sortait les gros ciseaux pour découper nos traîneaux… Ho ! ho ! Pis en rentrant dans maison, le soir, on buvait pas le chocolat chaud que notre mère nous avait préparé avec du cocoa ! On aimait mieux manger sa crème en glace avec de la bonne tire blanche dessus…

— De la tire blanche ? demanda Charles.

— Ben oui ! Vous avez pas connu ça, vous autres, de la tire blanche, hein ?

— Non, répondirent Charles et Anne-Marie.

— Dis-leur ta recette, Carmen, l'incita Laurier.

— C'est pas compliqué… La recette, c'est juste trois tasses de sucre blanc, une tasse et quart d'eau pis deux cuillères de vinaigre. Je fais bouillir pis quand ça prend en pain, on l'étire pour la mettre sur une planche de bois, sur du papier ciré, pis après on la coupe en morceaux.

— C'est bon ?

— Oui, ma fille, mais pas aussi bon que de la tire Sainte-Catherine.

— Votre crème glacée, comment la cuisiniez-vous ?

— Ça aussi, c'était ben simple à faire, ma fille. J'en fais encore des fois icitte dehors.

— Vraiment ?

— Regarde, mon ti-gars… On prend la grande cuve que tu vois là, à côté de la boîte à bois.

— OK, je la vois…

— Bon. Tu mets de la neige dans le fond pis là, tu mets une chaudière su'a neige. Après, dans chaudière, tu mets de la crème ben épaisse, du sucre, du lait pis de l'essence de vanille. Pis c'est Laurier qui brasse parce que ça prend des maudits bons bras ! C'est là qu'a' revire en crème en glace… après l'avoir brassée de gauche à droite.

— Wow ! s'exclama Anne-Marie. Mais vous ne pouvez pas conserver cette crème glacée ici, madame Brière…

— Ha ! ha ! pouffa Laurier. On a pas le temps de la consarver… Après que Carmen s'en est pris un plat à soupe, moé, je tombe dans *tub* pis je la vide au complet !

— Hi ! hi ! Il faut que j'essaie cette recette-là, moi !

— Regarde, mon petit lièvre…, reprit Carmen. Si tu fais de la crème en glace, fais-la quand ton mari va être à côté de toi pour la brasser. Sinon a' prendra pas pis tu vas manger juste de la bouette, ma fille !

Chapitre 21

Un voyage imprévu

Juillet arriva dans toutes ses splendeurs et ses couleurs magnifiques. Et pourquoi ne pas faire un petit voyage en province sans tracer d'itinéraire ? Et en prenant la route, pourquoi ne pas faire un petit crochet par Louiseville et Trois-Rivières ?

Trois semaines plus tôt, Anne-Marie s'était vue très heureuse de recevoir un appel téléphonique d'Annick, qui se portait à merveille et montrait une envie folle de leur présenter un certain Michel Boulé.

— Nous y voilà, Charles… Regarde, c'est la rue Sainte-Angèle. On est à une artère de la rue Sainte-Ursule.

— Oui, mon cœur… Tu sais, je suis heureux de revoir ton amie Annick…

— Oui, chéri, je sais. On ne dormira pas à Trois-Rivières, on veut passer deux nuits en amoureux… Où est-ce qu'on ira par la suite ?

— Je ne sais pas. On ira où la route du bonheur nous conduira. En rentrant de notre séjour, on arrêtera à Louiseville pour voir mon père et mon frère Christian.

— Oui, Charles. Et vu qu'on se rend à Trois-Rivières...

— Oui ?

— Est-ce que tu me conduirais vers la petite chaumière ? J'aimerais la revoir, tu veux ?

— Bien sûr, mon cœur. Mais tu sais que tu vas te retrouver tout près de la maison de Françoise et de Jean-Paul Sirois... Je ne voudrais pas que notre petite escapade soit noircie par ce que tu vas revivre.

— C'est chose du passé, Charles... C'est la petite chaumière que je veux revoir. La maison de mamie... de notre grand-mère Bernadette... Pour la demeure des Sirois, je ne vois pas de quoi tu veux parler.

— Que je peux t'aimer, mon amour !

Annick demeurait dans un joli cottage peint en jaune envahi d'une multitude de marguerites servant d'ombrelles aux pensées violacées.

Une Annick resplendissante de santé s'était élancée vers eux pour les étreindre chaleureusement. Annick avait gagné du poids et Anne-Marie avait été étonnée de revoir une femme rajeunie d'au moins dix ans. Elle était vêtue d'une robe soleil orangée et portait ses cheveux bruns court à merveille. À ses côtés, un homme... vieux. Un compagnon très âgé. Cet homme avait atteint le statut de septuagénaire. « Pauvre Annick... Elle est heureuse et son bonheur ne durera pas... »

— Anne-Marie ! Charles ! Comme je suis heureuse...

— Je n'en reviens pas comme tu es belle, Annick !

— Tu veux dire que j'ai l'air moins maganée, Anne-Marie ? Hi ! hi !

— Là, je te reconnais... Je viens de retrouver mon amie qui demeurait sur la rue des Forges.

— Oups! J'ai oublié de vous présenter Donald, le père de Michel.

— Ah bon! Bonjour, monsieur... Voilà mon mari, Charles.

Quel soulagement pour Anne-Marie!

— Où est Michel?

— Il ne tardera pas, il est parti chercher des documents au cégep.

— Il enseigne au cégep? questionna Charles.

— Il enseignait, tu veux dire... Il a pris sa retraite au mois de mai. Il enseignait aux étudiants en techniques policières.

— Il doit avoir enseigné à Benjamin en 1993.

— Tu veux dire le garçon de Solange, Charles?

— Oui...

— Tiens, le voilà. Viens, mon chéri, je vais te présenter Charles et Anne-Marie...

Le repas animé fut servi dans l'élégante véranda garnie de meubles en rotin, de plantes et de fleurs présentées en de jolis agencements de rose et de violet. Que de beaux souvenirs furent ravivés à la table décorée de roses blanches et de coupes de cristal remplies de vin blanc! Personne n'avait fait allusion au fils disparu d'Annick. Constant reposait en paix et veillait sur tous les siens.

Charles et Anne-Marie reprirent la route à vingt et une heures. Ils se retrouvèrent dans le petit village de Saint-Pierre-les-Becquets, où le firmament dénudé d'étoiles venait libérer sur la toiture d'acier ondulée du petit gîte chaleureux une douce mélodie de clapotis. Ils s'étaient aimés pour la toute première fois dans la maison du rang du Ruisseau et rien n'avait changé depuis. Il pleuvait et ils échangeaient toujours sensuellement leur passion sans fin. La petite chaumière serait visitée lors d'une prochaine visite.

Au réveil, des filets dorés se faufilaient au travers des rideaux ivoire et Charles déposa un léger baiser sur le bout du nez d'Anne-Marie.

— Bon matin, mon cœur...

— Bonjour, mon amour. Quelle heure est-il ?

— Huit heures. Et la journée se présente sous un soleil doré, ma belle. Tu veux visiter ici ce matin ou bien tu aimerais reprendre la route vers Charlevoix ?

— Que peut-on visiter ici ?

— Regarde... j'ai trouvé un feuillet dans le tiroir de la table de nuit. Saint-Pierre-les-Becquets possède une large histoire. On pourrait aller voir le manoir Les Becquets, qui a été construit en 1792, puis l'église vieille de deux cents ans...

— D'accord. On sort du lit pour prendre notre petit-déjeuner, on visite et on reprend la route en après-midi pour Charlevoix ! Tu es partant ?

— Tu sais que j'irais au bout du monde avec toi, mon cœur. Est-ce que cet hiver, tu aimerais aller te faire dorer au soleil, Anne-Marie ?

— Oui, Charles ! Où aimerais-tu aller ?

— Au Mexique, en République dominicaine ou bien à Cuba...

— Pourquoi pas en République dominicaine, Charles ? L'amie de Mélanie, Marie-Josée, travaille toujours à Sosua au Tropic Club. Il faudrait demander à Mélanie le nom de l'hôtel, je ne m'en souviens plus…

— D'accord pour un petit voyage d'une semaine. Et quand je prendrai ma retraite…

— Oui ?

— Si tu veux bien m'accompagner, on visitera l'Italie, mon cœur.

— Charles ! En Italie en deux mille deux ?

— Oui. On partirait pour trois semaines et durant la troisième, on pourrait aller voir la tour Eiffel et les Champs-Élysées à Paris.

— Oh !

— Dieu que je t'aime !

Saint-Pierre-les-Becquets est situé entre la ville de Bécancour et la ville de Lotbinière sur les berges du fleuve Saint-Laurent. En réalité, les véritables fondateurs de ce petit village ne furent pas les seigneurs, mais bien les colons eux-mêmes. Le premier vrai seigneur à y vivre fut Romain Becquet, notaire de profession. Plus tard, Gilles Masson fut nommé « seigneur de la Côte » et « seigneur de Saint-Pierre » durant quatorze ans. Celui-ci n'a jamais demeuré à Saint-Pierre. Il fut considéré comme le premier seigneur et c'est lui qui permit aux premiers habitants d'obtenir des concessions légales. C'est en l'honneur de son fils, Pierre, que Gilles Masson nomma cette seigneurie Saint-Pierre-les-Becquets. Le mot *becquet* signifie « brochet ». Le village fut nommé comme ce poisson, qui possède un museau pointu comme la pointe où se trouve son église. Cette église, construite entre 1824 et 1839, frôla la possibilité de devenir un monument historique dans les années soixante, mais le curé de l'époque refusa.

***

Après s'être délectée d'un délicieux repas sur le site enchanteur du restaurant Allegro, offrant une vue imprenable sur le fleuve Saint-Laurent, dans la soirée, Anne-Marie, toute souriante, avait remporté une cagnotte de six cents dollars au casino de La Malbaie, inauguré le vingt-quatre juin 1994 sur la falaise de Pointe-au-Pic et situé dans l'ancien théâtre d'été du manoir Richelieu. Pour leur dernière nuit, ils avaient dormi au Gîte aux lucarnes, sur le chemin du Relais à Baie-Saint-Paul, dans une maison rouge et blanche vieille de deux cents ans. Avec ses poutres découpées à la hache et ses chevilles de bois, cette vieille maison respirait le charme et le calme d'autrefois. Ses meubles et ses lampes victoriennes lui conféraient une allure aristocratique. Les pièces champêtres au plancher de bois rustique portaient les prénoms de Marie-Blanche, Marie-Rose et Marie-Jeanne. Charles et Anne-Marie avaient choisi la chambre de Marie-Rose, celle-ci offrant une jolie vue sur les trois clochers, les prés fleuris et le fleuve. Ils dormirent comme des bébés, c'est-à-dire comme l'écriteau du petit gîte le mentionnait: «Dormir sous les lucarnes, c'est arrêter le temps pour laisser le passé vous inspirer douceur et sérénité.»

***

Deux jours plus tard, Albert, Christian et Isabelle s'étaient vus étonnés et heureux de recevoir les deux tourtereaux dans la petite ville de Louiseville. Ils avaient tous bien rigolé. Lorsque Charles avait frappé à la porte de la demeure de son père, celui-ci s'était trouvé bien confus.

— Tiens, tu portes des verres de contact ? Et tu t'es fait couper les cheveux, Christian ?

Charles confirma d'un signe de tête, refoulant son envie de rire.

— Attends une minute. Entre, je vais répondre au téléphone.

Anne-Marie sortit de la voiture pour se faufiler en douce avec Charles dans le grand salon teinté de bourgogne et d'ivoire.

— Allo ?

— Salut, papa...

— Salut, Charles. Ça va ? Tu ne devineras jamais ! Christian ne porte plus de lunettes et il s'est fait couper les cheveux court comme les tiens ! Si vous étiez tous les deux devant moi, je ne pourrais jamais deviner qui est Charles et qui est Christian !

— Papa...

— C'est ahurissant, mon garçon !

— Papa... c'est Christian qui te parle présentement...

— Hein ?

— Je ne porte pas de verres de contact... Et je n'ai pas fait couper mes cheveux. Tu viens de te retrouver dans un petit canular.

Charles et Anne-Marie riaient de bon cœur lorsque Albert se présenta dans l'encadrement de l'arche du salon.

— Vous m'avez bien eu, tous les deux !

— Ha ! ha ! Comment ça va, papa ?

— Ça va bien, mon gars. Et toi, Anne-Marie, tu étais demeurée cachée dans la voiture ?

— Bien oui, mon oncle ! Hi ! hi ! Vous avez l'air en pleine forme !

— Ça se maintient, comme on dit ! J'ai la santé d'un homme de mon âge et je prends mes petites pilules matin et soir, comme tous les autres petits vieux.

— Voyons, papa... tu es droit comme un manche et tu respires la santé !

— Je comprends, mon garçon, et je vais respirer le temps que le petit Jésus voudra bien m'allouer. Comment va Mélanie ?

— Elle va très bien, notre petite puce, répondit Anne-Marie. Elle adore son travail à Saint-Hyacinthe et son Denis s'avère aussi merveilleux que Charles.

— Voyons, mon cœur...

— Oui, oui... Je peux aussi vous avouer qu'ils ont bien hâte au vingt-six juin.

— J'espère bien être encore dans ce monde pour assister à ce beau mariage-là, moi !

— Ne dis pas de bêtises, papa... Tu assisteras au mariage de notre fille, ainsi que Christian, Isabelle et Jessica. Elle se porte bien, Isabelle, papa ?

— Comme une femme qui n'a jamais été atteinte par la maladie. Elle veut reprendre son travail d'infirmière auxiliaire.

— Un miracle de Dieu !

— Oui, ma fille. Et un combat difficile pendant lequel elle n'a jamais voulu baisser les bras. Elle n'a jamais cessé de persévérer et l'au-delà a exaucé ses prières.

***

Au presbytère Sainte-Trinité, le curé Allard venait de s'endormir pour l'éternité. Cet ecclésiastique avait une peur bleue de s'éteindre dans son sommeil sans avoir été mis au courant et le Dieu Tout-Puissant n'avait pas exaucé ses prières.

Les obsèques auraient lieu dans trois jours à l'église Sainte-Trinité et le corps serait exposé au salon funéraire Jacques & fils, sur la rue Legendre à Contrecœur.

Déjà, un nouvel enfant du Seigneur avait été désigné pour servir les paroissiens de l'église Sainte-Trinité. Un petit homme de quarante-neuf ans du nom de Patrice Lalancette avait déposé un pied sur l'ourlet de sa soutane trop longue et s'était retrouvé à plat ventre sur la grande véranda du presbytère.

— Seigneur ! s'exclama Rachèle Soullières. J'avais entendu frapper à la porte, mais je ne m'attendais pas à vous trouver étendu de tout votre long !

— J'ai bien frappé à votre porte, mais… avec ma tête.

— Pauvre monsieur le curé ! Vous avez un gros bleu sur le front ! Venez à l'intérieur mettre de la glace.

— Merci, madame… Madame ?

— Rachèle Soullières, mon père. Je suis votre cuisinière.

— Enchanté, madame Soullières. Auriez-vous un petit jus pour moi ? J'apprécierais, je suis assoiffé avec cette chaleur…

— Il y a de la limonade rose dans le réfrigérateur. Je vous en verse un verre.

— Merci… Est-ce que l'abbé Guillemette est ici ?

— Il a quitté le presbytère tôt ce matin pour se rendre au salon funéraire. Il devrait revenir au presbytère pour le dîner. C'est lui qui va chanter les funérailles de notre curé Allard. Il nous a quittés bien vite, notre pauvre curé… Je dirais aussi rapidement que notre bon curé Forcier.

— Je suis désolé et je compatis à votre chagrin, madame. Je vois bien que j'arrive très tôt dans la paroisse de Contrecœur. Vous comprenez que le diocèse ne m'a laissé qu'un court laps de temps pour remplir mes malles et quitter la ville de Baie-Saint-Paul.

— Vous venez de cette belle région du Québec ?

— Oui. Et je ne vous cacherai pas la peine qui s'est accrochée à moi quand j'ai quitté cette ville, mais la ville de Contrecœur s'avère aussi belle, avec un passé historique impressionnant.

— Vous allez aimer notre église… et les autres sites historiques, comme la maison du notaire Alexis Lenoblet-Duplessis sur le boulevard Marie-Victorin. Elle date de 1794.

— Je n'en doute pas, madame Soullières. En attendant, où puis-je déposer mes valises ?

— Oh… excusez-moi, père Lalancette… Je parle et je parle… J'avais oublié de vous donner votre chambre. Il y a deux chambres à votre disposition. Celle du curé Forcier et celle du père Allard.

— Je vais prendre celle du père Forcier si vous voulez…

— Voilà un choix censé, mon père. La chambre du curé Forcier se situe face au jardin. C'est à cet endroit qu'il parcourait son bréviaire tous les matins après avoir pris son petit-déjeuner de sept heures.

— À sept heures, vous dites ?

— Oui, mon père. Y aurait-il un problème avec l'heure à laquelle je sers le déjeuner ?

— Ne dérangez rien pour moi, ma bonne dame, je devrais pouvoir attendre le déjeuner de sept heures.

— Non, non, mon père... Votre heure sera la mienne. Je suis dans la cuisine du presbytère à six heures le matin.

— Six heures serait pour moi l'heure idéale, madame Soullières.

— D'accord. J'en profiterai pour nettoyer plus tôt les dégâts de miettes et de confiture de fraises que le bedeau laisse partout sur le comptoir...

— Comment se nomme le bedeau, madame Soullières ?

— Jacques Lavoie, monsieur le curé.

— Très bien... Je vais le rencontrer en même temps que le vicaire Guillemette. Bon, je monte défaire mes valises, si vous le voulez bien, et je me rends à la fabrique pour prendre connaissance des lieux et feuilleter les documents. Elle se trouve loin d'ici, la fabrique ?

— Non, non... sur la rue de la Fabrique. À cinq minutes d'ici.

— Quelle coïncidence ! La rue de la Fabrique ! Je désire y prendre le nom des marguilliers et communiquer avec eux pour prévoir une petite réunion. Quelle est cette odeur...

— C'est un bœuf au gingembre... C'était le menu préféré du cur...

— Ne soyez pas mal à l'aise, madame Soullières, j'adore le gingembre ! Je peux aussi vous avouer que j'ai une très bonne fourchette. Particulièrement pour les potages et toutes les variétés de soupe qui existent dans ce monde.

— Vous m'en voyez ravie, répondit madame Soullières. J'ai fait mijoter une soupe aux lentilles ce matin.

— Non ! Est-ce que vous y mettez un peu de pâte de tomate ?

— Oui, une grosse cuillérée à soupe.

— Mmm... Avec un petit filet de vinaigre, ce plat sera délicieux.

— Vous allez massacrer ma soupe avec du vinaigre ?

— Ho ! ho ! Quand vous allez y avoir goûté, madame Soullières, vous ne pourrez plus vous en passer...

— Ouf ! Je ne pense pas mettre de vinaigre dans ma soupe aux lentilles. Avez-vous plusieurs goûts bizarres comme ça, mon père ?

— En effet... euh... je mange mon bœuf haché avec de la confiture de fraises au lieu de mettre du ketchup.

— Hein ?

Chapitre 22

La saison des potagers

Juillet s'était laissé courtiser par une canicule sévère. Le vent s'était éteint à l'aube et l'astre lumineux jetait son dévolu sur les roses déshydratées. Des personnes âgées dépourvues d'appareil de climatisation s'étaient réfugiées sous leurs feuillus pour y cueillir de l'ombre et d'autres, plus jeunes, se prélassaient dans l'eau bleue de leur piscine, un verre de limonade à la main.

— Voyons, mon cœur, tu n'as pas l'intention de nettoyer ta voiture par une chaleur pareille ?

— Non, non, Charles. C'est pour mes pieds tout enflés. Ouf ! Qu'est-ce que je vais préparer pour souper en cette journée si chaude ? Mélanie va arriver de Saint-Hyacinthe avec Denis.

— Tu ne cuisineras pas ce soir, Anne-Marie. On va faire livrer une pizza avec des frites.

— Que je suis donc d'accord avec toi, mon chéri ! Tu as déjà vu cette voiture dans le rang du Ruisseau, Charles ?

— Je ne crois pas, non…

L'Impala gris argenté se gara dans l'entrée des Jolicœur et un homme dans la cinquantaine en descendit pour se diriger vers eux. Il portait un jean défraîchi et un tee-shirt blanc. Non, il était gris. Les cheveux en broussaille, cet homme à l'hygiène peu soignée leur demanda s'il pouvait louer la petite maison d'Anne-Marie.

— Elle n'est pas à louer, cette maison, lui répondit-elle.

— Pourquoi ? Y a pas une âme qui vive dans cette cabane-là !

— Qui êtes-vous pour vous présenter chez les gens en omettant de leur dire votre nom ? s'enquit Charles.

— Qu'est-ce qui vous dérange ? J'ai pas d'affaire à vous donner mon nom, vous voulez pas me la louer, votre maison !

— Si vous aviez posé la question plus poliment, reprit Anne-Marie.

— Pis fourrez-vous-la donc où je pense, votre maison !

Charles s'était levé pour faire face à cet effronté et Anne-Marie l'avait agrippé en lui disant que cela ne valait pas la peine de provoquer une confrontation qui aurait pu, comme on dit, tourner au vinaigre. L'homme malpropre et mal vêtu avait regagné sa voiture et était parti en faisant crisser ses pneus.

— Il est donc bien effronté, cet homme !

— Calme-toi, mon cœur. Comme on dit, il faut toutes sortes de gens pour faire un monde…

Mélanie et Denis se présentèrent à quatorze heures sous un soleil de feu. Vêtue d'un short abricot et d'une chemise blanche nouée sous son buste, Mélanie dégageait une douce féminité. Sa coiffure acajou avait été remontée en une queue de cheval et elle avait déposé sur ses paupières un soupçon de poudre bleue. Denis n'avait jamais voulu porter de bermudas. Il était vêtu d'un pantalon beige et d'un polo rouge. Il portait les cheveux court et ses yeux souriaient derrière ses petites lunettes rectangulaires. Il avait hérité des profondes fossettes de son grand-père Laurier et du brun cristallin des iris de sa grand-mère Carmen. Les amoureux demeuraient dans un logement à Saint-Hyacinthe et caressaient le rêve de posséder d'ici cinq ans leur petit nid d'amour bien à eux.

— Est-ce que tu m'accompagnes, Denis ? Je dois me rendre au IGA pour prendre de la bière.

— D'accord. Je voulais m'y rendre pour acheter un paquet de cigarettes. Et Mélanie a besoin de serviettes...

— Denis... tu n'as pas besoin de spécifier...

— Ah bon !

— Pauvre puce... avec ces chaleurs !

— Que veux-tu, papa... C'est la vie de femme ! Vous autres, vous êtes bien, les hommes !

— Que voulez-vous ? Dieu l'a voulu ainsi ! Il savait que nous, les hommes, on n'aurait pas eu ces talents de mettre des enfants au monde et de cuisiner des petits plats !

— Denis Brière ! répliqua Anne-Marie. La raison est que le petit Jésus savait que vous n'auriez pas la force de passer à travers un accouchement ! Vous avez juste un rhume et vous allez mourir !

— Ha ! ha ! Cré petit cœur... Que je peux t'aimer, toi ! Allez, viens, Denis. J'ai hâte d'essayer ta nouvelle Honda Accord.

Les deux femmes conversaient comme deux amies lorsque la marraine de Mélanie se présenta sur les marches de la grande véranda, tenant le dessert préféré de sa filleule : un gâteau au fromage nappé d'un léger coulis de framboises.

— Que tu es gentille, Solange ! s'exclama Mélanie.

— Ce n'est rien... Depuis ta tendre enfance que je te prépare ton dessert préféré, tu sais... Tu n'as pas de souvenir de ta première bouchée de gâteau au fromage, Mélanie ?

— Non... Mais je suis certaine que je l'avais adorée !

— C'est là que tu te trompes... Tu m'avais envoyé ta bouchée à la figure !

— Non !

— Bien oui ! Tu étais installée dans ta chaise haute et quand je t'ai donné la première bouchée, ton visage est devenu tout crispé... comme si tu venais de manger un morceau de citron !

— Hi ! hi ! Et aujourd'hui, c'est mon dessert préféré ! Où est Mario ?

— À l'île aux Foins avec Éric.

— Il est parti pêcher par une chaleur pareille ? s'enquit Anne-Marie.

— Bien oui ! Tiens, le voilà justement...

Mario s'était présenté avec un nez rougi et un front imprégné de gouttelettes suintantes.

— Sainte mère ! À ce que je peux lire sur ton visage, la pêche n'a pas été très bonne !

— Aucun poisson, Anne-Marie ! J'aurais dû m'en douter avec cette température... Même les perchaudes avaient regagné le fond de l'eau pour rejoindre les esturgeons. Éric a pris un brochet et il l'a remis à l'eau. C'est plein d'arêtes. Voilà pour mon histoire de pêche... Je vais décrocher ma remorque et sortir mon attirail. Est-ce que tu as apporté ta guitare, Mélanie ?

— Non, Mario. Je n'ai pas joué depuis deux ans.

— Dommage... J'aurais aimé que tu me joues ta composition. Je l'aimais cette chanson. Dis-moi le titre ?

— Tu veux dire *Mon bonhomme de joie* ?

— Oui ! *Il est gros et farfelu, égayant de coquinerie. Il est si rosé et joufflu que les nuages en grondent de jalousie...*

— Tu as une mémoire d'éléphant, Mario !

— Bien oui ! Aussi... il y avait celle où tu racontes *C'est sur ce banc que tu me fis rêver, rêver de t'aimer, ce que tu as oublié...* Je t'ai encouragée à faire parvenir tes chansons à des artistes connus... Aujourd'hui tu récolterais tes droits d'auteur, ma belle...

— Voyons, Mario...

— Oui, oui, Mélanie. Moi, j'aurais aimé que tu me fredonnes *Mon bonhomme de joie*. Qui sait... Julie Masse l'aurait peut-être interprétée ou peut-être qu'on aurait entendu Mario Pelchat la chanter !

— Hi ! hi ! Julie Masse ne chante plus, Mario ! En 1995, elle a épousé le chanteur Corey Hart et ils ont déménagé aux Bahamas ! De temps en temps, elle chante comme choriste dans les chansons de son mari.

Charles arriva avec Denis et, avec Mario, ils se laissèrent tenter par une Budweiser bien froide. Les femmes les accompagnèrent en y incorporant du jus de tomate et des grains de sel et de poivre.

Madame Pauline, du haut de ses soixante-dix-huit ans, était venue, comme on dit, « quêter » de la glace. Son réfrigérateur avait rendu l'âme et le nouveau ne serait livré que le lundi suivant.

— Y fait-tu chaud, cibole !

— Oui, lui répondit Solange. Assoyez-vous, madame Pauline, vous courez après votre souffle !

— Marielle n'est pas encore rentrée du Saguenay ? s'informa Charles.

— Parlez-moé-z-en pas… Marielle a téléphoné hier après-midi pour me dire qu'y restaient à Jonquière une nuite de plus parce qu'y voulaient aller voir le cousin de Marcel, qui reste à Arvida. C'est pas grave, chus juste une vieille croûte, moé ! Y ont pas besoin de moé pantoute, ces deux-là !

— Ne dites pas de sottises, madame Pauline, lui dicta Anne-Marie. Ils sont aux petits soins avec vous ! Ils ont droit à leurs vacances, non ?

— Y auraient pu m'emmener avec eux autres ! J'en mérite, des vacances, moé aussi ! J'arrête pas deux minutes dans ma maison, cibole !

— L'an passé, ils vous ont emmenée avec eux en Estrie…, reprit Charles.

— Ben oui… ben oui ! Y m'ont laissée tu-seule comme un chien dans l'hôtel pendant qu'y allaient courir après une petite chris… une petite maudite balle de golf ! C'était pas des vacances pour moé, ça !

— Ce doit être pour cette raison que vous n'étiez pas du voyage cette année. Ils ne voulaient pas que vous vous ennuyiez au Saguenay…

— Ben j'aurais aimé ça voir la Petite Maison blanche, moé! En tout cas, si y me d'mandent de partir avec eux autres l'année prochaine, y en sera pas question une maudite minute! J'vas attendre que Nicole soit en vacances... Elle, a' me laissera pas tu-seule!

— Madame Pauline..., répliqua Anne-Marie. Nicole et Daniel font leurs voyages au Mexique et à Cuba!

— J'ai pas peur de la chaleur, Anne-Marie! Regarde aujourd'hui... je la supporte en masse, non?

— Quand un couple prend l'avion pour les pays chauds, leur but premier, c'est de profiter d'un voyage d'amoureux, madame Pauline...

— Je l'sais ben, ma fille! J'serais pas toujours collée sur eux autres comme une sangsue, non plus! Y a des activités dans les pays chauds, cibole! Chus encore capable de prendre l'autobus, de jouer à' pétanque pis d'aller magasiner! Chus pas une impotente!

— Il faut connaître des mots en anglais et en espagnol pour pouvoir se débrouiller...

— J'en connais, des mots en espagnol, tu sauras... Je suis pas si niaiseuse que ça!

— Je n'ai pas dit que vous étiez niaiseuse, madame Pauline. Moi, je vous suggérerais de faire des voyages organisés ici, au Québec.

— Tu veux dire avec des groupes de l'Âge d'Or?

— Bien oui! Vous pourriez profiter des pèlerinages, vous rendre au casino, visiter des musées...

— Ah ben, cibole! Si tu penses que j'vas embarquer dans un autobus avec une gang de vieux, tu te mets le doigt dans l'œil! Non, merci! Moé, du monde qui ont de la misère à se grouiller pis qu'y faut leur couper leur steak dans leur assiette au restaurant parce qu'y ont pas mis leurs dentiers, c'est pas pour moé une maudite miette, ces voyages de miséreux-là ! Bon, ma glace est quasiment toute fondue... En avez-vous d'autre, Charles ?

***

À vingt-deux heures, les diamants du firmament s'étaient dissimulés au dos des nuages et le vent mauvais tourbillonnait sur les terres déshydratées. Anne-Marie était sortie dans l'air chaud pour épier l'arrivée de l'orage, mais en vain. Ce dernier n'était pas venu et l'air était devenu humide. Assis sur les marches de la galerie, Charlemagne avait déposé son gros museau sur ses genoux. À voix basse, elle lui avait défilé l'histoire de son refuge, qui était l'endroit où, jadis, elle avait assisté aux plus féeriques spectacles de la Voie lactée. « Mademoiselle Pétronie doit s'ennuyer dans son grenier... Quand il pleuvait, je grimpais la rejoindre pour m'installer à ses côtés sur le rebord de la lucarne. Avant Franklin et toi, dans ma petite maison vivait un petit chaton... Grison. Il portait le même nom que le chat de mamie Bibianne, du temps où elle vivait dans sa jolie chaumière à Trois-Rivières. Cette femme douce m'a appris à aimer les orages qui venaient du ciel turbulent quand j'avais sept ans. Tu trembles pour rien, Charlemagne... L'orage ne viendra pas ce soir. Viens, mon chien, on va dormir... Et si durant la nuit les éclairs allument le ciel, on reviendra. »

Durant la nuit, les cours d'eau et les terres asséchées s'étaient abreuvés à satiété et une légère brise s'était levée pour danser la valse avec les fleurs. Au lever du jour, le soleil avait devancé les nuages pour miroiter à la surface des rivières et attiser d'une lueur chaude les sous-bois. Les fines gouttelettes glissaient sur les fruits des potagers et brillaient sur les feuilles des arbrisseaux argentés. Les oiseaux, qui avaient quitté leur nid sous les jours pluvieux, avaient recommencé à émettre des cris mélodieux et les gens profitaient à nouveau de cette saison estivale qui, au mois de septembre, s'effaçait trop rapidement.

Anne-Marie avait revêtu son vieux jean pour enlever les plantes inutiles dans son jardin et Charles, muni d'une peau de chamois, offrait une cure de beauté aux deux voitures poussiéreuses.

— Oh là là ! Ce n'était pas un luxe, Charles ! Tu les as cirées aussi ?

— Bien oui ! Regarde ta vieille Ford Granada… Elle brille !

— Elle est plus endurante que ta voiture…

— Que dirais-tu si on faisait repeindre la Golf et qu'on vendait la tienne, mon cœur ?

— Tu irais te choisir une nouvelle voiture ?

— Tu as tout deviné.

— Quel modèle de voiture aimerais-tu t'acheter ?

— Aucune idée. Madame me ferait-elle l'immense plaisir de venir casser la croûte avec moi ce midi au restaurant et par la suite, visiter les garages ?

— Une dernière randonnée à bord de ma vieille minoune ?

— Qui sait si on ne la remettra pas au concession-
naire pour revenir avec une nouveauté…

— D'accord, Charles, mais je tiens à te mentionner
que j'aimerais qu'on ne revienne pas avec une grosse
voiture.

— Très bien. Et si tu acceptes, quand je vais prendre
ma retraite, si Mélanie ne s'est pas acheté de voiture d'ici
là, on pourrait lui donner la mienne…

— Non, Charles… Je tiens à garder ma voiture.

— Ah bon… Je ne comprends pas, mon cœur…
Quand l'heure viendra pour moi de quitter l'école
Mère-Marie-Rose, on va se retrouver ensemble tous les
jours. On n'aura plus besoin de deux voitures !

— Comment vais-je me déplacer quand tu seras
parti jouer au golf ou à la pêche dans le Nord avec
Mario ? Mario ne prendra pas toujours sa voiture, vous
allez devoir alterner ! Je ne voudrais pas avoir à attendre
que tu reviennes chaque fois pour me rendre à l'épicerie
ou bien chez ma coiffeuse, ou simplement pour me
rendre aux Promenades de Sorel ou à celles de
Saint-Bruno…

— Je vais y aller avec toi, mon cœur !

— Écoute, Charles… Prendre notre retraite ne veut
pas dire qu'on va toujours être collés l'un sur l'autre…
Ça pourrait entraîner…

— Tu ne m'aimes plus ?

— Oui, je t'aime, mon amour. Et c'est pour cette
raison que je ne veux pas qu'on dépende l'un de l'autre
du matin au soir. Tu dois avoir tes activités et moi, les
miennes. Tu sais qu'il y a des couples qui se sont éteints
aussitôt qu'ils se sont retrouvés sur le chemin de la
retraite ?

— Ils ne s'aimaient sûrement pas autant que nous.

— On s'aime, Charles... Moi, je sais qu'on va vouloir avoir des loisirs individuels. On a une complicité que des couples n'ont pas et je ne voudrais pas qu'on se suive comme des petits chiens de poche. Je ne pêche pas, je ne joue pas au golf, tu ne pratiques pas la danse aérobique et tu n'aimes pas le bingo. Je te vois mal assis toute une soirée à une table avec un troupeau de femmes à attendre que l'animateur du bingo crie B-8 ou bien O-64...

— Ha! ha! Et je ne te vois pas dans une chaloupe sur un lac en train de mettre un ver sur ton hameçon et de découper du filet de truite...

— Voilà! Je vois qu'on a compris. On sait tous les deux que ce jour arrivera bientôt, Charles... Il ne te reste que trois ans à travailler!

— Comme le temps s'est envolé, mon cœur! Est-ce que tu peux imaginer que dans trois ans, on aura le statut de sexagénaire?

— Ouf! Et après, septuagénaire... Je n'en reviens pas, Charles!

Anne-Marie avait dignement endossé les années. Elle possédait une forme physique étonnante. C'était comme si elle avait couru pour se sauver de ces années qui essayaient de l'atteindre. Le soir, Charles entrait sous les draps avant elle et au réveil, il était ardu pour lui de se lever pour se rendre à son travail. Présentement en congé scolaire, il ne sortait pas du lit avant neuf heures et Anne-Marie se levait tous les matins à sept heures.

L'après-midi, ils avaient visité les concessionnaires de voitures et avaient choisi, au garage Hyundai, une Elantra couleur caméléon, abandonnant la vieille Ford

Granada en échange. Anne-Marie avait repris la route vers Contrecœur au volant de cette belle voiture qui tournait du beige éclatant au vert lorsqu'elle recevait l'ombre des feuillus.

Dans la soirée, après le déclin du soleil, Charles avait sorti le boyau d'arrosage sous le regard de sa femme, bien installée sur la galerie dans sa chaise couleur d'ombre brûlée avec une tasse de café entre les mains.

— Tu vas être continuellement aux petits soins avec cette voiture, Charles ?

— Elle était poussiéreuse ! Voilà, j'arrête… Je vais m'asseoir avec toi, je suis fatigué.

— Pourquoi ne vas-tu pas voir le médecin pour passer des tests, Charles ? J'ai remarqué que tu n'es plus aussi endurant qu'autrefois. Ton corps manque peut-être de fer…

— Voilà la vieillesse, mon cœur. On ne se lève pas en sautant sur une patte comme à vingt ans !

— Tu devrais aller consulter… pour prévenir.

— Je vais prendre un rendez-vous avant que les classes recommencent, mon cœur. Je te le promets. Tu sais, quand le corps humain a traversé cinquante longues années, le médecin conseille du repos à ses patients.

— D'accord, Charles. Tu vas tout de même prendre un rendez-vous à l'automne, mon chéri ?

— Oui, mon cœur.

***

L'automne s'était présenté à petits pas en invitant les grands végétaux à se parer de leurs plus belles carnations. Le tableau automnal montrait ses chaudes teintes de rouge, d'orangé et de jaune doré. Le brouillard matinal couvrait les sous-bois d'un voile transparent et l'odeur humide sous les tapis mousseux rappelait aux passants qu'était venu le temps, pour eux, de faire place à la saison des courges et des potirons.

Chapitre 23

L'envolée

Si les voyages forment la jeunesse et que le soleil du sud s'avère excellent pour quérir de la vitamine D, pourquoi ne pas suivre le sentier des nuages ?

L'avion d'Air Transat s'était posé sur le sol de l'aéroport du Venezuela à treize heures dix sous une température de trente-deux degrés Celsius où les vents alizés rafraîchissaient l'atmosphère. Il n'y a que les fous qui ne changent pas d'idée, comme on dit... Sosua, en République dominicaine, serait sûrement la prochaine destination...

Après avoir récupéré leurs bagages, Anne-Marie et Charles étaient montés à bord d'un autocar non climatisé pour profiter d'une randonnée de trente minutes au terme de laquelle ils s'émerveillèrent du site enchanteur de l'hôtel Hesperia Playa El Agua, situé sur la plage même d'El Agua, surnommée « la perle des Caraïbes ».

Après s'être débarrassés des jeans et des chandails laineux qui leur collaient à la peau, Anne-Marie et

Charles assistèrent à une réunion commentée par le guide québécois d'Air Transat, un dénommé Dominic Favreau, dans le somptueux *lobby* de l'hôtel.

Juste avant d'entrer dans ce fastueux *lobby,* un doux murmure d'eau fraîche tambourinait sur des roches cristallines au creux d'une gigantesque fontaine aménagée au centre du quadrilatère. À l'intérieur, les parquets de marbre scintillaient sous les divans tressés d'osier habillés de coussins couleur crème.

— Vu le changement radical de température par rapport au climat frisquet du Québec, je vous conseille de ne pas abuser des fruits mûris au soleil, en l'occurrence les ananas. Vous pourriez vous retrouver confiné dans votre chambre d'hôtel à ingurgiter des comprimés d'Imodium. L'île de Margarita est située sur la pointe de l'équateur et elle longe la mer bleutée des Caraïbes. Vu le soleil bas qui rejoint presque la terre, la prudence est de rigueur pour votre première journée sous le climat des tropiques. Ne vous y allongez pas plus de trente minutes à la fois. Il y a des petites huttes aménagées pour vous sur la plage. Sans que vous vous en rendiez compte, le vent salin aura fait le même travail que Galarneau, comme on dit au Québec, et cela, sans vous brûler l'épiderme. Voilà. Je ne vous retiens pas plus longtemps. Je vous souhaite un beau séjour à *Hesperia Playa El Agua*. Ah! J'oubliais… L'eau n'est pas potable. Des bouteilles d'eau distillée sont à votre disposition pour vous désaltérer et vous brosser les dents. Pour ce qui est de la nourriture, elle est nettoyée avec cette eau et la glace que vous allez prendre dans vos cocktails est faite aussi de cette eau embouteillée. Un *piña colada* chaud, ce n'est pas très rafraîchissant... Aussi, la mer des Caraïbes est sournoise... Parfois, les vagues peuvent s'élever à plus de vingt pieds. Malheureusement, la semaine dernière, il y a eu une noyade. Soyez prudents. Ne traversez pas la deuxième vague de la mer, au cas où elle ne vous ramènerait pas au rivage. Si vous avez besoin de quoi que ce soit, mon bureau est situé à la droite de l'hôtel, tout près du *stand* où vous allez prendre vos serviettes de plage tous les matins. Air Transat vous souhaite un bon séjour à l'île de Margarita...

***

— C'est magnifique, Charles! Ici, on ne verra jamais où la mer peut s'éteindre à l'horizon.

— En effet, mon cœur... Dans notre petit patelin, on aperçoit les deux rives du Richelieu d'un même coup d'œil et on peut voir l'autre côté du fleuve Saint-Laurent.

— Hi! hi! *La mer qu'on voit danser, le long des golfes clairs, a des reflets d'argent, la mer...*

— Que je peux t'aimer, toi! Pourquoi ne pas avoir apporté ton bikini, Anne-Marie?

— Voyons, Charles, je n'ai plus l'âge de porter un bikini, sainte mère... J'ai cinquante-sept ans!

— Et tu en parais à peine quarante, ma chérie.

— Tu es flatteur, Charles, mais moi, je suis consciente que ma silhouette n'est plus la même que lorsque j'avais trente ans. Solange m'a dit l'autre jour qu'en vieillissant, notre peau descend et que si on ne fait pas d'exercice, elle va continuer à descendre tout le temps. Regarde ma taille... j'ai des bourrelets et j'ai toujours gardé le même poids...

— Tous les gens ont des petits bourrelets quand ils s'assoient, ma chérie. Quand tu es debout devant moi et que tu es nue, je ne vois qu'un beau corps de femme, moi.

— Charles... On est comme tous les autres gens, mon chéri. Quand on naît, nos cheveux foncent... et aujourd'hui, ils blanchissent! Comme on dit, on n'est pas partis sur le bon bord!

— Viens, mon cœur, allons nous promener pendant que le soleil est encore jeune. Regarde au loin, il y a un Vénézuélien qui se promène à dos d'âne. Prends l'appareil photo avec toi.

Aux quatre coins du monde, même si l'on affirme que la terre est ronde, cette dernière s'étale en mille merveilles. Les deux amoureux s'étaient installés sur une grosse roche, les pieds gambillant au-dessus de l'écume blanche de la mer bleutée.

— On va avoir à s'occuper de beaucoup de choses, Charles, en rentrant de voyage. Les bans de l'église sont réservés, la salle de réception est retenue, le buffet est commandé...

— Ce qu'il te reste à faire, ma chérie, c'est d'accepter que notre petite puce soit devenue une dame et qu'elle prenne le chemin de sa vie d'adulte avec Denis.

— Oh... Est-ce que tu penses qu'ils vont nous donner le bonheur de bercer nos petits-enfants, Charles?

— Je l'espère bien! Mais la joie d'être grand-parent, si telle est notre destinée, ne se présentera à nous que dans cinq ans. Mélanie ne veut pas avoir de bébé tant qu'elle demeure en logement.

— C'est bien sûr que pour eux, le mieux serait de donner la vie à un enfant dans leur maison familiale.

— Comme toi ! Sauf que j'ai passé à côté de tout ça... Mélanie a grandi sans papa et cela, à cause de Madelei...

— Ne dis pas ça, Charles... Madeleine voulait seulement nous protéger. Si elle avait su qu'on s'aimait avant d'écrire ces lettres, elle les aurait sûrement écrites autrement, tu ne penses pas ?

— Oui, oui... mais tu m'as manqué durant des années, Anne-Marie, et je ne peux faire autrement que de penser au temps perdu.

— Tu ne penses pas qu'aujourd'hui on a rattrapé tout ce temps perdu, Charles ? Regarde... Présentement, nos pieds trempent dans la mer des Caraïbes, on a fait un voyage magnifique sur la Côte d'Azur, et dans le rang du Ruisseau à Contrecœur, on s'aime comme au premier jour.

— Oui, mon amour, et je vais t'aimer jusqu'à la fin des temps, c'est-à-dire le temps que le Tout-Puissant voudra bien nous accorder.

— Et après, lorsqu'on aura cessé de respirer tous les arômes de la terre, on va se reposer sur un duvet blanc en regardant Mélanie cheminer dans la vie et peut-être épier nos petits-enfants, qui auront atteint l'âge adulte. Pour l'instant, on ignore les noms qu'ils vont porter.

— Que dirais-tu de visiter la péninsule et ses cactus demain ?

— Le désert ?

— Oui, oui... J'ai vu le dépliant à l'hôtel. C'est le désert, oui, mais on pourra se désaltérer et manger une langouste au bord de la mer. J'aimerais que tu me prennes en photo à côté des cactus géants...

— Mais si l'autocar n'est pas climatisé, on va suffoquer, Charles !

— Je ne veux pas faire cette randonnée dans un autocar avec des gens qui ne parlent que l'espagnol, l'allemand ou l'italien. On louera une jeep à l'hôtel et avec la carte de la péninsule, on pourra revenir à la même heure que ces gens, en fin d'après-midi.

— D'accord ! Mais avant… on va retourner sous notre petite hutte pour prendre une boisson exotique comme les Vénézuéliens savent si bien la préparer et je vais napper ton corps de crème, car tes épaules sont rouge feu.

***

La péninsule de Macanao est une langue de terre escarpée et déserte où ne vivent que quelques rares pêcheurs. Une zone très aride au sable rougeâtre et aux paysages sauvages.

L'une des merveilles de la péninsule est le Parc national de La Restinga, un labyrinthe de canaux et d'arbres tropicaux remarquables.

— De toute beauté ! Et si on manquait de carburant, Charles, on se ferait manger par les oiseaux rapaces ? demanda Anne-Marie, tout inquiète.

— Ha ! ha ! Quand j'ai réservé le quatre par quatre ce matin, le préposé au comptoir d'accueil nous a inscrits sur la liste des randonneurs de la péninsule. S'il nous arrivait quoi que ce soit, il enverrait des personnes nous chercher.

— J'aime mieux ça… Je n'aurais pas aimé nous voir crever de soif ou d'insolation.

— Ha! ha! Demain, on va profiter d'une autre journée sur la *playa* et après-demain, on ira faire les boutiques de Porlamar.

— On va encore louer une jeep? C'est tout de même assez dispendieux...

— Non, non, mon cœur... On prendra le minibus de l'hôtel pour trois dollars... ou, si tu préfères, mille quatre cent deux *bolivars*.

— Hein?

— Je viens de faire la division avec la calculatrice.

— Ah bon! C'est loin Porlamar?

— Non, à quarante-cinq minutes de Margarita. On va être enchantés! Je vais te monter le dépliant quand on rentrera à l'hôtel. C'est un centre-ville rempli de boutiques européennes et cet endroit est aussi renommé pour son cuir.

— Mmm... Moi qui adore les nouveaux souliers et les sacs à main!

***

Au Québec, le climat de mars faisait place à un soleil de plus en plus insistant. Dans les boisés, les arbres exposaient leurs bourgeons prêts à éclater et les oiseaux partis les derniers étaient revenus les premiers pour se choisir un nouveau logis.

En cette semaine de relâche, les ruelles et les trottoirs étaient bondés de jeunes enfants et les plus vieux recevaient les remontrances de leurs parents, les incitant à délaisser leur ordinateur et leurs jeux vidéo pour respirer l'air frais du nouveau printemps.

Sur le boulevard Cardin à Tracy, un jeune policier heureux recevait son ami Jean-Sébastien Giguère.

— Hé! hé! Salut, *dude*! Il était temps que tu viennes me voir, toi! Viens t'asseoir, on va prendre une petite bière-tomate...

— Une bière-tomate pour toi, Benjamin... Moi, je ne me suis pas encore familiarisé avec cette coutume soreloise!

La maison de Benjamin datait de 1972. Jean-Sébastien avait été très étonné d'y retrouver une propreté impeccable. À l'achat de sa propriété, Benjamin avait dû retirer des murs plusieurs épaisseurs de papier peint et il avait dû étendre quatre couches de peinture sur les plafonds verts. Aussi, il avait demandé les services d'un entrepreneur pour dépolir les planchers de bois et les enduire d'un nouveau vernis.

Benjamin se voyait très fier de son acquisition. Dans les prochaines années, il ne lui resterait qu'à engager un professionnel pour refaire l'électricité et entreprendre lui-même l'isolation thermique de son garage double.

— Ça va te coûter une beurrée, comme on dit!

— Il le faut, Jean-Sébastien! Les fils électriques pendouillent de partout au sous-sol! Si je veux pouvoir revendre cette maison plus tard, je ne peux pas, c'est un *nique* à feu!

— Si elle n'était pas conforme aux normes du bâtiment, pourquoi l'avoir achetée, alors?

— Pour le prix, mon chum! Je l'ai eue pour une bouchée de pain.

— À quel prix l'as-tu obtenue?

— Soixante-douze mille.

— Ouin… Pas cher, pas cher…

— En effet. Si je décide de la revendre d'ici deux ou trois ans, après que je l'aurai toute rénovée, je devrais obtenir dans les cent trente mille, en calculant le montant que j'y aurai mis pour les rénovations.

— Pour te racheter une maison neuve ?

— Peut-être, mais j'aime beaucoup le coin ici. C'est tranquille et les voisins ne sont pas accaparants. Si je décide de la garder, je vais demander les services de Cournoyer Alsphalte pour refaire l'entrée, et dans la cour arrière, je vais faire creuser une piscine.

— Wow ! Tu patrouilles toujours sur les douze heures ?

— Pour l'instant, oui. À Tracy et à Contrecœur.

— Pourquoi tu dis pour l'instant ? Tes *shifts* vont changer ?

— Bien oui… La ville de Sorel va fusionner avec Tracy l'an prochain et plus tard, on va se joindre à la Sûreté du Québec.

— Eh bien !

— L'Institut de police du Québec à Nicolet va aussi changer de nom pour l'École nationale de police du Québec.

— Ah bon ! Tu vas me présenter Amélie aujourd'hui, Benjamin ?

— Bien non, mon chum… Je l'ai laissée la semaine dernière.

— Sans m'en parler ?

— Ah ! J'ignorais que je devais te demander la permission…

— Cré Ben… Tu essaies de trouver une fille identique à Véronique ?

— Je l'ai croisée au Festival de la gibelotte de Sorel au mois de juillet.

— Elle est revenue vivre à Sorel ?

— Je pense.

— Comment ça ? Tu ne lui as pas parlé ?

— Lorsque je suis arrivé à côté d'elle, elle m'a regardé et s'est sauvée en courant.

— Mais pourquoi ?

— J'aimerais bien le savoir, Jean-Sébastien. En plus, elle était seule. Si elle avait été en compagnie d'un gars, je l'aurais tout simplement saluée en passant et c'est tout !

— Drôle de fille, cette Véronique… Essaie donc de l'oublier, Ben.

— Ce n'est pas facile… Cette fille a marqué ma vie. Je suis né pour vivre comme un ermite jusqu'à la fin de mes jours, moi. Chaque fois qu'une fille m'attire et qu'après l'avoir courtisée, je suis certain qu'elle va être la femme de ma vie, l'amour que je pensais ressentir pour elle décline. Je n'y comprends rien, mon chum…

— Tu n'as pas encore trouvé la femme de tes rêves, c'est tout !

— Oui, je comprends, Jean-Sébastien… Mais en attendant, je fais rêver d'autres filles et deux semaines plus tard, je leur cause du chagrin en les mettant au rancart. Ça me rend triste de leur faire de la peine. Toi, c'est toujours le grand amour avec Cindy ?

— Non.

— Hein ? Vous aviez des projets de mariage !

— Ils sont tombés à l'eau, comme on dit.

— Voyons, toi ! Que s'est-il passé ?

— Cindy s'est amourachée d'un autre gars.

— Un gars de Trois-Rivières ?

— Oui, oui... Tu le connais, c'est Ti-Guy Thivierge.

— Hein ? Le chien de poche qui nous suivait tout le temps à la Broue Lib ?

— Oui, oui. Un soir qu'on était bien collés en écoutant un film, elle m'a dit, comme ça : « Tu sais, Jean-Sébastien, je suis bien avec toi, mais... »

— ...mais elle était mieux avec Ti-Guy...

— C'est ce qu'elle m'a dit mot pour mot, mon vieux.

— Non ? Pas vrai !

— Vrai comme je suis là, Benjamin. Mais on en était rendus là... On était plus des amis que des amoureux.

— Elle va te revenir, j'en suis certain, J.-S.

— Écoute, mon vieux. Quand deux personnes sont de très bons amis, elles peuvent tomber amoureuses. Deux amoureux qui se laissent ne peuvent pas redevenir amis.

— Ouin... T'as raison. Je vais te présenter une gentille fille, Jean-Sébastien...

— Quelle fille ?

— Une collègue de travail.

— Tu veux dire une policière ?

— Exactement. Son nom est Louise Verville. C'est une bonne amie à moi. Elle demeure tout près d'ici, sur la rue Letendre.

— Comment est-elle ?

— Elle est un peu grassette et très mignonne.

— Trop mignonne pour moi ?

— Voyons, Jean-Sébastien ! On dirait que tu te sous-estimes...

— Je vois clair, c'est tout. Je suis grand, trop maigre et je traîne encore avec moi mes boutons du secondaire.

— Eh! que c'est pas drôle! Pauvre petit Jean-Sébastien… Attends, je vais brailler cinq minutes pour toi. Il te pousse un bouton et tu penses que ta vie est finie! Qu'est-ce que tu dirais si je lui téléphonais pour l'inviter à prendre une bière avec nous?

— Non, Ben… Pas de cette façon. Je serais trop mal à l'aise.

— J'ai trouvé!

— Quoi?

— Je vais lui dire que je m'en vais prendre une bière au restaurant Tracy ce soir!

— Et elle va s'y rendre?

— Certainement, on est de très bons amis. Et là, lorsqu'elle se présentera à notre table, je vais te la présenter en lui disant que tu m'as fait une visite surprise à la dernière minute.

— Donc, si je comprends bien, je ne retournerai pas à Trois-Rivières en après-midi et tu m'invites à souper, vieux?

— Si t'es partant pour un macaroni à la viande, je t'invite.

La soirée fut prometteuse et Jean-Sébatien quitta Tracy avec le numéro de téléphone d'une policière très mignonne en poche.

***

À l'aéroport de Mirabel, Charles et Anne-Marie avaient posé leurs pieds sur un sol froid où une petite neige tourbillonnait en mourant avant d'arriver à destination. Le teint hâlé et le cœur heureux, ils avaient regagné leur demeure du rang du Ruisseau sous les nuages étirés d'un ciel assombri. À vingt heures, après qu'ils aient déposé leurs valises près de la grande table de merisier, Solange s'était présentée à leur porte.

— Salut, ma vieille ! Tu t'es ennuyée de nous à ce que je vois ?

— Mais oui ! Vous avez fait un beau voyage, les amoureux ?

— Tu sais bien qu'en compagnie de mon mari, mes voyages sont toujours des contes de fées, Solange. Qu'as-tu, mon amie ? Tu nous caches quelque chose, toi... Parle, sainte mère !

— Hier après-midi... euh...

— Voyons, Solange ! C'est Mélanie ? Oh ! mon Dieu ! Charles...

— Non, non... Mélanie va très bien. C'est les grands-parents de Denis...

— Ils sont...

— Oui, Anne-Marie. Ils sont morts tous les deux.

— Qu'est-il arrivé ? lui demanda Charles, ébranlé par cette triste nouvelle.

— Un accident sur l'autoroute trente. Ils revenaient du marché aux puces de Saint-Hubert et la collision avec la remorque a été fatale.

— Mon Dieu ! Denis... comment il va ? questionna Anne-Marie.

— Il a beaucoup de chagrin et ses parents ne sont pas encore rentrés du Costa Rica. Il préfère leur annoncer leur décès seulement quand ils seront de retour à Montréal dans trois jours.

— Est-ce que Laurier et Carmen vont être exposés ?

— Non, Anne-Marie, ils ne seront pas exposés. Je veux dire… oui, ils seront exposés, mais le couvercle de leur cercueil sera fermé. Ils sont…

— Arrête, Solange !

— Je suis désolée de vous apprendre cette triste nouvelle alors que vous rentrez d'un si beau voyage…

— Il aurait fallu que tu nous l'apprennes un jour ou l'autre !

— Oui, je sais… Mais vous l'annoncer ce soir, c'est pour moi très difficile. Si vous voulez venir à la maison, Mélanie est chez moi avec Denis.

Charles et Anne-Marie trouvèrent un Denis effondré, et Mélanie avait les yeux rougis tellement elle avait pleuré. Carmen était entrée dans la vie de celle-ci comme la grand-maman qu'elle avait toujours espérée. Les journées à venir seraient très bouleversantes dans la vie de ces deux êtres qui allaient s'unir au pied de l'autel Sainte-Trinité seulement trois mois après avoir assisté aux obsèques de ces personnes si chères.

Chapitre 24

Oui, je le veux

Samedi, le vingt-six juin. Sous un ciel à demi voilé, le thermomètre indiquait trente-deux degrés Celsius. Le clocher de l'abbatiale Sainte-Trinité fredonnait l'arrivée des futurs mariés.

Les convives, massés sur le parvis de l'église, attendant l'arrivée de la promise, ressemblaient à un bouquet de fleurs pastel. Seul le marié différait dans son complet noir assorti à sa chemise blanche et à son nœud papillon noir, œillet ivoire à la boutonnière. Voyant son fils anxieux, Richard Brière s'était faufilé parmi les gens pour le rejoindre.

— Prends sur toi, mon gars ! Je te sens si nerveux…

— Papa… comment pourrais-je être calme quand j'attends la femme qui deviendra mienne pour la vie ?

— C'est un jour très spécial pour toi, mon fils…

— Oui, papa… J'aurais aimé que grand-mère et grand-père soient ici…

— Ils t'observent en ce moment, Denis. Ils n'auraient pas manqué ton mariage pour tout l'or du monde.

— Merci, papa. Tu te souviens quand grand-mère nous fredonnait *La belle de Cadix* ?

— Ha ! ha ! Ton grand-père la faisait fâcher en lui disant qu'elle chantait comme une corneille. À vrai dire, c'est qu'il essayait de cacher la mélancolie qui s'installait dans son cœur. Quand ma mère chantait, il était le premier à se taire pour l'écouter, les yeux noyés de larmes. Tiens, voilà les parents de Mélanie...

— Wow ! Comme ils sont élégants !

Charles était vêtu d'un habit couleur terre et d'une chemise ivoire et, à son bras, Anne-Marie se battait entre le tiraillement de son cœur et la joie qui l'envahissait. Des perles humides s'étaient agrippées à ses prunelles ambrées et ses lèvres teintées de corail sautillaient. Elle portait une robe de mousseline pêche ceinturée à la taille et des souliers en pou-de-soie de la même teinte. Charles était fier de tenir le bras de cette femme si belle et il reflétait l'image d'un homme riche de ce que la vie lui avait donné.

Charles avait reconduit Anne-Marie près du curé Lalancette et des enfants de chœur pour se diriger vers la limousine blanche et prendre la main de sa fille pour la conduire au pied de l'autel.

À la vue de sa future femme, Denis avait été ébranlé par cette jolie princesse vêtue d'une pureté sacrée sortie tout droit d'un conte de fées. Elle resplendissait dans une robe bustier de satin nacré et de dentelle brodée de perles aux reflets laiteux. Sur ses cheveux bruns cuivrés remontés en boucles légères avait été déposé un voile en tulle constellé de pierres soutenues d'un diadème, ce voile recouvrant son doux visage qu'une fois les vœux prononcés Denis soulèverait pour déposer un léger baiser sur ses lèvres rosées. Le croissant d'orchidées blanches enrubanné d'ivoire que Mélanie tenait entre ses mains gantées valsait sous la cadence de ses tremblements.

Du haut de sa chaire, le curé Lalancette avait prononcé l'homélie, et l'échange des anneaux avait été accompagné de la flamme vivante des chandelles oscillantes de la nef.

On fera notre vie ensemble
Comme on l'a choisi
On a tant de choses à s'apprendre
Au lit de la vie
On fera notre vie ensemble
On apprendra à se défendre
On s'aimera malgré le monde
Comme on l'a choisi[1]

Sur le parvis de l'église parsemé de pétales de rose, les éclairs des appareils photo éclataient de tous bords tous côtés. Monsieur et madame Denis Brière venaient de s'unir pour la vie.

***

Mélanie et Denis avaient choisi de célébrer la noce dans la grande salle de l'école Mère-Marie-Rose, parée de rose et de blanc, sur la rue Chabot. Sous le

---

1   *Comme on l'a choisi*, interprétée par Julie Masse, 1993.

tintement des ustensiles argentés, les baisers échangés à la table d'honneur s'étaient multipliés et Mélanie avait déposé sa main sertie d'une jolie bague surmontée d'un diamant sur celle de son mari pour découper l'imposant gâteau.

— Sainte mère que je suis heureuse que Mélanie prenne le chemin de sa nouvelle vie avec cet homme si bon !

— Tu as raison, répondit Charles en passant son bras autour des épaules de sa femme. Est-ce que tu vas pleurer pendant des jours, mon cœur ?

— Le temps qu'il faudra, Charles... Je suis incapable de m'arrêter...

— Viens là... je t'aime.

La noce se déroula gaiement sur des pas de merengue, de cha-cha-cha, de danse populaire et de slows, cette danse de partage que les couples préféraient. Avant de quitter la salle pour revêtir leur tenue de voyage de noces, les jeunes mariés avaient déambulé autour des tables pour converser avec les invités.

« Tout le monde en place pour un set *canadien ! »*

— Christian et toi me réjouissez de votre présence, papa...

— Tant d'années perdues... Je n'en reviens pas, Charles ! Si ta mère Christiane avait voulu de moi comme mari... Merci d'avoir fouillé dans le passé, mon gars.

— Merci à toi, papa, d'avoir aimé ma mère, même si elle a déchiré ton cœur en 1943. Je ne sais pas si elle paraît aussi jeune dans le ciel que sur la photo ou bien si elle a vieilli comme nous tous...

— La réponse, on va l'avoir seulement lorsqu'on va la rejoindre là-haut.

— Tu as raison. De toute façon, tu vas la retrouver aussi jolie qu'à seize ans...

— J'en suis persuadé ! Où vont Mélanie et Denis en voyage de noces, Charles ?

— Ils s'en vont au Nouveau-Brunswick, là où il y a des ports de pêche et une mer douce où le sable rougit sous le soleil. On aimerait s'y rendre, Anne-Marie et moi, dans les prochaines années. J'aimerais visiter Shippagan, l'Acadie et la baie de Fundy. Viens à l'extérieur avec moi, papa, j'ai pris une cigarette dans le paquet de Denis.

— Tu fumes ?

— Non, seulement aujourd'hui.

— Ah bon !

Une poudre blanche virevoltait sur le grand parquet de l'école.

« Changez de côté vous vous êtes trompé et... swinguez *votre compagnie ! »*

— Je n'en reviens pas ! Comment cette femme peut-elle tenir la forme ? s'exclama Isabelle en regardant madame Pauline exécuter un *set* canadien dans les bras de son gendre Marcel.

— Madame Pauline ? reprit Anne-Marie. Elle va tous nous enterrer, sainte mère ! Elle vient d'avoir soixante-dix-neuf ans et elle sautille encore ! Son Hubert doit être découragé de la voir ! Jessica et Sébastien sont amoureux, Isabelle ? Est-ce qu'on va célébrer un mariage prochain à Louiseville ?

— Ouf! Quand on regarde notre fille, qui est devenue une adulte, le cœur en prend un sacré coup! Et toi,
Anne-Marie, Mélanie va te manquer beaucoup?

— Je m'ennuie d'elle depuis le jour où elle a quitté le
rang du Ruisseau pour s'installer à Saint-Hyacinthe en
1993. Mais je suis heureuse de la voir si bien avec Denis.
Elle rayonne, ma puce. Bonjour, madame Pauline!
Regardez, il y a une chaise de libre ici... Venez vous
reposer. Vous avez la jambe alerte, comme on dit!
Vous n'avez pas cessé de danser!

— C'est pas quand j'vas être morte que j'vas pouvoir
me trémousser comme ça, ma fille! Pis Marcel, quand y
entend de la musique de même, y tient pas en place. Le
cul y lève su' sa chaise, maudit verrat!

— Hi! hi! Marielle n'aime pas danser?

— Ben oui! Mais a' porte des souliers neufs pis al' a
plein d'ampoules aux pieds ... faque c'est moé qui danse
avec son mari. Remarquez ben que ça me choque pas
pantoute! La petite avait-tu faite son trousseau de noces
avant de se marier, Anne-Marie?

— Oui, oui... Vous comprenez bien qu'on l'a aidée,
Charles et moi...

— C'est ben sûr! Ça coûte cher en verrat se greyer
pour partir de la maison! Dans mon vieux temps, le
père de la fiancée allait dans le bois bûcher un cèdre
pour faire un grand coffre dans lequel les futures
mariées gardaient leur trousseau pour qu'y se fasse pas
manger par les mites.

— Wow! reprit Isabelle. Combien de fois j'ai pu
rêver d'avoir un coffre de cèdre au pied de mon lit!

— J'ai encore le mien, ma petite soie! Celui que mon vieux père Alcide m'avait faite!

— Ah oui?

— Ah oui! Y a encore du linge dedans. Y a une nappe en lin tissée par ma grande mère Eugénie dedans...

— Wow! De quelle année date-t-elle, cette nappe, madame Tessier?

— A' date de loin c'te nappe-là ma fille... Ma grand-mère l'avait ourdie pour son mariage en 1881!

— Oh là là! Que j'aimerais la voir, simplement pour la caresser des doigts!

— T'as juste à venir la voir après les noces!

— Je ne voudrais pas vous déranger, madame Tessier...

— Tu me dérangeras pas pantoute! En même temps, j'vas te montrer le châle de laine que ma mère m'avait tricoté dans les années quarante quand elle avait trente ans.

— De quelle teinte est-il, votre châle, madame Tessier?

— Y est drabe. Pis j'ai aussi le trousseau de baptême de ma fille Nicole. J'vas te l'passer, Anne-Marie, quand Mélanie va avoir un petit...

— Vous êtes sérieuse, madame Pauline?

— Ben sûr! Pis je peux te dire qu'y est encore ben blanc!

— En quelle année vous vous êtes mariée? s'enquit Anne-Marie.

— En 1938, ma fille! J'me suis mariée avec mon Hubert un jour de décembre, pis y tombait des peaux de lièvre c'te journée-là. Hubert était en beau maudit, y voulait se marier en plein été, lui! Y a tout fait pour essayer d'me marier au mois de juin, mais comme on dit, y avait baisé le cul de la vieille, parce que ç'a pas marché pantoute! J'ai tenu mon boute pis on s'est mariés dans une tempête de neige. C'tait ben beau les gros flocons blancs qui tombaient partout su' le monde endimanché su' le perron de l'église...

« *Attention, mesdames et messieurs... Voilà nos nouveaux mariés! Je vous demanderais une bonne main d'applaudissements pour monsieur et madame Denis Brière!* »

Mélanie et Denis avaient agencé leurs teintes préférées pour leur tenue de voyage de noces. La jeune mariée portait un joli tailleur de coton corail brodé de cuivre qui se mariait à ses cheveux acajou. Denis arborait une chemise de soie blanche à col ouvert et un pantalon que nous pourrions qualifier de la même teinte que le chocolat noir.

— Vous allez me manquer! J'ai l'impression de vous quitter pour ne plus revenir...

— Voyons, ma puce..., lui glissa son père. Tu nous laisses seulement pour visiter les beautés du Nouveau-Brunswick...

— Maman...

— Oui, Mélanie... Oh! que ce n'est pas facile de te laisser partir pendant deux semaines, toi!

— Je t'aime, maman... Je t'aimerai toujours.

— Je t'adore, Mélanie.

— Dommage que Bruno ne soit pas ici aujourd'hui...

Charles avait continué la conversation pour laisser Anne-Marie reprendre sur elle, comme on dit.

— Tu sais bien que Bruno pense à toi aujourd'hui. Oups! Mon cellulaire…

— Depuis quand tu as un cellulaire, papa?

— Depuis que Christian m'a prêté le sien, ma puce! Allo! Oui, il y a une dénommée madame Brière ici… Je vous la passe... L'appel est pour toi, Mélanie.

— Allo, ma petite sirène!

— Bruno! Oh… Tu sais que tu me manques beaucoup présentement, toi! Tu es encore en Inde?

— Oui! Charles-Édouard et moi, on vous souhaite une vie remplie de belles surprises et d'amour, Mélanie!

— Papa, j'entends Bruno comme s'il était assis à cette table avec nous!

— Oui, ma puce! lui répondit Anne-Marie, le cœur ému. Parle-lui, Mélanie! Un téléphone de ce genre coûte une fortune, sainte mère!

À la suite du départ des nouveaux mariés, qui avaient pris la route vers la province des Maritimes, la maison des Jolicœur s'était avérée le refuge des dernières festivités.

Le punch qu'Anne-Marie venait de déposer sur le chiffonnier en chêne était accompagné de petites bouchées de mousse de crabe et de crevettes. La chambre des invités était disposée à recevoir Isabelle et Christian, ainsi que le divan du salon, réservé pour Albert. Jessica avait reçu l'aimable invitation à passer la nuit dans la demeure de Solange et Mario, au grand contentement de Benjamin, qui avait accepté d'aller prendre le petit-déjeuner en leur compagnie le lendemain matin. Jessica et Benjamin discutaient sérieusement, bien installés sur les marches de la grande galerie aromatisée de menthe et d'eucalyptus, entre Franklin et Charlemagne.

Pauline Tessier et Albert discutaient de leur enfance et Isabelle tenait dans ses mains l'élégante nappe tissée de lin que la doyenne du rang du Ruisseau lui avait remise en lui suggérant de la garder dans un joli coffre. Les parents de Denis s'étaient aisément intégrés à la famille de Mélanie et déjà Madeleine Brière s'affairait à seconder Anne-Marie pour déposer les assiettes de crudités et de fromage sur la table de merisier parée du gâteau de mariage entamé.

— Vous ne vous servez pas, oncle Albert ?

— Ouf ! Déjà huit heures... Je ne voudrais pas tourner toute la nuit, comme on dit. Quelle belle noce, Anne-Marie ! Vous pouvez être fiers de votre fille !

— Merci, oncle Albert. Mélanie nous rend la vie agréable.

— Anne-Marie...

— Oui ?

— J'aimerais qu'à votre prochaine visite à Louiseville, vous rapportiez avec vous le coffre que votre grand-mère Bernadette a laissé pour vous dans la chambre où elle dormait.

— Mon oncle...

— Je sais, Anne-Marie. Tu étais censée en hériter à mon décès. J'aimerais qu'il occupe une partie de ta maison, ma fille.

— D'accord, oncle Albert. Je l'ouvrirai...

— À ma mort ?

— Oh ! Je suis désolée, mon oncle...

— Ho ! ho ! Crée petite soie ! Tu n'es pas obligée d'attendre le jour de mon décès pour en examiner le contenu. Si tu veux contempler et toucher les souvenirs de ta grand-mère, rien ne t'en empêche, ma fille.

— Vous êtes un homme gentil et je vous apprécie énormément, vous savez...

— Moi aussi, je t'aime beaucoup, Anne-Marie. Tu es la femme de mon fils Charles... Que pourrais-je demander de plus pour mon bonheur ? Rien. Le paradis, je l'ai déjà ici, sur terre, et quand je serai monté au ciel, je vais pouvoir à nouveau contempler la beauté de la mère de mes deux fils. Là, elle ne pourra pas refuser de me marier quand je vais lui annoncer que nos deux garçons se sont présentés devant moi sur terre.

— Voyons, mon oncle, votre vie avec nous sur terre n'est pas encore terminée ! Vous allez demeurer encore avec nous pendant plusieurs années !

— Oui, Anne-Marie, mais il faut que tu comprennes que je vais me voir heureux de retrouver la femme qui jadis m'a chaviré le cœur...

Le soir venait d'envelopper le rang du Ruisseau lorsque les invités quittèrent la demeure de Charles et Anne-Marie. Albert roupillait dans le salon, Isabelle et Christian étaient enlacés tendrement au creux du divan-lit aménagé dans le bureau de Charles.

Sur l'oreiller de satin blanc, Anne-Marie se sentait heureuse et, à ses côtés, Charles dormait paisiblement. Anne-Marie lui parlait en sachant que son mari ne l'écoutait plus. « Il faut que tu essaies de te battre, Charles, et de contourner les années de sagesse qui essaient de se coller à toi. Je vois bien que tu es fatigué... Tu n'as pas dansé une seule fois avec moi cet après-midi ! Non... on a valsé une fois ensemble. Je ne peux pas te forcer à consulter un médecin. Tu ne t'es pas présenté à ton rendez-vous chez le docteur Gadbois, que j'avais pris en août dernier. Tu as visité un seul médecin dans ta vie et c'était pour retrouver tes racines. Ne te bats pas contre une fatigue qui se colle à toi. Si tu veux conserver ton espérance de vie, il faudra bien que tu te décides, mon chéri. Si tu t'y rends plus tard, ce ne sera peut-être pas dans les mêmes conditions. Tu auras cinquante-six ans en décembre prochain, mon amour… Réfléchis aux prochaines années… La journée de notre mariage, on s'était fait la promesse de ne jamais se quitter. Passe une belle nuit, mon amour… »

Les étoiles s'éteignaient une à une dans le ciel ténébreux et Benjamin, installé près de Jessica, venait de déposer doucement son bras autour de ses épaules.

Chapitre 25

L'an 2000

Pourquoi parler du passage informatique à l'an 2000, appelé « le bogue », alors qu'il n'y en a jamais eu ?

Au début du mois de juillet 1999, Mélanie et Denis étaient rentrés heureux du Nouveau-Brunswick, ravis d'avoir visité la baie de Fundy, connue mondialement pour ses grandes marées de vingt et un mètres, Shippagan, la capitale de la pêche commerciale, Shediac, Bathurst et l'Acadie, précisément Bouctouche, surnommé « le pays de la Sagouine ».

Durant leur voyage de noces, ils avaient discuté de leur prochain nid d'amour, qui se concrétiserait plus vite que prévu. Ils avaient tous les deux décidé qu'en rentrant de voyage, ils amorceraient les recherches pour se dénicher une maison bien à eux.

Concernant le monde des médias, le douze août 1999, le Québec perdait monsieur Jean Drapeau, maire de la ville de Montréal de 1954 à 1957 et de 1960 à 1986. Dans les années soixante, monsieur Drapeau avait implanté le métro de Montréal, la Place-des-Arts, l'Exposition universelle, et contribué à la formation du club de baseball les Expos de Montréal en 1969. En 1968, il avait mis sur pied la première loterie publique pour aider au financement de la ville. C'est également sous son administration que Montréal avait accueilli les Jeux olympiques d'été, en 1976. Le jour de ses funérailles, monsieur Drapeau fut inhumé au cimetière Notre-Dame-des-Neiges de Montréal.

Le six septembre, René Lecavalier, dit «Monsieur Hockey», mourait à l'âge de quatre-vingt-un ans.

Dans le monde du cinéma québécois, Elvis Gratton avait bien fait rire les Québécois pour une seconde fois dans le film *Miracle à Memphis*. Aucun Québécois n'aurait voulu passer à côté de *Laura Cadieux... la suite*, la comédie de Denise Filiatrault mettant en vedette Ginette Reno, Dominique Michel et Pierrette Robitaille.

Le téléroman *Bouscotte* occupait les ondes de Radio-Canada depuis 1997 et à la déception de plusieurs téléspectateurs, les téléromans *Les machos* et *Ent'Cadieux* avaient présenté leurs derniers épisodes en cette année 1999.

Dans le monde de la chanson, Patrick Norman nous parlait de *La guitare de Jérémie* et nous offrait une très belle ballade s'intitulant *Chanter pour rien*. Le nouveau groupe de l'heure, La Chicane, était toujours au *top* des palmarès québécois avec son succès *Calvaire*, de son album *En Catimini*.

Dans le monde politique, monsieur Lucien Bouchard régnait toujours sur le Québec, depuis sa deuxième élection de 1996, et l'honorable Jean Chrétien gouvernait, en tant que premier ministre du Parti libéral du Canada, depuis le quatre novembre 1993.

***

Mars. L'humidité frisait les quatre-vingt-seize pour cent et les cumulus venaient d'engloutir le ciel bleuté. La tempête des corneilles ? Pour l'instant, une pluie fine tombait sur les trottoirs à demi recouverts de neige maculée. Les rares passants ralentissaient leur pas pour que l'eau ne remonte pas à la surface de leurs bottillons et les voitures minimisaient leurs allées et venues à la vue de ces citoyens audacieux qui avaient pris la décision de sortir par une température pareille.

Les élèves avaient repris leurs cours à l'école Mère-Marie-Rose après avoir profité d'une semaine de relâche désolante.

— Salut, ma vieille ! Qu'est-ce que tu fais ici si tôt ce matin ?

— Ouf ! Je ne pouvais pas rester dans ma maison par cette température, seigneur du ciel ! Je vois bien que dans ta maison, c'est aussi sombre que chez moi. Je vais dire comme madame Pauline : «Je sue au coton, cibole ! »

— Hi ! hi ! Pourquoi ne sortirait-on pas aujourd'hui ?

— Où aimerais-tu aller ? On ne peut même pas aller marcher, seigneur !

— Va te préparer, on va aller zieuter les ventes aux Promenades Saint-Bruno…

— Charles vient dîner ici ce midi… tu as oublié ?

— Je vais lui laisser une note. Il n'aura qu'à se faire réchauffer le pâté au bœuf dans le frigo.

Au presbytère Sainte-Trinité, le curé Lalancette venait de s'étendre de tout son long sur la galerie glissante et le bedeau Lavoie, maladroit comme il était, avait chuté sur lui.

— Si vous ne m'aviez pas suivi d'aussi près, bedeau…

— Bien là… monsieur le curé! j'me faisais toute mouiller! Venez, je vais vous aider à vous relever.

— Euh… Dois-je accepter votre aide?

— Ben oui… Agrippez-vous à mon bras, monsieur le curé.

À la suite d'une tentative du bedeau de forcer pour aider l'ecclésiastique à se relever, le dévoué de la paroisse avait glissé et entraîné le curé avec lui dans les marches, ce qui avait provoqué un lourd vacarme.

— Mon Dieu! s'écria Rachèle Soullières. Qu'est-ce que vous faites assis sur les marches du presbytère par cette température?

— On jase de la pluie pis du beau temps, madame Rachèle, lui lança le bedeau, furieux. Vous n'auriez pas un parapluie par hasard? On pourrait rester plus longtemps pour attendre le facteur…

— Hi! hi! Entrez… le dîner va être servi dans quinze minutes…

— Elle rit de nous autres en plus…, remarqua le bedeau, dont les cheveux raides avaient pris la forme d'une planche à clous de fakir.

Le repas, composé d'une soupe aux pois et d'une quiche au jambon, avait été grandement apprécié.

— La fête de Pâques va être tard c't'année, monsieur le curé. Le vingt-trois avril, se risqua à dire le bedeau pour amorcer la conversation.

— En effet, bedeau, lui répondit le prélat en essayant de faire disparaître une tache de lait sur sa soutane avec sa serviette de table. Je vais regarder dans les livres de la fabrique pour voir si nous n'aurions pas la possibilité de nous procurer une nouvelle tondeuse à gazon pour cet été.

— Ce sera pas un luxe, monsieur le curé. Les couteaux du moulin sont tout croches !

— Oui, bedeau… Et grâce à vous, cette tondeuse est encore une fois dépourvue de corde…

— Ben oui… Elle était rendue au bout de son rouleau, cette antiquité-là !

— Si l'Église achète une nouvelle tondeuse, bedeau, j'espère que vous vous montrerez méticuleux. Je ne voudrais pas que vous ne vous en serviez qu'une fois.

— Voyons, monsieur le curé ! Me prenez-vous pour un brise-fer ? Elle était finie, cette tondeuse-là, baptême !

— Attention à votre langage, bedeau. Vous allez me dire que le taille-bordures était fini lui aussi ? Nous ne l'avions acheté que depuis deux mois quand vous l'avez brisé !

— C'tait pas de ma faute non plus, mon père ! Vous aviez rien qu'à acheter de quoi de solide ! Le *weed-eater* que le marguillier Rondeau est allé chercher chez Sears, c'tait un *weed-eater* de fif…

— Bedeau ! Si vous avez terminé votre repas, allez finir de nettoyer les balustres de l'église.

— Y a pas de dessert à midi, madame Rachèle ? questionna le bedeau d'un air pitoyable.

— Non, monsieur Lavoie. Vous pouvez toujours vous prendre des ti-coqs au chocolat.

— J'aime pas le chocolat, maudit! J'vas prendre du sirop de poteau d'abord... avec une cuillérée de beurre de pinotes.

— Ouache! Vous avez des goûts aussi bizarres que notre curé, bedeau!

— Non, non... Je mange pas mon bœuf haché avec des confitures de fraises, moi, vous saurez!

— Mais non... Ce n'est pas plus ragoûtant, vous le couvrez de sauce aux prunes, la sauce qu'on met sur les *egg rolls*!

— En tout cas... Moi, je dis que c'est moins pire que les goûts de femme enceinte de monsieur le curé.

— Voyons, monsieur Lavoie, vais-je être dans l'obligation de vous laver la bouche avec du savon?

— Je m'appelle pas Aurore, l'enfant martyre, moi! C'était-tu pas drôle dans ce temps-là! Cette femme-là, moi, je l'aurais pris dans mes mains pour l'écrapoutir jusqu'à tant qu'al' aye pus de jus...

— Ça suffit, bedeau! Allez travailler. J'en ai assez entendu pour aujourd'hui.

— OK! Moi, je faisais juste compatir avec la petite Aurore, torrieux! Montez pas su' vos grands ch'faux de même!

— Lorsque vous allez passer devant la sacristie, je vous défends de toucher aux bouteilles de vin dans la grande armoire.

— Tiens donc! Y me prend pour un ivrogne, à c't'heure! C'est pas parce que j'me suis échappé dans boisson une fois que chus devenu un alcoolique, monsieur le curé!

***

Le soir venu, Charles avait regagné sa chambre à coucher à vingt heures, sous le regard triste d'Anne-Marie. «Pourquoi ne pas suivre mes conseils, mon amour… Je n'aime pas te voir épuisé comme ça, moi! Si tu prenais un rendez-vous avec le médecin aussi…»

Au milieu de la nuit, sous un ciel d'encre, le paysage grisâtre était redevenu floconneux et les arbres, fiers de dévoiler leurs récents bourgeons, venaient de se recouvrir d'un manteau blanc.

À l'aube, dans l'opacité de la chambre à coucher, Charles s'était levé vitement, ce qui avait sorti Anne-Marie de son sommeil.

— Qu'est-ce qu'il y a, Charles? Tu as fait un mauvais rêve?

— Non, mon cœur…

— Tu ne te sens pas bien?

— Je vais bien, Anne-Marie, mais il faut que je téléphone chez Christian.

— À une heure pareille? Il n'est que quatre heures du matin, Charles!

— Je ne pourrai pas me rendormir si je n'appelle pas chez mon frère…

— Quoi? Tu as dû faire un cauchemar… Viens te recoucher, mon chéri. Tu trembles, Charles!

— Je suis inquiet, Anne-Marie. Il faut que je téléphone, excuse-moi…

Charles ne reçut aucune réponse et il se retrouva inquiet.

— Je le savais… Il est arrivé un malheur. Je pars pour Louiseville, Anne-Marie.

— Hein ? Pourquoi n'appelles-tu pas chez ton père avant ?

— Tu as raison. Je téléphone immédiatement.

Charles composa immédiatement le numéro de téléphone de son père.

— Allo ?

— Papa, c'est Charles. Je te réveille ?

— Oui et non… Je sortais de la salle de bain. Qu'est-ce qui se passe, Charles ?

— Tout va bien ici, papa, mais j'ai téléphoné chez Christian et je n'ai obtenu aucune réponse…

— À cette heure ? Charles, il est quatre heures et quart du matin !

— Papa… Je sais quelle heure il est. Il est arrivé un malheur chez Christian.

— Comment peux-tu savoir, Charles ? Tu es à Contrecœur !

— Je tremble et j'ai froid.

— Mon Dieu ! Attends… J'appelle chez Christian et si je n'obtiens pas de réponse, je vais m'y rendre.

— Papa ! Tu ne sors jamais de ton rang… Ta voiture est remisée depuis des années dans ton garage… va-t-elle démarrer ?

— S'il y a un problème avec ma voiture, je vais prendre un taxi, Charles. Je te rappelle.

Charles faisait les cent pas devant la fenêtre de la cuisine, où les rideaux de dentelle laissaient entrevoir une légère lueur vu la neige tombée dans la nuit. Anne-Marie l'avait talonné pour préparer du café et allumer la petite lampe de porcelaine sur la table du salon, puisqu'elle venait de buter contre le tapis tressé devant le vieux poêle.

Après une attente interminable, Albert Jolicœur s'était manifesté.

— Charles ?

— Oui, qu'est-il arrivé ?

— C'est Isabelle.

— Maudit ! Elle a rechuté ?

— Mon Dieu ! s'exclama Anne-Marie.

— Calme-toi, Charles ! Elle se trouve à l'hôpital, oui, mais pour un début de pneumonie.

— C'est grave ?

— Pas trop… Si Christian l'a conduite à l'hôpital Comtois, c'est que l'oncologue d'Isabelle leur avait conseillé de s'y rendre dès qu'elle avait un symptôme, peu importe lequel. Elle est fragile, tu sais, depuis qu'elle a failli y laisser sa vie. Tu peux retourner te coucher, Charles. Tout va bien pour le moment.

— Merci papa de t'être déplacé.

— Je ne suis pas allé à l'hôpital, Charles. Christian m'avait déjà remis un double de sa clef et quand je suis entré dans sa maison, il a appelé.

— Comment pouvait-il savoir que tu étais dans sa maison ?

— L'intuition, Charles. Quand je lui ai répondu, il m'a tout de suite demandé si tu avais appelé. Il avait ressenti ton inquiétude.

— Mon Dieu…

— Quoi, Charles ?

— Christian et moi, on était collés comme des frères siamois dans le sein de notre mère et on ne s'est jamais séparés depuis…

— Oui, Charles… Des jumeaux pour la vie.

Dans la matinée, le soleil avait réchauffé ardemment la neige, qui avait adhéré à tous les obstacles qu'elle avait rencontrés durant sa cavalcade. Cet astre persistant asséchait l'eau pantelante qui courait ici et là sur les surfaces submergées.

Au bout de trois jours, Isabelle avait réintégré sa maison et comme par magie, Charles avait, comme on dit, repris des forces.

— Je ressentais de l'inquiétude envers mon frère, Anne-Marie. Tout est rentré dans l'ordre maintenant. Je vais très bien.

— Je m'en vois heureuse pour toi, Charles... Mais dis-moi, comment savais-tu pour la pneumonie d'Isabelle ? Tu étais très fatigué au mariage de Mélanie si tu te souviens, au mois de juin...

— Je sais. Ne t'inquiète plus maintenant. Je vais bien...

— Tu vas tout de même prendre rendez-vous avec le docteur Gadbois ?

— Si ce n'était que de moi, Anne-Marie, je ne m'y rendrais pas.

— Merci. Je voudrais t'accompagner lorsque tu le rencontreras.

— Pourquoi ? Je suis assez grand...

— Charles... je suis ta femme et je désire m'y rendre avec toi. Du coup, je vais lui demander une consultation avant de me rendre sur le boulevard des Érables à Tracy.

— Pour quelle raison ?

— Je vais avoir cinquante-huit ans en octobre et il est conseillé aux femmes dans la cinquantaine de passer une mammographie tous les deux ans.

— Ah bon !

Chapitre 26

Incertitude

Comme tous les ans, le tableau hivernal s'était montré ponctuel. Dans la journée, les flocons blancs avaient dansé la valse dans le tourbillon du vent et le sol s'était recouvert d'un duvet étoilé. Dans les clairières, des conifères coiffaient leur bonnet pointu et d'autres, dans les foyers, émettaient une douce lumière en attendant que le petit Jésus se retrouve à leurs pieds.

Comme à toutes les fêtes de Noël, le gâteau d'anniversaire de Charles s'était substitué à la bûche traditionnelle. Il venait d'avoir cinquante-huit ans. Ce soir, Charles, Anne-Marie, Mélanie et Denis accueillaient cette fête chrétienne en toute simplicité. Solange, Mario et les enfants célébraient Noël chez Éric et Martine, Bruno et Charles-Édouard traînaient sur les pistes de ski du mont Tremblant, et madame Pauline allait festoyer dans la maison de sa fille Nicole en compagnie de Marielle et Marcel.

La messe chrétienne avait été célébrée par le curé Lalancette, accompagnée de chants classiques interprétés par le chœur de la paroisse Sainte-Trinité. Pendant que madame Tessier était épiée du coin de l'œil, vu qu'elle interprétait le cantique *Venez divin messie* un ton plus élevé que la chorale, un petit mouton avait délaissé la crèche animée. Il s'était retrouvé dans l'allée centrale de l'église en train de bêler. Des éclats de rire avaient fusé de tous bords tous côtés. L'abbé Guillemette s'était lancé à la fine course, suivi du bedeau Lavoie. Comme de raison, l'employé de l'église talonnait le prélat et le malheur était arrivé: la bête s'était arrêtée, le vicaire s'était étalé sur le tapis usé et le bedeau avait chuté sur le vicaire. Vu l'hilarité des fidèles, le curé Lalancette n'avait pu poursuivre son homélie et le ténor de la paroisse, Hector Dandurand, avait entonné le cantique *Il est né le divin enfant*. La messe de minuit s'était échelonnée sur quatre-vingt-dix minutes. Une messe comme jamais il n'y en avait eu auparavant dans cette paroisse.

À une heure trente, sur le parvis poudreux de l'abbatiale, les vœux et les rires avaient été échangés sous un ciel nocturne où scintillait l'étoile de Bethléem.

Anne-Marie avait préparé des canapés, des petits pains au poulet, au jambon, une variété de hors-d'œuvre et une salade maison.

— J'ai bien mangé, maman. C'était délicieux.

— Merci, ma puce. J'ai cuisiné très simplement. J'ai souvenir de la nuit de Noël chez Midas et Juliette Hamelin. Sainte mère qu'on avait mangé! Du ragoût, de la tourtière, de la dinde, des desserts… Madame Hamelin m'avait glissé: «Quand on se couche le ventre vide, on passe pas une bonne nuit. Y faut chauffer le poêle avant de s'coucher, ma fille!» Hi! hi!

— Et on se trouve présentement dans cette maison en train de se délecter de tes savoureux petits pains au poulet, mon cœur...

— Oui, mon chéri. J'avais cuisiné ce plat quand on est allés visiter les boutiques d'antiquités à Yamaska et à Saint-Aimé... Je veux dire à Massueville... Viens là, Charlemagne... Il s'ennuie depuis que Franklin nous a quittés...

— Votre petite maison, madame Jolicœur, vous ne l'avez pas encore louée ? lui demanda Denis.

— Je n'arrive pas à me décider... Tu as sommeil, Charles ?

— Ça va passer, Anne-Marie. J'ai dormi deux heures cet après-midi... euh... je veux dire hier. J'espère qu'à Louiseville la fête de Noël se passe bien et qu'Isabelle a repris des forces...

— Isabelle est fragile, lui répondit Anne-Marie. Elle a déjà été atteinte d'une pneumonie et là, voilà une bronchite, sainte mère ! Christian et ton père nous ont assurés de leur présence pour la nouvelle année. Si tout se déroule bien pour Isabelle, naturellement...

— Câline que le temps fuit ! s'exclama Mélanie. L'an deux mille un dans une semaine...

— Si le père Noël distribue ses cadeaux ! s'écria Charles, enjoué.

Dans le salon aromatisé de pin des bois, Charles avait remis à son épouse adorée un petit paquet vert enrubanné d'argent. Anne-Marie avait découvert dans l'écrin tapissé de velours rouge une montre-bracelet sertie de diamants.

— Oh... Charles... Tu me gâtes trop !

— Non, mon cœur. Si je pouvais te servir la lune sur un plateau doré, je le ferais.

Charles s'était vu ravi de recevoir une canne à pêche télescopique et un coffre rempli de *trôles*, de *kits* à perchaudes, de plombs, de leurres, et un couteau de qualité signé Rapala.

— Ma canne à pêche! C'est Mario qui a tout choisi l'attirail à mettre dans le coffre, mon cœur?

— Bien oui! Comment pouvais-je savoir tout ce qu'il fallait mettre dans ce coffre à pêche, Charles?

— Merci, mon amour. Au printemps, je vais te rapporter plein de poissons avec cette canne à pêche! Maintenant… le père Noël va remettre cette grosse boîte à deux personnes que nous affectionnons plus que tout au monde… Mélanie et Denis.

— Pourquoi es-tu essoufflé comme ça, Charles?

— Je ne sais pas, Anne-Marie.

— Tout à l'heure tu étais frigorifié. Tu dois couver une grippe…

Mélanie et Denis avaient hurlé de joie en découvrant une imprimante Canon et un *scanner* périphérique.

— Wow! cria Denis, ému. Comment avez-vous deviné notre plus grand souhait?

— Anne-Marie, la ratoureuse, a téléphoné à tes parents la semaine dernière…

— Bien oui…, reprit Anne-Marie. Elle m'avait mentionné que votre ordinateur s'ennuyait à ne pas voir d'imprimante et de *scanner* à ses côtés.

— Merci, papa! Merci, maman! Euh… Denis et moi, on désire aussi vous offrir un petit cadeau…

— Voyons! s'exclama Anne-Marie. Vous ne deviez pas nous donner de présent! On sait que vous ramassez vos sous pour votre nouvelle maison.

— Oui, maman, c'est vrai… Denis et moi, on ne voulait pas partir sans vous donner cette carte…

Anne-Marie et Charles lurent en duo cette missive présentée dans une enveloppe décorée de bisous qui leur chavira le cœur:

Joyeux Noël, grand-mère et grand-père… J'ai si hâte de me faire bercer sur vos genoux!

Votre petite-fille ou votre petit-fils
xxx

P.-S. Est-ce que vous voulez choisir mon prénom avant que je vienne vous rejoindre au mois de septembre prochain?

— Oh… Charles! Notre rêve se réalise!

— Félicitations, leur glissa Charles, les yeux humectés de larmes.

***

Jour après jour, le printemps avait déposé ses couleurs et ranimé le paysage amorphe. Agacé par des essoufflements nocturnes et une fatigue continue, Charles avait pris rendez-vous avec le docteur Gadbois.

Le cabinet du médecin était situé sur la rue des Pivoines, à Contrecœur. Le sexagénaire reçut

Anne-Marie et Charles dans un décor campagnard aménagé d'un imposant secrétaire de bois foncé et de deux chaises capitonnées d'un brun cuivré. Une odeur réconfortante planait dans l'air. Il était difficile pour Charles d'identifier cette senteur qui lui rappelait les bancs d'école. Le petit sachet rempli d'un carré de camphre que sa mère Madeleine apposait sur sa camisole d'enfant avant qu'il quitte la maison pour se rendre en classe ? Peut-être...

— Bonjour, monsieur et madame Jolicœur. Que puis-je pour vous ?

— C'est pour Charles, docteur Gadbois.

— Oui, Charles ?

— Voilà, docteur... Je suis fatigué et depuis les fêtes, il m'arrive d'avoir des essoufflements, ce que je trouve bien incommodant. Aurais-je besoin de vitamines, docteur Gadbois ?

— Euh... D'autres symptômes, Charles ?

— Il arrive que mes pieds enflent.

— Lorsque vous vous trouvez au repos, Charles, ces essoufflements dont vous me parlez sont présents ?

— Non, non... seulement quand je bouge beaucoup.

— Vous voulez dire que lorsque vous dépensez de l'énergie, vous devenez essoufflé ?

— Oui, mais pas tout le temps.

— Charles... tu te penches pour ramasser un objet et tu te relèves hors d'haleine !

— Laisse, mon cœur... Laisse parler le docteur...

— Désolée.

Le médecin reprit la parole :

— Est-ce que vous avez de la difficulté à digérer vos aliments ?

— Non.

— Très bien. De l'insomnie ?

— Non.

— Charles ! reprit Anne-Marie. Tu tournes toute la nuit, sainte mère !

— Anne-Marie, s'il te plaît… Oui, docteur, j'ai eu des troubles d'insomnie, mais présentement je dors bien.

— Très bien, Charles… Venez avec moi pour un petit examen.

Le médecin avait suggéré à Charles de prendre rendez-vous à l'hôpital pour passer des « examens de routine ».

— Voilà, Charles… Vous pouvez vous rendre à l'hôpital de votre choix, soit à l'Hôtel-Dieu de Sorel, soit à Charles-LeMoyne.

— Pour passer quel genre d'examens ?

— Une analyse sanguine complète, un test d'urine… Vous avez de la difficulté à uriner, Charles ?

— Non.

— Très bien. Jusqu'à ce que vous passiez vos examens, essayez de couper le sel.

— Pourquoi ?

— Vous me dites que vos pieds sont enflés, et couper le sel dans votre alimentation pourrait vous aider…

— Pour les résultats ?

— Je vais communiquer avec vous dès que les résultats de vos tests seront entre mes mains.

— Parfait ! Merci, docteur. Tu viens, Anne-Marie ?

En entrant dans la maison, Charles avait montré un air grognon en déposant son manteau sur la patère de bois.

— Qu'est-ce qui se passe, Charles ? Tu ne m'adresses plus la parole ?

— Tu n'as pas cessé de me couper la parole devant le docteur Gadbois, Anne-Marie !

— Voyons, Charles… je ne faisais que me renseigner !

— Tu ne te renseignais pas du tout, tu répondais à ma place. Tu me prends pour un enfant, maudit ! S'il y a une prochaine visite, je te prierais de demeurer à la maison.

— Tu veux me mettre à l'écart, Charles ?

— Oui. Je suis assez grand pour aller rencontrer le médecin tout seul. J'étais certain que tu t'en mêlerais avant qu'on quitte la maison. J'ai passé pour un homme qui n'avait pas le contrôle de sa vie ! Ma mère est morte, Anne-Marie. Je ne t'ai jamais demandé de la remplacer à ce que je sache !

— Charles ! Je veux simplement être mise au courant !

— Au courant de quoi ? Dis-moi… Tant que je n'aurai pas passé ces fichus tests… moi, je sais que je vais très bien.

— Je ne pense pas, moi…

— Tu vois ? Tu décides encore pour moi, là !

— Non, Charles ! Je m'inquiète pour toi, c'est différent.

— Ne sois pas inquiète, Anne-Marie… Je suis très bien. Je suis simplement fatigué. Laisse-moi tranquille avec tes appréhensions !

— Charles! On est en train de se quereller, tu te rends compte?

— Oh... excuse-moi, mon cœur...

— Lorsque le docteur Gadbois recevra tes résultats du laboratoire de l'hôpital, il va te donner ce qu'il faut pour que tu reprennes des forces.

— Je l'espère! J'avais envisagé de prendre du recul par rapport à mon travail...

— Pourquoi ne le fais-tu pas? Tu pourrais t'arrêter maintenant et recommencer à enseigner seulement en septembre prochain...

— Je n'en ai que pour trois mois à travailler, Anne-Marie. Je vais essayer de patienter d'ici là.

— Ta vie t'appartient, Charles... Moi, je ne peux que te conseiller au meilleur de ma connaissance. Je ne possède pas le savoir d'un médecin.

***

Le temps des semences était arrivé et les agriculteurs s'acharnaient matin et soir dans leurs grands champs de culture. Le mois de mai était le temps idéal pour colorer les plates-bandes et les jardins de leurs teintes favorites. Du rouge, du vert et du jaune pour les potagers et du pastel pour les jardinières et les rocailles.

Dans la ville maskoutaine, un couple heureux se préparait à emménager dans un joli cottage situé sur la rue Dessaules. Mélanie resplendissait. Deux semaines plus tôt, elle avait visité la boutique de vêtements pour les futures mamans aux Galeries de Saint-Hyacinthe et Denis ne cessait de caresser le petit ventre qui avait commencé à poindre.

— Turlututu, ti-minou poilu! C'est moi!

— Hi! hi! Salut Mario. Ça va?

— Ça va aller demain, quand ma chaloupe sera sortie de la remise pour l'ouverture de la pêche! Partant pour ta première randonnée sur le lac Saint-Pierre, Charles?

— Quand, Mario?

— Demain matin, mon ami! Les météorologues prévoient soixante-quatorze degrés Fahrenheit et je ne veux pas rater cette belle journée!

— D'accord! C'est le moment opportun pour moi d'étrenner ma nouvelle canne à pêche télescopique.

— Laisse, Charles... Je vais répondre au téléphone et je vous rapporte une bière.

Les deux hommes étaient comme deux enfants. Ils s'étaient promis que dans l'après-midi ils sortiraient, comme on dit, leur «attirail de pêche», pour s'assurer qu'il n'y manquait rien. Anne-Marie s'était présentée avec deux bières à la main.

— C'était Mélanie? s'enquit Charles.

— Non, c'était le docteur Gadbois... Il a reçu tes résultats de l'hôpital Charles-LeMoyne et il t'a donné un rendez-vous pour demain après-midi.

— Tornon... tu aurais pu le remettre à plus tard, mon cœur...

— Le docteur m'a dit qu'il voulait te rencontrer demain. Je ne l'ai pas obstiné.

— Tu ne te sens pas bien, Charles?

— Ce n'est rien, Mario... J'ai passé des tests de routine et le docteur va tout simplement me prescrire du fer ou des injections de B12.

— Ah bon! Regarde, Charles... des journées de pêche, il va s'en présenter tout l'été. Je suis déçu qu'on n'ait pas été pigés par la SÉPAQ cette année. J'aurais aimé aller pêcher la truite dans la réserve faunique de la Mastigouche.

— On n'est pas brillants, mon Mario.

— Pourquoi, Charles?

— On aurait dû poster quatre inscriptions pour le tirage au lieu de deux. Solange et Anne-Marie pouvaient s'inscrire. On aurait profité de chances supplémentaires pour qu'un de nos quatre noms sorte du chapeau du magicien.

— L'an prochain, Charles, on ne manquera pas notre coup, comme on dit, et on va se retrouver sur les lacs miroitants du Nord.

***

Charles et Anne-Marie arrivèrent au bureau du docteur Gadbois à quatorze heures et ce dernier les fit entrer dans son cabinet. Aujourd'hui, l'arôme qui dansait dans l'air était différent. Une odeur de thé des bois? Peut-être...

— Bonjour... Assoyez-vous, leur offrit le médecin.

Charles paraissait très calme extérieurement. Intérieurement, sa conscience ne voulait pas être mise au courant des résultats médicaux.

— Voilà, Charles... vos tests sanguins s'avèrent normaux. Par contre, ils montrent une augmentation de votre créatinine.

— Ce qui veut dire? demanda Charles calmement.

— Cela indique une détérioration de votre état rénal.

— J'ai coupé le sel !

— Très bien, Charles. Je vais vous faire passer d'autres examens si vous voulez...

— D'autres examens ?

— Oui... Une radiographie thoracique, un électro-cardiogramme et une échographie.

— Ah bon ! Quel est le diagnostic, docteur Gadbois ?

— Si vous voulez, Charles, nous allons attendre les résultats de vos tests.

— Non, docteur. Je désire avoir l'heure juste immédiatement ! Il est question ici de ma vie et je veux tout savoir !

Charles bouillait et Anne-Marie tremblait.

— Écoutez, Charles... Je ne peux pas vous an-noncer un diagnostic qui pourrait se révéler faux, vous comprenez ?

— Dites-moi tout de même, et si les tests sont né-gatifs, bien ce sera tant mieux ! Je ne sortirai pas de ce bureau sans ramener un semblant de compte rendu avec moi !

— Charles ! Calme-toi... Tu es tout essoufflé, sainte mère !

Le médecin reprit le document dans ses mains et donna les informations à Charles.

— Votre cas pourrait ressembler à de l'insuffisance cardiaque. Comme je vous l'ai mentionné tout à l'heure, je peux me tromper. Nous ne serons fixés que lorsque vous aurez passé vos examens.

— L'insuffisance cardiaque est une maladie contrôlable ?

— Oui, tout dépendant du stade.

— Du stade ?

— Il y a quatre stades, Charles.

— Moi, j'en serais rendu à quel stade ?

— Je ne peux pas me prononcer, vu que vous n'avez pas encore passé vos tests...

— Vous pouvez m'expliquer ces quatre stades, docteur ?

— Si vous voulez. Au stade un, il n'y a aucune limite pour l'activité physique. S'il n'y a pas de palpitations et pas de douleur d'angine, le patient peut continuer à se livrer à ses occupations régulières.

— Très bien, docteur. Et le stade deux ?

— Au stade deux, il faut limiter les activités physiques. Au repos, le patient ne présente aucun symptôme, mais aussitôt qu'il pratique des efforts, il devient essoufflé, fatigué, et les palpitations surviennent. Des douleurs d'angine peuvent aussi se présenter.

— OK... Et le troisième stade ?

— Euh... Le troisième stade présente les mêmes symptômes que le deuxième, mais un peu plus amplifiés.

— Et pour le quatrième ?

— Pourquoi vous désirez tous ces renseignements ? Peut-être ceux-ci ne concernent-ils en rien votre état de santé, Charles...

— Le quatrième, s'il vous plaît.

— Charles !

— Laisse, mon cœur... Il faut que je sache, tu comprends ?

Le médecin poursuivit :

— Le stade quatre représente l'impossibilité pour le patient d'effectuer toute activité physique, car il est incommodé par des troubles respiratoires, même quand celui-ci se trouve au repos.

— Très bien, répondit Charles. Si mes examens se montrent positifs et que vous devez m'annoncer à quel stade j'en suis rendu, vous ne serez pas dans l'obligation de tous me les énumérer à nouveau, j'ai une mémoire d'éléphant.

Chapitre 27

Certitude

La dernière semaine du mois de mai, Charles s'était retrouvé à nouveau convoqué dans le bureau du docteur Gadbois. Celui-ci ne s'attendait pas à recevoir de bonnes nouvelles de son médecin, vu que depuis une semaine son cœur dans sa poitrine s'était mis à cogner de façon irrégulière.

— Bonjour, monsieur et madame Jolicœur.

— Bonjour, répondit Anne-Marie, chevrotante.

— Voilà, Charles… Les examens ne mentent pas, vous souffrez bien d'une insuffisance cardiaque. Vous m'en voyez désolé.

— D'accord, docteur… J'en suis à quel stade ?

Anne-Marie prit la main de son mari dans la sienne.

— Vous vous trouvez au stade trois, Charles.

— Mon Dieu ! cria Anne-Marie.

— Voyons, mon cœur… Le docteur aurait pu me dire que j'avais atteint le stade quatre ! Pouvez-vous me dire ce que signifie le stade trois, docteur ? Je ne me souviens pas.

— Euh… Il vous faudra limiter vos activités physiques. Vous ne ressentirez pas de symptômes au repos.
Si vous vous sentez essoufflé et que des palpitations se
manifestent ou bien que vous ressentez des douleurs
dans la poitrine, arrêtez l'activité et reposez-vous.

— D'accord, répondit Charles. Quels médicaments
vais-je prendre pour empêcher cette sale maladie de
s'amplifier ?

— Le repos vous permettra de diminuer le travail
de votre cœur. Il faudra vous étendre pour éviter un
infarctus.

— Non !

— Calme-toi, mon cœur…

— Je vais vous prescrire des tonicardiaques et des
diurétiques. Vous pouvez pratiquer vos activités quo-
tidiennes à condition de vous arrêter aussitôt que vous
ressentirez des essoufflements. Vous devrez éliminer le
sel de votre alimentation, par exemple : les biscottes, les
charcuteries, les conserves, les poissons, les crustacés,
les fromages, les eaux gazeuses et les médicaments à
base de sodium.

— Si je comprends bien, je vais être au régime pour
le restant de mes jours…

— Pas nécessairement, Charles. Vous pouvez
trouver dans les magasins de produits naturels des aliments pauvres en sel.

— D'accord, docteur…

— Si vous consommez une trop grande quantité de
sel, vous risqueriez une crise de suffocation nocturne.
Vous devez aussi combattre l'obésité, ce qui n'est pas
pour vous un problème, vous avez votre poids santé.

Buvez beaucoup d'eau, mangez des légumes verts et des fruits autant que vous le désirez pour aider vos intestins.

— Je ne souffre pas de constipation, docteur…

— Vous serez incommodé à l'occasion, Charles. Vous allez passer des tests sanguins tous les mois et à l'automne, je veux que vous vous fassiez vacciner contre la grippe. Voilà… Vous devez vous présenter à mon bureau une fois par mois pour votre suivi.

— Merci, docteur. Docteur…

— Oui, Charles ?

— Vais-je mourir ?

— Charles… oh…, pleurait Anne-Marie.

— Je ne peux malheureusement pas me prononcer à ce sujet. Pour l'instant, il s'agit de suivre les recommandations que je viens de vous faire. Avec les examens et les tests sanguins, nous serons éclairés sur le développement de la maladie. Nous saurons si elle a pu être contrôlée ou bien si elle a évolué.

***

À la fin du mois des semences, Charles avait dû s'aliter. Il venait d'atteindre le stade quatre de sa maladie. Son pouls s'était accéléré et l'auscultation que le médecin Gadbois avait pratiquée laissait entendre un bruit de galop, c'est-à-dire un rythme à trois temps. Ce dernier souffrait d'enflure au niveau des chevilles, des mollets, des jambes, des cuisses et des lombes.

— Non ! s'était écriée Anne-Marie.

— Anne-Marie…, avait doucement repris le médecin. Il est temps pour vous de laisser Charles partir pour l'hôpital. Vous ne pouvez pas lui donner tous les soins qu'il demande.

— Il va mourir ?

— Je ne peux pas me prononcer à ce sujet, Anne-Marie. Ce que je peux vous dire pour vous rassurer, c'est que Charles sera entouré de soins spéciaux à l'hôpital, ce que vous ne pouvez pas lui offrir ici, dans votre maison. Vous n'êtes pas la personne-ressource pour vous occuper de votre mari… Je suis désolé.

— Je vais mourir !

— Non, Anne-Marie, vous ne mourrez pas. Votre mari a besoin de vous. Il ne faut pas qu'il se laisse aller…

— … vers la mort ? Non et non ! Il ne peut pas être cloué sur un lit d'hôpital pour le restant de ses jours, il n'a que cinquante-huit ans !

— J'aimerais bien vous dire que nous allons le remettre sur pied, Anne-Marie, mais je ne peux pas. Son cœur est épuisé…

— Charles ne voudra pas quitter la maison pour s'installer à l'hôpital. Je le connais. Et moi, je veux qu'il demeure ici dans notre maison.

— Je lui ai expliqué tout à l'heure, Anne-Marie…

— Qu'est-ce qu'il vous a répondu, docteur ?

— Il vous attend pour préparer sa valise. Je suis désolé. J'aurais aimé réaliser un miracle pour lui, Anne-Marie…

L'ambulance avait pris la direction du rang du Ruisseau à vingt et une heures et Charles avait été transporté à l'hôpital Charles-LeMoyne, là où au loin, le ciel venait de s'éteindre pour la nuit.

***

Depuis une semaine, Anne-Marie empruntait l'ascenseur de l'hôpital Charles-LeMoyne tous les jours, ce lieu qui, par la force des événements, était devenu sa deuxième maison. Elle était exténuée. Ce qu'elle pouvait apporter avec elle était du réconfort et son amour brûlant pour l'homme qui autrefois lui avait offert la tendresse sur un plateau d'argent.

La veille, Charles avait été transporté aux soins palliatifs, son ultime demeure. On dit souvent que ce sont toujours les bonnes personnes qui nous quittent en premier. Charles en faisait partie. Ce dernier avait inscrit son nom sur la liste d'or pour être le prochain à prendre le téléphérique qui le dirigerait vers le paradis. Quelle était la raison pour laquelle l'homme d'en haut lui enlevait la vie ? Dieu ne fait pas de tri lorsque vient le temps de choisir ses anges et c'est bien dommage.

Anne-Marie ne vivait que sur une erre d'aller. Elle savait bien que la mort faisait partie de la vie, mais elle aurait désiré que cette vie lui laisse son compagnon jusqu'au jour où ils auraient décidé d'entreprendre ce long voyage ensemble.

Albert et Christian rendaient visite à Charles et, un soir sur deux, ils restaient à dormir chez Anne-Marie. Solange et Mario refusaient que la vie leur enlève leur meilleur ami et Mélanie pleurait dans les bras de son mari, qui ne cessait de lui répéter de prendre soin d'elle et du petit être qui arriverait dans les jours prochains.

— Bonjour, mon cœur…

— Allo, mon amour. Comment te sens-tu ce matin ?

— Bof… J'ai demandé à l'infirmière de m'apporter des croustilles au vinaigre et elle a refusé !

— Voyons, Charles ! Tu ne devrais pas consommer de sel !

— Anne-Marie, je n'en voulais pas de croustilles… j'ai la nausée depuis ce matin. Christian et mon père sont venus hier soir…

— Ah oui ? Pourquoi ne sont-ils pas venus dormir à la maison ?

— Christian préférait retourner à Louiseville rejoindre Isabelle. Mélanie a téléphoné, mon cœur ?

— Écoute… elle se trouve ici à l'hôpital.

— Pourquoi ? Des complications avec le bébé ?

— Non, non… Denis et elle sont venus à la maison tôt ce matin dans le but de m'accompagner et Mélanie a eu ses premières contractions.

— Non !

— Bien oui ! Je n'ai pas voulu qu'ils retournent à Saint-Hyacinthe, tu comprends, au cas où le bébé arriverait plus vite que prévu…

— Voilà une sage décision, mon cœur. Elle est en salle d'accouchement, présentement ?

— Pas encore. Quand je l'ai quittée tout à l'heure, son col était dilaté à trois centimètres. Pourquoi pleures-tu, Charles ? J'ai le cœur en miettes, mon amour !

— Ma fille est en train de donner la vie… et moi, je suis en train de perdre la mienne.

— Oh… chéri…

— Mon cœur… On s'était fait la promesse de ne pas pleurer et on ne respecte pas notre engagement.

— Tu as raison… Je vais replacer tes oreillers, Charles, tu as l'air inconfortable.

— Remonte la tête de mon lit à la place.

— Madame Jolicœur ?

— Oui, garde Côté ?

— Votre fille vient d'entrer en salle d'accouchement. Vous voulez toujours assister à la venue du bébé ?

Anne-Marie posa son regard sur son mari.

— Vas-y, mon cœur... J'ai hâte de savoir si la Providence va nous envoyer une petite-fille ou un petit-fils.

Anne-Marie avait quitté la chambre en pleurant et l'infirmière lui avait suggéré de s'asseoir.

— C'est dur pour vous, madame Jolicœur...

— Oh... Pourquoi ne pourrais-je pas garder mon mari ?

— Voulez-vous que je vous apporte un léger calmant, madame Jolicœur ? Ça vous aiderait à vous détendre...

— Oui... Vous êtes gentille, garde Côté. Merci.

Mélanie donna la vie à une petite fille de sept livres et cinq onces. Une petite poupée au teint hâlé et aux cheveux bruns soyeux.

— Elle est belle, ta fille, Mélanie... Un vrai petit ange !

— Je suis triste, maman... Papa n'aura pas la joie de la prendre dans ses bras.

— Je vais me débrouiller, madame Brière, pour que votre père rencontre sa petite-fille, lui confia l'infirmière.

— Comment ? lui demanda la jeune maman en pleurant à chaudes larmes.

— Il faudrait que le médecin accepte que votre père soit transféré dans une aile à part. Votre père n'est pas atteint d'une maladie contagieuse, il pourrait serrer sa petite-fille sur son cœur.

Le lendemain, dans la matinée, Charles avait été transféré dans une chambre privée. Denis s'était présenté dans la chambre de Charles en poussant le fauteuil roulant de Mélanie, celle-ci tenant dans ses bras le nouveau poupon.

— Papa… je te présente ta petite-fille.

— Viens à côté de moi, ma puce… Je ne distingue que le bout de son nez.

Denis poussa doucement le fauteuil roulant vers son beau-père.

— Oh! Petit bébé d'amour… que tu es mignonne!

— Papa…

— Oui, ma puce?

— L'infirmière m'a confié que tu pouvais la prendre.

— Non!

Anne-Marie prit sa petite-fille pour la déposer dans les bras de son grand-père, ému.

— Viens ici, mon petit ange… Je vois que Mélanie et Denis ont bien travaillé, tu es aussi jolie que ton grand-père!

— Tu ne trouves pas qu'elle me ressemble un peu, papa?

— Oui, Mélanie. Je tiens dans mes bras une princesse comme toi et elle a le petit nez retroussé de Denis. Anne-Marie?

— Oui, Charles?

— On n'a pas encore choisi son prénom, à cette enfant, tornon!

— Mélanie a choisi son nom, Charles.

— Ah! s'exclama-t-il dans une vilaine quinte de toux. Vous n'avez pas tenu votre promesse, vous deux, depuis Noël…

— Demandez à votre fille, monsieur Jolicœur, se prononça Denis. Moi, je n'y suis pour rien.

— Qu'as-tu à dire pour ta défense, Mélanie Sirois-Jolicœur ?

— Charles, tu es fatigué…, lui confia tristement Anne-Marie.

— Je sais, mon cœur, mais je ne sortirai pas de cette chambre avant que ma fille ait défendu ses droits ! À vous la parole, madame Brière.

— Papa, j'ai décidé que notre fille ne pouvait pas porter un autre prénom que celui de Charlotte.

— Oh… À la mémoire de son grand-père Charles… Tu ne peux pas savoir comme tu me rends heureux, ma fille !

Anne-Marie était allée reconduire Mélanie dans sa chambre en compagnie de Denis. Mélanie pleurait. « Papa a pris sa petite-fille dans ses bras… »

En empruntant le grand couloir pour retourner vers Charles, Anne-Marie s'était heurtée à l'infirmière, qui lui avait suggéré de se rendre immédiatement aux soins palliatifs. En entrant dans l'aile où Charles était alité, elle avait aperçu le médecin Gadbois, qui l'attendait au bureau des infirmières.

— Bonjour, Anne-Marie…

— Docteur Gadbois ! Que se passe-t-il, il ne va pas bien ?

— Non, Anne-Marie. Charles s'affaiblit. Le volume de son cœur a augmenté.

— Non… non !

— Je suis désolé… Je ne peux plus rien faire pour Charles, ce n'est qu'une question d'heures. Est-ce qu'il y a des personnes proches qu'il faudrait rejoindre, Anne-Marie ?

— Oui… son père et son frère, qui demeurent à Louiseville. Les infirmières ont leur numéro de téléphone dans le dossier de Charles. Pour ma fille, je vais lui annoncer moi-même. Est-ce que j'ai le temps d'aller chercher Mélanie, docteur ?

— À votre place, je solliciterais une infirmière pour aller la prévenir… Charles ne va pas bien du tout.

Charles dormait quand Anne-Marie arriva à ses côtés. « Il ne faut pas que tu pleures, Anne-Marie. Il t'a dit qu'il voulait partir en emmenant avec lui ton doux visage… »

— Te voilà, mon cœur…

— Oui, mon amour… Je ne te quitte plus.

— Je dois te quitter, mon amour… J'ai terminé de me battre pour rester en vie. Je suis tellement fatigué…

— Charles !

— Si tu voyais ce que je peux voir en ce moment, Anne-Marie !

— Que vois-tu, Charles ?

— Un endroit où je pourrai enfin me reposer. Oui… Il faut que je parte pour me diriger là où il fait chaud… et où je pourrai enfin toucher les nuages… Ne pleure pas, mon cœur. Je rejoins ceux qui m'ont quitté. Je vais prendre ma mère Madeleine dans mes bras pour lui demander de me pardonner de l'avoir laissée toute seule au cimetière de Louiseville. Je veux rencontrer mon autre mère aussi… Christiane, celle qui m'a donné la vie au moment où je lui enlevais la sienne… Cette vie où j'ai vécu si heureux auprès de toi, mon amour.

— Repose-toi, mon chéri... Oh...

— Ça va aller, mon cœur... Mélanie va venir me dire un dernier bonjour ?

— L'infirmière est partie la chercher dans sa chambre, Charles.

Charles soupira et ferma les yeux.

— Charles, non !

— Il est encore avec nous, Anne-Marie, l'informa le docteur Gadbois, qui venait de s'avancer près du lit du malade.

— Il ne partira pas aujourd'hui, docteur. Il est seulement fatigué. Il veut se reposer...

— Anne-Marie, la mort subite peut frapper les patients pendant qu'ils se reposent. Le cœur de Charles ne peut plus effectuer correctement son travail.

— Charles, parle-moi encore, s'il te plaît !

— Mon cœur ! Dis à Mélanie que je l'aime... et que je vais veiller sur sa petite Charlotte. Anne-Marie ?

— Oui...

— Les anges ont commencé à me rendre visite...

— Charles !

— Tiens...

— Charles ?

— ...il y en a un qui te ressemble, mon cœur. Il a des petites taches de rousseur sur ses joues et il a tes yeux...

— Oh... attends, Charles !

— Je suis si fatigué...

— D'accord... Oh ! non... Charles ! Je ne pourrai jamais continuer sans toi... Mon amour, reste avec moi !

— L'ange qui te ressemble me fait un signe de la main... Il veut m'accompagner pour que je traverse de l'autre côté de ma vie... Je dois le suivre là où il y a l'infini.

— Charles ! Non... non !

— Je suis désolé, Anne-Marie..., lui dit le médecin en déposant une main réconfortante sur son épaule.

— Non ! Mélanie n'était pas à ses côtés !

— Dieu l'a voulu ainsi.

***

Les funérailles de Charles Jolicœur furent célébrées dignement à la sainte église Sainte-Trinité, le dix-huit septembre à onze heures. Le curé Lalancette avait parlé de Charles en le décrivant comme un homme bon, humble et honnête. « Notre ami Charles a quitté ce monde qu'il a tant aimé pour se diriger au cœur de la lumière de Dieu. Charles a déjà reçu son étoile et il veille sur nous tous. Que Charles Jolicœur, notre ami, repose en paix dans le royaume de Dieu. »

Beaucoup de mes amis sont venus des nuages
Avec soleil et pluie comme simples bagages
Ils ont fait la saison des amitiés sincères
La plus belle saison des quatre de la terre

Ils ont cette douceur des plus beaux paysages
Et la fidélité des oiseaux de passage
Dans leurs cœurs est gravée une infinie tendresse
Mais parfois dans leurs yeux se glisse la tristesse
Alors ils viennent se chauffer chez moi
Et toi aussi tu viendras

Tu pourras repartir au fin fond des nuages
Et de nouveau sourire à d'autres visages
Donner autour de toi un peu de ta tendresse
Lorsqu'un autre voudra te cacher sa tristesse[2]

---

2 *L'amitié*, interprétée par Françoise Hardy, 1965.

Chapitre 28

Confidences

Septembre 2002

— Dieu du ciel, Anne-Marie… Viens là…

Solange avait étreint son amie.

— Je n'en peux plus, Solange !

— Je savais que tu craquerais, ma vieille. Depuis un an que Charles est parti et je ne t'avais pas encore vue pleurer une seule fois. C'est aujourd'hui que tu laisses enfin sortir la peine qui te gruge les entrailles…

— Il me manque ! Oh… qu'il me manque, mon mari. La dernière fois qu'il m'a touché la main, c'était pour me quitter. Il aurait eu soixante ans en décembre prochain. On voulait visiter les plus beaux pays du monde. Présentement, on serait en train de s'aimer en Italie.

— Tu pourrais y aller, en Italie, un jour prochain, Anne-Marie…

— Pas sans Charles ! Je m'ennuie tellement, Solange… Quand je lève les yeux au ciel, je lui demande de revenir, mais il ne m'entend pas.

— Pauvre Anne-Marie... Tu ne vis que sur une erre d'aller.

— Les seules fois où je peux accrocher un sourire à mon visage, c'est quand ma fille et ma petite Charlotte me rendent visite.

— Elle est jolie ta... *votre* petite-fille...

— Je ne pourrai pas oublier son anniversaire, à cette enfant, elle est née la journée où son grand-père est mort!

— Anne-Marie, Charles a pris sa petite-fille dans ses bras. Imagine la peine que vous auriez supportée, Mélanie et toi, s'il était passé à côté de ce bonheur-là!

— Tu as raison...

— Anne-Marie, tu as commencé à fumer?

— En effet, il m'arrive de fumer. La vie a passé si vite aux côtés de Charles! J'essaie de voir quelle existence il a là-haut. A-t-il retrouvé les siens? Est-ce qu'il nous voit?

— Il va bien, Charles, Anne-Marie...

— Moi, je ne suis pas bien, Solange. Je ne peux pas concevoir les prochaines années sans lui.

— Il n'y a que toi qui peux décider si tu désires une vie heureuse ou une vie à le pleurer.

Anne-Marie donnait l'image d'une fleur qui s'était recroquevillée au passage du mauvais vent. Pour elle, le temps s'était arrêté. Elle accueillait ses réveils avec des larmes bien accrochées au bord des cils et quand venait le soir, les petites perles persistaient encore. Elle se rendait dans le jardin où Charles se reposait et revenait à la maison démunie de réponse.

— Tu as reçu des nouvelles du père de Charles et de Christian, Anne-Marie?

— Albert me téléphone…

— Et Christian, Isabelle et Jessica ?

— Je ne veux pas reprendre contact avec Christian. C'est au-dessus de mes forces, Solange… même par téléphone !

— Tu aurais peur d'entendre parler Charles, ma vieille ?

— Oui… Me retrouver devant lui, je m'évanouirais. Aux funérailles, il s'était placé dans le dernier banc de l'église. Il savait bien que si je m'étais retrouvée devant lui, je me serais effondrée. Je ne veux pas le voir. En tout cas, pas avant d'avoir accepté que Charles n'y soit plus…

— Je comprends, Anne-Marie… Pour t'aider, il faudrait que tu libères tous les effets de Charles que tu as dans ta maison. Ça fait un an et ce qui appartient à Charles…

— Je ne peux pas !

— Anne-Marie… Charles ne reviendra pas.

— Oh… Comment peux-tu te montrer si froide ?

— C'est que je t'aime et je veux que tu retrouves ton sourire. Charles n'accepte pas de te voir dans cet état, j'en suis certaine. Il se sent malheureux en ce moment.

— Je sais que tu as raison, Solange.

— Si tu acceptais, je pourrais le faire avec toi…

— Tu voudrais ?

— Bien sûr !

— Ouf ! Où vais-je entreposer ses vêtements ?

— Tu pourrais les donner à la guignolée du mois de décembre prochain, non ?

— Pour que je rencontre un paroissien vêtu du linge de Charles ? Oh non !

— Alors donne-les dans une autre paroisse ! Des gens démunis, il en existe partout sur la terre, seigneur de Dieu ! Mario pourrait tout mettre dans sa voiture et les apporter dans une autre ville...

— D'accord.

— Tu ne gardes rien, Anne-Marie. Tu m'entends ?

— Même pas un bijou ?

— Tu as des photos de Charles ?

— Oui...

— Tu gardes les photos, et les plus beaux souvenirs de Charles, tu ne pourras jamais les oublier. Je les vois défiler dans tes yeux présentement.

***

Pendant la première année suivant le décès de Charles, les doux souvenirs s'étaient manifestés un à un : leur rencontre à la bibliothèque de Tracy, la journée où Charles avait emménagé dans le rang du Ruisseau, leur première nuit d'amour où les petits rideaux de dentelle s'étaient mis à valser avec la brise du soir et où l'orage avait éclaté au plus haut des cieux, leur union, célébrée en avril 1988, un jour de mars – le douze – où Mélanie avait fait un joli clin d'œil à la vie, et l'arrivée de Charlotte, qui avait émerveillé toute la famille. La vie sur terre est tellement remplie de belles souvenances que les passages négatifs devraient être rangés à jamais au grenier du ciel.

***

Une autre année venait de s'écouler et Anne-Marie avait recommencé à côtoyer les fleurs de son jardin et à s'émouvoir du clapotis de la pluie. Elle allait faire des courses avec Solange et elle regagnait sa maison les bras chargés de surprises pour sa petite-fille Charlotte.

— Mélanie ! Quelle belle surprise ! Viens voir mamie, Charlotte. Je veux te serrer dans mes bras, ma puce. Je n'en reviens pas comme le temps a passé !

— Oui, maman. Ma Charlotte qui a deux ans aujourd'hui... Je n'en reviens pas !

— Moi qui en aurai soixante et un en octobre... mon Dieu !

— Tu es si belle, maman ! J'aimerais te ressembler le jour où j'aurai ton âge.

— Voyons, Mélanie, tu pourrais commencer par profiter de tes vingt-sept ans, sainte mère !

— Maman... je suis heureuse de te voir en si grande forme. J'ai eu peur que tu chutes dans une dépression quand papa est décédé.

— Ma situation s'avère encore fragile aujourd'hui, ma puce. Ton père va habiter dans mes pensées éternellement, tu sais...

— Je l'espère bien, maman ! Il n'a jamais quitté les miennes non plus...

— Viens, je vais te montrer la jolie robe que j'ai achetée pour Charlotte.

Charlotte ressemblait à Mélanie et à son grand-père. À sa naissance, ses cheveux reflétaient un brun doré et aujourd'hui, à deux ans, ils avaient copié la nuance acajou de ceux de sa mère. Elle avait hérité du regard verdoyant de son père et son grand-père lui avait légué son sourire charmeur.

— Maman…

— Oui, ma puce ?

— Nous ferais-tu le plaisir de quitter ton rang du Ruisseau pour venir passer Noël avec nous à Saint-Hyacinthe ?

— Bien oui, pourquoi pas ? Il y aura d'autres invités chez toi ?

— J'ai invité les parents de Denis.

— D'accord, je ne les ai pas revus depuis…

— …la mort de papa, tu veux dire, maman ?

— Oui, ma puce. Tu sais qu'on se souviendra toujours des journées heureuses passées auprès de ton père, ma fille…

— Il le faut, maman ! Maman… j'attends un bébé…

— Oh ! comme tu me rends heureuse, Mélanie ! Quand le verra-t-on, ce petit ange ?

— Il est attendu pour le mois de juin.

— Un autre petit bébé à dorloter !

— Oui, maman. Tu pourris tellement Charlotte, comme on dit, tu vas écoper du travail en double ! Hi ! hi !

— Laisse-moi aller, ma fille. Ce plaisir m'appartient. Avez-vous choisi des prénoms pour votre bébé, Denis et toi ?

— Pour un garçon, ce que Denis aimerait, c'est Alexandre.

— Alexandre Brière… C'est très joli ! Et si c'était une autre jolie petite fille comme Charlotte ?

— Si tu étais d'accord, maman, j'aimerais lui donner le prénom de Marie-Anne.

— Voyons, Mélanie !

— Oui, maman. Quand j'ai pris Charlotte dans mes bras le jour de sa naissance, j'ai vu qu'elle ressemblerait à papa.

— Continue, Mélanie…

— Je sais que si je donne la vie à une autre fille, elle te ressemblera, maman, et je suis certaine, au fond de mon cœur, que ce sera une petite fille !

— Oh…

— C'est-à-dire une jolie fillette avec des petites taches de rousseur sur ses pommettes rosées.

— Comment peux-tu être certaine que ce sera une fille, Mélanie ?

— Marie-Anne me l'a déjà dit…

***

Le printemps avait semé ses lilas, ses verdures argentées et les cours d'eau roulaient allègrement sous les ombres frémissantes des feuillus.

Marielle Tessier avait préparé une petite fête pour souligner les quatre-vingt-deux ans de sa mère. Cette femme sans retenue à la langue truculente s'était vue entourée de ses voisins et de ses deux filles.

Depuis deux ans, celle-ci n'avait eu d'autre choix que de se munir d'une canne et sa chevelure colorée d'argent avait l'allure, comme elle disait, d'une belle grosse boule de neige.

Une table de bois aux pattes pliantes avait été installée dans la cour arrière près de la véranda fatiguée. Marielle avait gonflé des ballons bleus qu'elle avait fixés aux coins de cette table sur laquelle avait été déposé un léger goûter composé de petits-fours, de salade et de crudités. Après la distribution des présents, que les invités avaient emballés soigneusement, la conversation s'était animée.

— Viens t'installer ici, maman. J'ai sorti ta chaise berçante de la maison.

— J'te dis pas non, Nicole, j'ai les jambes comme des guenilles, cibole! Tiens… Prends mon verre de punch aussi, je le boirai pas.

— Même si c'est le jour de votre anniversaire? lui glissa Solange.

— J'ai jamais bu, Solange.

— Voulez-vous un thé ou un verre de lait pour accompagner votre morceau de gâteau?

— J'vas prendre un thé, ma fille… J'ai jamais bu de lait.

— Le lait serait bienfaisant pour vous, madame Pauline.

— J'vas dire comme on dit: je boirai du lait quand les vaches mangeront du raisin!

— Hi! hi! Je vais dans la maison vous chercher une tasse de thé.

— OK, ma petite. Pis toé, Anne-Marie… je vois que t'as bonne mine?

— Bien oui, madame Pauline! Charles se voit heureux là-haut et moi, je lui raconte tout ce qui se passe ici-bas.

— C'est bien, ça, ma fille. Quand mon Hubert y est mort, j'ai dit *alléluia*! Je savais qu'y était ben mieux avec le Bon Dieu. Y avait l'air d'un petit miséreux su' son lit d'hôpital.

— Vous avez bien raison, madame Pauline… Je ne vous cacherai pas que le soir, j'ai encore le cafard…

— Si tu veux que j'te donne un petit conseil, ma petite fille…

— Lequel ?

— Ben, comme ma vieille mère disait… avant de t'endormir, ma fille, donne ton âme pis tes bébites à chats au Bon Dieu, ça va te faire passer une bonne nuite…

— Hi ! hi !

— Pis ça marche, ma fille ! Ma mère me disait de faire ça quand j'me couchais avec un petit motton su' le cœur…

— Eh ! que je peux vous aimer, vous ! Pourquoi pleurez-vous, madame Pauline ?

— C'est la première fois de toute ma vie qu'une personne me dit qu'a' m'aime… À part mes deux filles pis mon Hurbert, c'est ben sûr…

— J'éprouve une grande affection pour vous, madame Pauline… depuis que j'ai acheté ma petite maison en 1973. Ouf ! Il en a coulé de l'eau sous les ponts depuis ce temps ! Nous voilà déjà en 2003, sainte mère !

Solange venait de rejoindre les deux femmes.

— En parlant de ta petite maison, Anne-Marie, il faudrait que tu lui donnes une cure de rajeunissement si tu veux la louer à nouveau cet été, ma vieille.

— Je vais lui redonner ses couleurs au mois de juin, Solange.

— Tu ne pourras pas repeindre ta petite maison du fait que tu vas déjà t'occuper de la tienne, mon amie… Tes vingt ans sont disparus, je te rappelle !

— On ne peut pas revenir en arrière, hein ! Je vais coiffer mes soixante-deux ans en octobre ! Toi, Solange… si je ne me trompe pas, tu vas avoir soixante-trois ans en novembre ?

— Ne tourne pas le fer dans la plaie, comme on dit, mon amie… Je le sais bien… Tu n'es pas obligée d'en rajouter.

— Hi ! hi ! Ma petite maison, Solange, je vais pouvoir m'en occuper, j'ai vendu celle de Charles… je veux dire la nôtre… Et je retourne m'installer dans mon petit nid qui jadis a appartenu à tante Rosalie et oncle André.

— Tu es sérieuse ?

— Oui, Solange.

— Quand vas-tu mettre ta maison à vendre ?

— Elle est vendue, ma maison.

— Hein ? Je n'ai jamais vu de pancarte devant ta maison !

— Un secret, mon amie. J'avais dit à l'agent immobilier de la mettre sur leur site Internet, mais je ne voulais pas d'enseigne RE-MAX devant ma maison. Ça aurait fait jaser des curieux…

— Tu parles de qui en disant que ça aurait fait jaser du monde, Anne-Marie ? lui demanda madame Tessier.

— De personne en particulier, madame Pauline… Est-ce que vous vous êtes sentie concernée ?

— Ben… je l'sais que j'passe pour la commère du boute, moé !

— Voyons, madame Pauline…

— Tiens, v'là Laurence avec Élodie pis Henri Michon. Mon Dieu qu'y s'est pas embelli, c't'homme-là !

— Voyons, madame Pauline… Henri est un homme charmant !

— Je l'sais ben que c'est un bon gars, Anne-Marie, mais n'empêche que…

— Tsut ! tsut ! madame Pauline… Ils s'entendent bien et ils s'aiment, ces deux-là, non ?

— Ben oui, c'est ça… Mais je vois clair encore…

***

Marie-Anne était née le onze juin 2003 et Mélanie avait apposé sur son baptistère le patronyme de Marie-Anne Sirois Jolicœur Brière. En effet, vu sa petite tête châtaine pigmentée de roux, cette jeune beauté porterait sûrement les petites taches de son de sa grand-maman Anne-Marie. « *Jeune beauté…*, avait répété Anne-Marie, émue. C'est beaucoup plus joli que *vieille laide…* »

***

Qu'était-il arrivé aux gens de Contrecœur depuis que les années avaient défilé comme des étoiles filantes ?

Bruno, à soixante-trois ans, avait vendu sa clinique de denturologie à Christian Brière et s'était installé avec son compagnon Charles-Édouard sous le toit bleuté de la Jamaïque.

Au presbytère Sainte-Trinité, Rachèle Soullières exerçait encore ses talents de cuisinière auprès du curé Lalancette. Le bedeau Jacques Lavoie visitait réguliè-rement la grande armoire de la sacristie, sous le regard désapprobateur du vicaire Guillemette, celui-ci ayant

167

informé son supérieur qu'il avait lui-même brisé une bouteille de vin destinée à l'homélie du dimanche matin.

Annick Chénier avait pleuré le décès de son compagnon en 2001 et était déménagée à Sept-Îles, où elle était voisine de sa fille Mireille et de ses petits-enfants, Mathieu et Anne-Marie.

Et Madame Tessier… «Madame Pauline? Cette femme va régner dans le rang du Ruisseau jusqu'à cent deux ans, cibole!»

Solange et Mario Martin allaient célébrer le mariage de leur fils Benjamin avec Jessica, fille de Christian et d'Isabelle Laforge. Benjamin et Jessica uniraient leurs destinées en décembre à l'église Saint-Antoine-de-Padoue. Anne-Marie serait aussi de la fête.

Lorie exerçait toujours sa profession d'hôtelière, mais en République dominicaine. Elle avait rejoint Marie-Josée Sirois qui, elle, était devenue gérante de l'hôtel Tropic Club Almendros de Sosua.

***

La dernière semaine de juin, Anne-Marie avait plié bagage pour réintégrer sa petite maison du rang du Ruisseau.

— Dieu du ciel, Anne-Marie, où vas-tu placer tous ces meubles?

— Une partie s'en va chez Mélanie à Saint-Hyacinthe. Ma petite maison abrite encore ses meubles, tu sais. Le seul ameublement que j'ai emmené avec moi, c'est la chaise berçante de Charles et mes rideaux de dentelle.

— Est-ce que tu as rencontré les nouveaux propriétaires de ta... de *votre* maison, Anne-Marie ?

— Oui, j'y étais quand ils ont visité. Un couple âgé, je dirais dans les soixante-dix ans... Des gens bien gentils. Ils se nomment Roger et Angèle Delormes. Ils demeurent présentement sur le boulevard Fiset à Sorel.

— Le boulevard Fiset ? L'ancienne rue Royale ?

— En effet. Hi ! hi !

— Pourquoi ris-tu, Anne-Marie ?

— C'est que monsieur Delormes ne dit pas une phrase sans y glisser *bonyeu* ou *maudit* et madame Delormes, *sainte bénite* puis *câline*.

— Ah bon. Pourquoi s'achètent-ils une maison à cet âge avancé ?

— Monsieur Delormes m'a paru un homme bien en forme et sa femme Angèle ne paraît pas son âge. Madame Delormes m'a confié que le boulevard Fiset était devenu une artère trop commerciale. Monsieur Delormes est un ancien retraité de la QIT, anciennement Québec Iron.

— Quand emménagent-ils dans ta maison, Anne-Marie ?

— Le premier juillet. Tu vas les trouver charmants.

— Ont-ils eu des enfants ?

— Je ne sais pas. Il faudrait leur poser la question.

— Ah bon ! Sais-tu, Anne-Marie, que je t'aime depuis le jour où je t'ai rendu visite dans ton jardin en 1973 ?

— Je t'aime aussi, mon amie. Te souviens-tu des fleurs que j'étais en train d'ensemencer quand tu es arrivée dans la cour, Solange ?

— Je n'ai pas encore commencé à faire de l'Alzheimer, Anne-Marie… Tu étais en train de planter tes pois de senteur !

— Exactement ! Cette journée-là, dans ma cuisine, tu m'avais réprimandée pendant qu'on prenait notre café en se berçant à côté de mon gros poêle bedonnant.

— Oui, je m'étais moquée de toi parce que j'avais une cuisinière électrique et que toi, tu chauffais encore ta maison avec ce vieux poêle ventru.

— Je te dis que tu es dans le champ, Solange !

— Ah !

— Tu m'avais dit : « Ce n'est pas parce que tes parents te surnommaient *la vieille laide* que tu es dans l'obligation d'assumer ce surnom toute ta vie ! »

— Ouf ! Après t'avoir lancé ces paroles, j'avais craint que tu me mettes au rancart…

— Hi ! hi ! Non, Solange… Grâce à toi, j'ai aimé un homme merveilleux qui a fait de moi sa princesse.

— On retourne dans ton autre nid d'amour, ma vieille ? Il faut finir de préparer les boîtes ce matin ! J'ai hâte qu'on aille à Saint-Hyacinthe pour rencontrer cette *jeune beauté* !

Chapitre 29

Le grenier de mademoiselle Pétronie

Rien n'avait changé dans le petit havre de paix d'Anne-Marie, sauf le décor extérieur, qui avait souffert de solitude. La grande véranda entourant la maison serait à nouveau parsemée de fleurs et les fenêtres guillotinées qui venaient de traverser les années avec brio seraient enjolivées de blancheur et de verdure. D'ici quelques jours, deux jolies jardinières valseraient au gré du vent et un parfum de menthe et d'eucalyptus embaumerait le seuil de la maison.

Le tambour n'avait toujours pas été libéré de ses antiquités depuis 1973. Seul un passage étroit permettait à Anne-Marie de pénétrer dans la maison. « Il faudrait bien que j'aille porter toutes ces vieilleries chez un brocanteur... »

Dans la cuisine, fonctionnelle malgré sa petitesse, la table en merisier entourée de chaises capitaines reposait toujours sur le tapis grossièrement tressé qui recouvrait le linoléum aux motifs de carrelage en imitation de pierre.

La chambre à coucher, qui était autrefois de couleur amande, avait été colorée de corail durant le court passage d'Angèle Paradis et la coiffeuse Samba aux grains grossiers faisait toujours face au grand lit, paré de sa tête cuivrée. La veille, un nouveau matelas avait été livré et Anne-Marie avait choisi une douillette de couleur crème et un coussin de la même teinte pour recouvrir la chaise aux dodelinements. Déjà, une petite chatte prénommée Chatonne ronronnait sur cette chaise qui, auparavant, avait accueilli Grison et Franklin.

Le premier soir où Anne-Marie s'était préparé un léger repas, en découpant la salade, une délicieuse image lui était apparue, lui faisant revivre le moment où les tomates du potager avaient roulé sur le sol et où Charles l'avait aimée sans retenue. «Comme je t'ai aimé, Charles!»

— Salut, ma vieille! Ça me fait tout drôle de revenir dans ta petite maison, Anne-Marie! Est-ce que tu penses que ton vieux poêle va traverser l'hiver?

— Il le faut, Solange! Changement de sujet, Solange… j'ai acheté un four à micro-ondes quand je suis allée choisir mon matelas chez Breault et Martineau hier.

— Hein? Tu disais que tu n'en aurais jamais!

— J'ai changé d'idée. Tu ne devineras jamais ce que j'ai aussi acheté!

— Où l'as-tu caché, ton achat?

— Je vais en prendre possession la semaine prochaine.

— Arrête de me faire languir, Anne-Marie Jolicœur!

— Un ordinateur, ma vieille!

— Pour faire quoi?

— Pour naviguer, comme tout le monde, et envoyer des courriels!

— Mais tu n'es pas…

— …trop vieille, tu veux dire?

— Mais ça va te prendre des mois avant de pouvoir t'acclimater à un ordinateur, Anne-Marie!

— Pas si je prends des cours du soir!

— Eh bien!

— Mélanie m'a dit que je vais pouvoir clavarder directement avec eux à Saint-Hyacinthe et si je le désire, je peux également me procurer une *Web Cam*. Je pourrai voir Charlotte et Marie-Anne tous les jours!

— Où l'installeras-tu? C'est tout petit ici!

— Là…

— Hein? Est-ce que tu es tombée sur la tête, Anne-Marie Sirois-Jolicœur? Tu as passé l'âge de grimper dans un grenier tous les jours! En plus, tu vas geler durant tout l'hiver, il n'y a qu'une petite chaufferette portative!

— Je vais commencer par l'installer sur un petit meuble dans ma chambre à coucher.

— Ensuite?

— J'ai l'intention de débarrasser le grenier de ses vieilleries. Denis m'a offert son aide.

— Mais tu ne peux pas grimper dans cette échelle tous les jours, Anne-Marie!

— Relaxe, Solange… Je vais prendre un entrepreneur pour l'isoler et me faire construire un joli escalier en bois d'érable.

— Wow!

— Il ne gênera pas l'entrée, il va tourner légèrement pour que les dernières marches se retrouvent à côté du poêle, ce qui donnera un tout nouveau cachet à la maison. Au mois d'août, je vais m'inscrire à des cours d'informatique au cégep de Tracy. Tu viens suivre ces cours avec moi, Solange?

— Ce n'est pas compliqué de se servir d'une souris, Anne-Marie. On le faisait à cœur de jour à la bibliothèque de Tracy!

— J'en suis consciente, mon amie, mais on n'a jamais navigué sur Internet pour clavarder ou bien s'amuser à jouer en ligne au scrabble ou avec les milliers de jeux qui y sont offerts gratuitement! Il n'est jamais trop tard pour s'initier, Solange. Quand je suis allée m'informer pour les inscriptions, je suis allée dans la salle où les élèves suivent leurs cours en informatique. Un jeune homme très gentil m'a offert de m'installer devant un écran d'ordinateur et j'ai visité l'Italie.

— Ce n'est pas vrai, Anne-Marie! Tu veux entreprendre ce voyage?

— Oui, Solange. J'aimerais m'y rendre au printemps prochain.

— Wow!

— Deux semaines en Italie et une autre à Paris.

— Oh! Les Champs-Élysées, le musée du Louvre, le jardin du Luxembourg…

— Tu sais, Solange… avant que Charles me quitte…

— Oui?

— Il m'avait fait promettre de visiter un jour l'Italie. Et il m'a demandé de lui faire parvenir les plus belles photos que j'allais y prendre.

— Oh! Comme c'est beau ce que tu racontes!

— En effet, mon amie. Tu veux savoir ce qu'il y a de plus beau pour deux amies inséparables comme nous, Solange ?

— Oui ?

— C'est que vu qu'il savait qu'il ne serait pas du voyage, il t'a cédé son billet d'avion.

— Hein ? Voyons, Anne-Marie… tu n'es pas sérieuse ?

— Tiens… J'ai une petite lettre pour toi.

Solange prit la missive entre ses mains tremblantes et posa ses yeux sur le texte, les yeux imprégnés de larmes.

Bonjour Solange,
Ce que vient tout juste de te confier Anne-Marie est la réalité. Je souhaite que le siège qui était censé être le mien dans l'avion qui nous aurait menés en Italie, Anne-Marie et moi, te revienne.
Je te souhaite un bon voyage et surtout, prends bien soin de la femme que j'ai aimée et que j'aime toujours de tout mon être.

Charles
xxx

— Oh… C'est comme si Charles était tout près de nous, Anne-Marie !

— Charles est près de nous, ma vieille. Est-ce que Mario aurait une objection à te voir partir pour trois semaines ?

— S'il s'objecte, Anne-Marie, ce sera un cas de divorce !

— Hi! hi! Il ne pourra pas s'objecter, Solange, Mario est au courant depuis très longtemps…

— Ce n'est pas vrai?

— Bien oui! Mario a lu cette lettre juste avant de partir pour son voyage de pêche avec Éric dans la réserve faunique du Saint-Maurice le printemps passé.

— Je n'en reviens pas! Il faut que je m'achète une valise et un sac de voyage, je n'ai jamais pris l'avion!

— J'ai conservé la valise de Charles. Elle est comme neuve, elle n'a voyagé qu'une seule fois pour se rendre sur la Côte d'Azur, tu sais…

— Oh… Si Dieu lui avait donné le temps, il aurait pu faire le tour du monde avec toi, seigneur de Dieu!

— Charles se promène autour du monde présentement, Solange, et il n'a même pas besoin de s'encombrer d'une valise. Il voyage au gré du vent et il se pose là où il le désire. Et je suis certaine que lorsqu'il visite un continent ou bien la lune, il traverse la Voie lactée pour venir déposer des baisers sur les petites têtes de Charlotte et de Marie-Anne.

⁂

La chasse aux trésors

Dans la soirée, le ciel nocturne s'était mis à gronder sans retenue et les éclairs éclataient en mille et une étincelles pour éclairer le firmament éteint.

Anne-Marie s'était retrouvée assise sur le rebord de la lucarne auprès de mademoiselle Pétronie. Cette dernière coiffait toujours l'élégant chapeau de velours bleu nuit garni de perles de verre recouvertes d'une poudre blanchâtre. La maison de poupée venait de retrouver pour une seconde fois sa teinte naturelle après qu'Anne-Marie l'ait dépoussiérée d'un coup de chiffon. Sur le vieux banc de piano aux pattes écartelées, des bouts de ruban violets usés par le temps avaient été remisés dans un écrin rose.

«N'aie pas peur, Chatonne... Ce ne sont que les petits oiseaux qui courent sur la toiture d'acier. Regarde, Chatonne... on dirait des grains de riz qui viennent du ciel tellement il pleut!»

Anne-Marie quitta la petite lucarne pour se diriger vers le petit berceau blanc qui, dans les années quarante, avait bercé deux jolis petits cœurs.

Tout près se côtoyaient deux massifs coffres en chêne. Le premier montrait un semblant de travail artisanal et le second était d'un bois très foncé dont les coins étaient dépourvus de vernis. Dans le grand coffre de mamie Bibianne que son oncle Albert lui avait donné, Anne-Marie avait déniché des merveilles.

«Oh... Le temps des années folles!»

Une robe du soir en satin rose parée d'un voile de tulle était ornée de broderies en strass et cousue de fil métallique.

«Attends-moi, Chatonne, je descends prendre le grand miroir qui est accroché derrière la porte de ma chambre...»

Anne-Marie avait collé sur son corps cette robe magnifiquement belle dont les franges de chenille fuchsia lui chatouillaient les chevilles. «Mamie Bibianne a porté cette robe vers l'âge de quinze ans, sainte mère!»

Anne-Marie, les yeux pétillants, avait sorti du coffre une autre robe, noire, ponctuée de paillettes d'or frangée de jais et d'écailles scintillantes, et un chapeau cloche couleur framboise.

« Que les femmes pouvaient être élégantes dans les années vingt ! »

Elle avait trouvé des draps et des mouchoirs brodés dégageant une forte odeur de naphtaline. Quelques pièces de cette literie artisanale avaient été soigneusement emballées dans du papier de soie blanc et d'autres, inachevées, reposaient près d'un magnifique nécessaire de brodeuse coffré dans un étui de cuir rouge, également rempli d'aiguilles, de fusettes de fil de soie et de coton, égayées de mille et une couleurs.

« Je vais finir de broder ces mouchoirs et je vais les déposer sur mes tables de salon ».

« Tu as porté des pantalons, mamie ? Je t'ai toujours vue vêtue de grandes robes quand j'allais te voir dans ta petite chaumière ! Tu dois les avoir portés durant les années cinquante... C'est pour cette raison que je ne les ai jamais remarqués sur toi... »

« Un catalogue Sears de 1930 ! J'imagine que tu avais commandé ces jolies robes dans ce grand magasin, vu que tu étais éloignée des grandes villes lorsque tu demeurais avec grand-père Bertrand à Louiseville... »

« Mais, qu'est-ce qu'il y a de si lourd au fond de ce coffre... Un gramophone ! »

Anne-Marie avait caressé cet appareil qui, au début des années 1900, avait sûrement appartenu aux parents de sa mamie Bibianne. Celle-ci s'était mise à sourire en apercevant le logo du petit chien Nipper écoutant jouer un phonographe à cylindre, juste en dessous de la marque Victor. Tout le temps où ce gramophone avait été remisé dans ce grand coffre, le soixante-dix-huit tours d'Édith Piaff n'en avait jamais été retiré. L'étiquette Polydor annonçait le titre *Les mômes de la cloche*, écrit en 1935.

Anne-Marie avait déposé le gramophone sur le banc de piano dans le but de le nettoyer et d'écouter cette grande interprète de la chanson française surnommée «La Môme», décédée en 1963.

«Déjà dix heures! Je veux tout voir, même s'il faut que j'y passe la nuit...»

Anne-Marie était descendue prudemment du grenier pour se préparer une tasse de café soluble et prendre quelques biscuits.

«Oh! Oncle Albert avait conservé le chapeau à voilette que Mamie portait à ses funérailles!»

Anne-Marie avait délicatement délogé le chapeau de son sac de polythène pour le déposer sur la tête de mademoiselle Pétronie après lui avoir enlevé son chapeau de velours bleu nuit.

Les deux petits écureuils, Noisette et Grenoble, qu'Anne-Marie avait dessinés sur du papier blanc en 1948, venaient de rejoindre le gramophone sur le banc de piano.

«Cette photographie... Elle était accrochée au-dessus du foyer dans la petite chaumière de mamie! Adélard et Marie-Anne Jolicœur, 1891... Mon arrière-grand-mère portait le prénom de Marie-Anne? Dites-moi que je rêve! Et cette broche qu'elle porte... je viens tout juste de la prendre dans mes mains! J'aimerais mettre un nom sur cette autre photo noir et blanc... Peut-être que l'homme qui porte une moustache est le frère de Bernadette ou de mon grand-père... Mamie était coquette! Elle aimait se parfumer, un flacon d'eau de toilette *Chanel n° 5...* »

Anne-Marie était bien renseignée sur l'année où Coco Chanel avait créé ce parfum, vu qu'elle-même le portait depuis des années. En 1910, Coco Chanel s'était installée dans un local sur la rue Cambon, à Paris. Ce local portait le nom de Chanel Modes. Cette dame créait des chapeaux et ses propres vêtements. En 1913, elle avait ouvert sa première boutique à Deauville.

Pour la création de son eau parfumée *Chanel n° 5*, en 1921, Ernest Beaux, créateur de parfums, lui avait présenté deux séries d'échantillons, l'une numérotée de un à cinq et l'autre de un à vingt-quatre. La créatrice de mode avait choisi l'échantillon numéro cinq et monsieur Beaux lui avait demandé: «Quel nom va-t-il porter, ce parfum, madame Chanel?» Elle avait répondu: «Je lance ma collection le cinq mai, le cinquième mois de l'année. Laissons-lui le numéro qu'il porte tout simplement. Ce chiffre lui portera chance.» Cette dernière avait dessiné l'original du flacon, un flacon très simple. «Ce qu'il y a à l'intérieur de cette petite bouteille est beaucoup plus important que le flacon lui-même.»

Anne-Marie trouva le chapeau de style hollywoodien que portait fièrement son grand-père Bertrand aux côtés de sa dulcinée sur la photographie fripée aux coins manquants.

«Minuit, sainte mère! La nuit me portera conseil. Je rénove mon grenier ou bien mon ordinateur va être confiné dans ma chambre à long terme?»

***

— Mélanie! Quelle belle surprise! Où sont mes deux petites-filles?

— Elles ne sont pas loin, grand-maman gâteau. J'ai fait un arrêt chez Solange pour lui laisser le livre de recettes qu'elle m'avait prêté aux fêtes et elle a voulu garder les petites avec elle un moment. Elle va venir nous rejoindre tout à l'heure.

— Ah bon! Viens t'asseoir, ma puce. Je vais nous préparer du café.

— Quels sont tous ces papiers, maman? Tu as recommencé à correspondre avec Annick à Trois-Rivières?

— Non, ma puce.

— Tu fais le ménage de ton classeur?

— J'écris, Mélanie.

— Qu'est-ce que tu écris, maman?

— Ma vie...

— Wow! Tu vas envoyer ton autobiographie dans une maison d'édition?

— Hi! hi! Non, ma puce d'amour. Quand je l'aurai terminée, je vais la déposer dans le grand coffre de cèdre de ton arrière-grand-mère à côté de son journal intime. Quand tes deux petites beautés vont avoir atteint l'âge adulte et que moi, j'aurai rejoint ton père, fais-leur faire une visite là-haut dans mon jardin secret...

— Quel titre vas-tu lui donner, à ton livre, maman?

— *La vieille laide était jolie.*

Fin du tome 2

Remerciements

*Merci à toute l'équipe de Guy Saint-Jean Éditeur
pour leur soutien et leur bon travail.
Merci à monsieur Yvon Farly et à monsieur
Frédéric Boudreault, policiers pour la MRC du Bas-
Richelieu, Sûreté du Québec.
Merci à monsieur Gilles Breton, édimestre
de Québec Adoption.
Merci à monsieur Édouard Bastarache, médecin
du travail et de l'environnement, conseiller
international en toxicologie et technologie céramique.
Merci à mon fils, Jessey, pour m'avoir dépeint
un tableau du jeu vidéo Mario Kart.
Merci à ma fille, Mélissa, pour m'avoir raconté
une « soirée de filles ».
Merci à ma sœur, Nicole, et à son conjoint,
Gilles, pour m'avoir narré leur voyage
sur la Côte d'Azur.
Merci à mon conjoint, ma mère, mon père,
mes sœurs, mes enfants, mes petits-enfants
et mes beaux-parents.*

Merci à vous, chers lecteurs.

www.lucyfrancedutremble.com

Tome 3

Le soleil est sorti en même temps
Que moi ce matin
Comme s'il savait
Qu'il allait pleuvoir sur ma vie
Toute la journée
De cette façon
Je pourrai me rendre
Au lever de la lune
Sans me mouiller.

Nostalgie, poème de Jean-Guy Arpin,
tiré de son recueil *Émotions*.

Je dédie ce roman à mes deux amours,
mes enfants, Jessey et Mélissa Tousignant.

Note de l'auteure

Quelques mois après que j'aie terminé d'écrire la belle histoire d'Anne-Marie et de Charles, en 2009, à ma grande surprise, celle-ci m'a glissé à l'oreille que sa route était loin d'être achevée. Je reviens donc vous raconter ce qui s'est passé dans le rang du Ruisseau depuis le mois de juillet 2003.

Mais avant de poursuivre là où nous en étions à la fin du tome précédent, je vous invite à faire un saut dans le passé en tournant avec moi les premières pages de ce troisième et dernier tome, qui vous permettront de « lire entre les lignes » de *La vieille laide* en vous faisant vivre la venue au monde et l'enfance des personnages.

Je vais vous emmener à Louiseville, en 1940, chez mamie Bibianne, quand cette femme si douce vivait avec son mari Bertrand et ses deux fils, Albert et Delphis. Nous irons aussi faire un tour dans la triste vie de Madeleine Belhumeur, à l'époque où elle a rencontré son mari, Delphis Jolicœur, et où elle a donné la vie à leur fille Marie-Anne.

Dans le petit village de Sainte-Ursule, nous ferons connaissance avec les parents de Christiane, Aristide et Gervaise Gagnon, ce couple désespéré qui, après le décès de leur fille unique pendant qu'elle accouchait, a dû abandonner les deux garçons qu'elle venait de mettre au monde, Christophe et Christian Gagnon. Deux jours après sa naissance, Christophe recevait le nouveau nom de Charles Jolicœur alors que son jumeau Christian, qui conserva son prénom, était accueilli dans la demeure d'Olivette et Armand Laforge, sur la rue Lemay, à Louiseville.

Naturellement, je ne manquerai pas de vous narrer un passage de la petite enfance de Marie-Anne, devenue Anne-Marie deux jours après sa naissance, au moment de son adoption par Françoise et Jean-Paul Sirois, de Trois-Rivières, auprès de qui elle vécut une enfance malheureuse.

Nous nous retrouverons ensuite là où nous avions laissé Anne-Marie, dans sa petite maison campagnarde du rang du Ruisseau, en 2003. Voici un résumé qui vous permettra de vous remémorer les événements qui ont marqué le deuxième tome.

Après son mariage avec Charles, en 1988, Anne-Marie avait loué sa demeure à Angèle Paradis et sa fille Élodie. Curieusement, cette enfant ressemblait beaucoup au vicaire Desmarais. L'ecclésiastique et Angèle Paradis périrent lors d'une tragédie survenue sur les rives du fleuve Saint-Laurent en 1993. Après plusieurs démarches, Élodie sera enfin déposée dans les bras de ses parents adoptifs, Laurence et Henri Michon. Après quelque temps, la demeure de madame Paradis serait louée à Marielle, la fille de Pauline et Hubert Tessier.

Malheureusement, plus tard, Hubert Tessier était entré à l'Hôpital général de Sorel et avait quitté la terre le premier janvier 1995. Marielle avait alors demandé à Anne-Marie de résilier son bail pour pouvoir dé-ménager chez sa mère pour lui venir en aide. Par la suite, la petite maison avait été habitée par Marcel Duchesnes, le préposé en chef de la bibliothèque municipale de Tracy. Et, comme nous le savons tous, ce dernier avait épousé Marielle et s'était installé avec cette dernière dans la maison de Pauline Tessier.

En 1996, Charles s'était rendu à l'hôpital Comtois, de Louiseville, pour quérir des renseignements au sujet de sa naissance. Madame Dupont le dirigea vers les Habitations Ursula, où le vieux médecin de quatre-vingt-deux ans, Joachim Lefebvre, lui apprit que sa mère Christiane était décédée lors de son accouchement. Le médecin lui apprit aussi qu'il n'avait pas été le seul à voir le jour en ce vingt-quatre décembre 1943, car son frère jumeau, Christian, l'avait suivi de près.

Lors d'une rencontre touchante avec Christian, Charles et Anne-Marie firent aussi connaissance avec leur belle-sœur Isabelle et, par la suite, avec leur nièce Jessica.

Le plus éprouvé avait été Albert Jolicœur, l'oncle d'Anne-Marie. Jamais il n'avait pensé qu'il aurait pu être le père de Charles, ni que ce dernier avait un frère jumeau qui se trouvait donc lui aussi être son fils! Il avait tout fait pour convaincre leur mère, Christiane, de se marier avec lui, mais en vain. Durant sa grossesse, Christiane avait préféré suivre les conseils de ses parents, Aristide et Gervaise Gagnon, et donner son enfant en adoption, dans l'espoir de partir ensuite étudier à Trois-Rivières pour devenir institutrice. Malheureusement, elle avait perdu la vie au cours de l'accouchement. Au salon funéraire Gagnon, dans son cercueil entouré de fleurs, elle était vêtue d'une jolie robe de dentelle ivoire.

En novembre 1996, Mélanie s'installa avec Denis dans un joli quatre pièces et demie, à Saint-Hyacinthe. Elle adorait son travail auprès de monsieur Poudrier, un dentiste généraliste ayant son cabinet privé sur la rue Girouard. Denis exerçait la profession de gardien de sécurité au cégep de Saint-Hyacinthe.

Solange et Anne-Marie étaient entrées toutes les deux dans le merveilleux monde des retraités. Jouissant d'une excellente santé, elles avaient tout planifié pour les années à venir : du magasinage au Mail Champlain, aux Promenades Saint-Bruno, et une soirée de bingo tous les lundis soir au Palais agricole de Sorel.

Au presbytère Sainte-Trinité, durant le mois de juillet 1998, le curé Allard s'était endormi pour l'éternité. L'ecclésiastique avait une peur bleue de s'éteindre dans son sommeil sans avertissement et le Dieu Tout-Puissant n'avait pas exaucé ses prières. Un nouvel enfant du Seigneur avait été désigné pour servir la paroisse Sainte-Trinité, un petit homme de quarante-neuf ans du nom de Patrice Lalancette.

Samedi, le vingt-six juin 1999, dans la sainte église Sainte-Trinité, Mélanie Sirois-Jolicœur et Denis Brière s'unissaient devant l'autel en disant : « Oui, je le veux. »

Le soir des noces de sa fille, Anne-Marie s'inquiétait de la santé de Charles. « Il faut que tu essaies de te battre, Charles. Je vois bien que tu es fatigué... Tu n'as pas dansé une seule fois avec moi cet après-midi ! Non... On a valsé une fois ensemble. Je ne peux pas te forcer à consulter un médecin. Tu ne t'es pas présenté à ton rendez-vous chez le docteur Gadbois, que j'avais pris pour toi en août dernier. Tu as visité un seul médecin dans ta vie et c'était pour retrouver tes racines. Ne te bats pas contre une fatigue qui se colle à toi. Si tu veux conserver ton espérance de vie, il faudra bien que tu te décides, mon chéri. Si tu t'y rends plus tard, ce ne sera peut-être pas dans les mêmes conditions. Tu auras cinquante-six ans en décembre prochain, mon amour... Réfléchis aux prochaines années... La journée de notre mariage, on s'était fait la promesse de ne jamais se quitter. »

Puis, un certain soir de l'année 2001, Charles regagna sa chambre à coucher à vingt heures, sous le regard triste d'Anne-Marie. « Pourquoi ne pas suivre mes conseils, mon amour ? Je n'aime pas te voir épuisé comme ça, moi ! Si tu prenais un rendez-vous avec le médecin aussi... »

Le vingt-quatre décembre, Anne-Marie et Charles lurent en duo une lettre de Mélanie et Denis, présentée dans une enveloppe décorée de bisous, qui leur chavira le cœur.

Joyeux Noël, grand-mère et grand-père... J'ai si hâte de me faire bercer sur vos genoux.
Votre petite-fille ou votre petit-fils, XXX
P.-S. Est-ce que vous voulez choisir mon prénom avant que je vienne vous rejoindre au mois de septembre prochain ?

Le printemps suivant, agacé par des essoufflements nocturnes et une fatigue continue, Charles prit rendez-vous avec le docteur Gadbois. Durant la dernière semaine du mois de mai, Charles fut à nouveau convoqué dans le bureau du docteur. Il ne s'attendait pas à recevoir de bonnes nouvelles, car depuis une semaine, son cœur s'était mis à cogner dans sa poitrine à un rythme irrégulier.

— Voilà, Charles… Les examens ne mentent pas, vous souffrez bien d'une insuffisance cardiaque. Vous m'en voyez désolé.

À la fin du mois des semences, Charles dut s'aliter. Il venait d'atteindre le stade quatre de sa maladie. Un soir, l'ambulance prit la direction du rang du Ruisseau et Charles fut transporté à l'hôpital Charles-Lemoyne, là où le ciel venait de s'éteindre pour la nuit.

Anne-Marie ne vivait que sur son erre d'aller. Elle savait bien que la mort faisait partie de la vie, mais elle aurait désiré que cette vie lui laisse son compagnon jusqu'au jour où ils auraient décidé d'entreprendre le long voyage ensemble.

Une heure avant le décès de Charles, Mélanie avait donné la vie à une petite fille de sept livres et cinq onces. Une petite poupée au teint hâlé et aux cheveux bruns soyeux qu'elle et Denis prénommèrent Charlotte, en souvenir de son grand-père.

En septembre 2002, Anne-Marie reflétait toujours l'image d'une fleur qui s'était recroquevillée au passage d'un vent mauvais. Pour elle, le temps s'était arrêté. Elle accueillait ses réveils avec des larmes au bord des cils et, quand venait le soir, les petites perles s'y accrochaient encore. Souvent, elle se rendait dans le jardin où reposait Charles et elle revenait à la maison démunie de réponse.

Pendant la première année suivant le décès de Charles, les doux souvenirs se manifestèrent un à un dans la mémoire d'Anne-Marie : leur rencontre à la bibliothèque de Tracy, le jour où Charles avait emménagé dans le rang du Ruisseau, leur première nuit d'amour, où les petits rideaux de dentelle s'étaient mis à valser avec la brise du soir et où l'orage avait éclaté au plus haut des cieux, leur union, célébrée en avril 1988, le jour où Mélanie avait fait un joli clin d'œil à la vie... Et l'arrivée de Charlotte, qui avait émerveillé toute la famille.

La vie sur terre est tellement remplie de belles souvenances que les passages négatifs devraient être rangés à jamais au grenier du ciel...

Une autre année venait de s'écouler. En 2003, Anne-Marie recommença à côtoyer les fleurs de son jardin et à s'émouvoir du clapotis de la pluie. Elle faisait des courses avec Solange et regagnait sa maison les bras chargés de surprises pour sa petite-fille Charlotte. Elle aurait soixante et un ans en octobre. À sa grande joie, Mélanie, maintenant âgée de vingt-sept ans, lui annonça la venue d'un second enfant pour le mois de juin. Marie-Anne, la seconde fille de Mélanie et Denis, naquit le onze juin. Les parents apposèrent sur son baptistère le nom de Marie-Anne Sirois Jolicœur Brière.

La dernière semaine de juin, Anne-Marie vendit leur demeure, qui avait autrefois appartenu à Midas et Juliette Hamelin, et plia bagage pour réintégrer sa petite maison du rang du Ruisseau.

Bon retour dans le rang du Ruisseau !

Lucy-France

Chapitre 1

Mamie Bibianne

Louiseville, octobre 1940

La demeure de Bernadette et Bertrand Jolicœur respirait la santé malgré le sable fin du chemin de terre battue que le vent soulevait et déposait, comme un tapis couleur ocre, sur la grande galerie engourdie. Deux chaises en bois s'y côtoyaient et, tout près de la porte, une pelle et un sac de sel attendaient la première neige, qui était annoncée pour la nuit prochaine. L'important était que les jeunes enfants puissent récolter des friandises en cette journée tant espérée, celle de l'Halloween.

Le nom que nous attribuons aujourd'hui à cette fête vient de la formulation anglaise All Hallow Even, qui signifie «la veille de tous les saints». Jadis, les gens croyaient que Saman, le roi des morts, invitait en cette nuit les personnes décédées susceptibles de sortir de leur tombe froide. À l'époque, les habitants des villages allumaient de grands feux pour se protéger. Ces citoyens étaient si désemparés qu'ils incitaient d'autres personnes à invoquer ou à exercer des pouvoirs surnaturels en dansant autour des flammes pour éloigner les morts-vivants. Ces gens étaient le plus souvent déguisés en chat noir, en hibou, en corbeau et en chauve-souris. Aujourd'hui, ce sont les enfants, fébriles, qui se costument et frappent aux portes des maisons pour «quêter des bonbons» en hurlant: «Donnez-nous des gâteaux ou des bonbons, sinon votre maison va s'écrouler!»

Dans la cuisine baignée de doux rayons dorés, Bernadette venait de sortir d'un coffre de jolis mouchoirs de coton blancs précieusement enveloppés dans du papier de soie rose.

«Aujourd'hui, maman, je vais broder ces mouchoirs que tu avais commencés la veille où tu es décédée. Je sais bien que je n'ai pas tes doigts de fée, mais si je pique quelques points tous les jours, je devrais pouvoir les terminer avant d'aller te rejoindre là-haut...» Bernadette s'empara de son nécessaire de brodeuse, rangé dans un étui de cuir rouge, ainsi que de quelques fuseaux de fil de soie couleur pastel, et commença à décorer les jolies roses apparaissant dans le cerceau argenté.

«Si je peux les terminer, je vais m'en servir comme centre pour nos tables de nuit.»

Bernadette se trouvait toujours de petites besognes à accomplir en attendant ses deux garçons, Delphis et Albert, ainsi que son mari, qui travaillait à l'usine de l'Associated Textile Company, construite en 1929 grâce à l'esprit de progrès du conseil municipal du village. La Textile permettait à trois cent cinquante citadins de travailler et de ramener à la maison un salaire décent pour nourrir leur famille malgré la récession causée par la guerre, qui obligeait le gouvernement à rationner les marchandises et la nourriture. Même le marché de la mode avait été monopolisé dans le but d'économiser le tissu. Le premier ministre du Parti libéral, Joseph-Adélard Godbout, demandait aux citoyens de n'acheter que les choses essentielles et de recycler le plus possible. La population apportait les vieux métaux aux centres de récupération. Le Québec avait cessé de fabriquer des automobiles et la construction résidentielle avait ralenti. Même si la guerre avait lieu sur un autre continent, tous les Canadiens en subissaient les conséquences.

***

— Salut, Bernadette… T'as passé une bonne journée ?

— Oui, Bertrand. Tout se passe bien quand les gars ne sont pas dans la maison. Surtout Delphis… Il me fait damner, cet enfant-là ! Il a dix-sept ans et il agit comme un jeune de douze ans… Je ne serais pas surprise qu'il soit allé directement à l'hôtel Windsor pour boire de la bière au lieu d'aller travailler chez Donat Lafontaine & fils ce matin…, avoua-t-elle en déposant sa broderie sur ses genoux.

— Une vraie tête croche, cet enfant-là ! lui lança son mari en jetant un journal sur le comptoir de la cuisine. Y se sacre de tout' ! Y se marie en décembre avec sa Madeleine pis y nous l'a même pas encore présentée…, ajouta-t-il en se versant une tasse de thé.

— Il ne veut pas nous la présenter avant qu'on soit tous rendus sur le parvis de l'église au mois de décembre... Penses-tu qu'il a honte de nous ?

— Batince ! Y a juste à sacrer son camp de la maison avant de se marier, celui-là ! De toute façon, y a déjà loué son logement sur la rue Saint-Laurent. Y est inutile ici. Y a Albert qui travaille comme un forcené sur ma terre, c'est tout. Delphis est toujours rendu à l'hôtel. Quand y rentre au petit matin, y réveille tout le monde. Pauvre femme qui va le marier ! Des fois, j'aurais envie de me présenter chez les Belhumeur moi-même pour leur montrer que je sais vivre...

— Ne fais jamais ça, Bertrand ! Ton fils est assez mauvais pour te donner une volée comme il l'a fait avec Albert l'autre soir ! Ne t'en mêle pas. Si on doit rencontrer Madeleine sur le parvis de l'église, eh bien, ce sera comme ça, c'est tout.

— Satanés enfants !

— Tu veux dire « satané Dephis »... On n'a rien à reprocher à Albert ! Il t'aide beaucoup dans la porcherie et dans l'écurie, et ça, c'est avant d'aller travailler à la ferronnerie Giguère tous les jours...

— Exact ! C'est pour ça que Delphis aura pas une maudite cenne de nous autres ! C'est Albert qui va hériter de la terre, pis lui, y cuvera sa bière à l'hôtel Windsor pendant que sa femme Madeleine, qu'on ne connaît pas encore, se rongera les sangs à l'attendre.

Voyant le tissu blanc que Bernadette tenait entre ses mains, Bertrand lui demanda :

— Où est-ce que t'as pris ces foulards à broder ?

— Dans le coffre en chêne de ma mère. Elle ne les a jamais finis… Tu devrais voir tout ce que j'ai trouvé au fond de cette malle-là, mon mari !

Bertrand se pencha pour fouiller dans le meuble de rangement.

— Y en a des affaires là-dedans !

— De beaux souvenirs, Bertrand ! Regarde… Ma robe de satin noire ornée de broderies que maman m'avait toute cousue à la main quand j'avais quinze ans !

— T'étais pas mal *swell* dans cette robe-là… Ah ben !… Le portrait de mon vieux père Adélard pis de ma mère Marie-Anne !

— Il y a une date en arrière…

— Eille… 1891 ! Comment mon père pouvait faire pour manger avec cette grosse moustache-là ?

— Ha ! ha !… Je l'ai encore, la broche que ta mère porte sur la photo… Elle est dans mon coffre à bijoux… Mon Dieu ! Je n'avais pas jeté le catalogue Sears de 1930, Bertrand ! J'avais commandé ce maillot de bain bleu foncé par la poste, tu t'en souviens ? Il avait été approuvé par la Ligue catholique féminine…

— Oui. Je m'en rappelle, tu l'as jamais mis…

— J'étais trop timide, Bertrand…, répondit Bernadette en baissant la tête.

— Eh oui ! Trois piastres dans la poubelle !

— Je suis désolée, Bertrand, mais ça fait déjà dix ans… Il est passé de mode, comme on dit. Je m'étais baignée juste une fois avec mon ancien maillot de bain dans la rivière… Non, je ne suis vraiment pas une adepte de la baignade…

— T'as gardé ton flacon de Chanel vide ?

— Oui, l'odeur parfume la literie dans le grand coffre. C'est toi qui me l'avais offert le jour de mes vingt ans... Qu'est-ce qu'ils disent dans *L'Écho de Louiseville* ?

— Sur la couverture, y parlent du parc Belmont, à Montréal, sur le bord de la rivière des Prairies.

— Ah ! Comme on n'a pas de voiture, on ne le verra jamais, ce grand parc rempli d'attractions...

— Ben non. Pas plus que le parc Dominion, au bord du fleuve Saint-Laurent... Mon frère Jean-Baptiste y est allé dans les années vingt, quand y restait à Montréal. Il devait avoir environ vingt-deux ans. Y prenait le « petit char »... Puis, vers 1929, y a commencé à prendre l'autobus. Dans sa lettre, y m'avait dit que ces autobus-là avaient la même forme qu'un wagon de tramway, mais que ça faisait un bruit d'enfer. Y a embarqué dans des manèges comme la grande roue, les avions suspendus à des fils, les autos tamponneuses pis les montagnes russes. Le parc Dominion a été obligé de fermer, y a trois ans, parce que le parc Belmont est devenu trop populaire...

— De toute manière, je n'aurais jamais monté dans ces manèges, j'ai mal au cœur en carriole... Tu imagines comment je me sentirais dans un avion suspendu à des fils qui tourne dans le ciel ?

— T'aurais pu assister à des pestacles !

— Des spec-ta-cles, Bertrand..., le reprit sa femme avec un sourire aux lèvres.

— C'est ça. T'aurais pu voir des avaleurs de sabres, des cracheurs de feu...

— Non, pas du tout !

— Tiens donc ! s'exclama Bertrand en zieutant la une de l'hebdomadaire.

— Qu'est-ce qu'il y a ?

— Charles-Édouard Gauthier a son portrait dans le journal !

— Pourquoi ? demanda Bernadette en regardant par-dessus l'épaule de son mari.

— Veux-tu que je te fasse la lecture, ma femme ?

— Oui...

— Bon, ben assis-toi dans ta chaise, je vais te lire ça...

Bernadette enleva le couvercle posé sur le chaudron en fonte émaillé dans lequel mijotaient les pommes de terre du souper puis s'installa confortablement dans sa berceuse, tout près du gros poêle vieux de plusieurs années.

— Bon... « Vers 1929, Charles-Édouard Gauthier fondait sa petite entreprise de glace. »

— Je m'en souviens, j'avais vingt-deux ans !

— Pis moi, vingt-trois. Ç'a changé, hein ?

— Ben oui... Continue, mon mari...

— « À cette époque, de nombreuses familles possédaient une glacière... »

— Nous autres, on en a encore une !

— Qu'est-ce que tu veux ? On peut pas tout' être riches comme Crésus, hein ? « Le haut de la glacière contenait le cube de glace et la partie du bas servait de réfrigérateur pour conserver le lait, les œufs, les viandes... L'hiver, monsieur Gauthier ciselait d'énormes quartiers de glace sur la rivière du Loup avec un godendart. C'est seulement plus tard qu'est apparue la scie motorisée. Les ouvriers qui transportaient les imposants morceaux gelés de la rivière recevaient cinq cents l'unité. Les enfants Gauthier les coupaient de six grandeurs différentes, puis ils les vendaient et les livraient, durant la saison chaude, au coût de quinze cents pour les petits et de vingt-cinq cents pour les gros.

Ils avaient construit une immense glacière dans laquelle ils empilaient les cubes, qu'ils enrobaient de bran de scie pour les conserver tout l'été.» Y en a sûrement plusieurs qui se souviennent du «rond de course» pour chevaux que Charles-Édouard Gauthier avait aménagé au bout de sa terre l'année où y a commencé à vendre de la glace... J'ai souvenance que le petit Côté est mort là à six ans après avoir reçu un coup de sabot derrière la tête...

— Pauvre enfant...

— Tiens! V'là le peddleur Gravel! dit Bertrand en déposant sa tasse vide dans l'évier en pin sec situé devant la fenêtre. Y vend juste des cochonneries, lui...

— Voyons, Bertrand... Y a du bon stock, le peddleur Gravel! La semaine dernière, je lui ai acheté du camphre et du savon d'odeur que j'ai payés beaucoup moins cher qu'au magasin général!

Le colporteur frappa à la porte.

— On n'a pas besoin de rien, Ti-Tas!

— Bertrand... Laisse-le au moins nous montrer ce qu'il a dans sa charrette!

— Bon... Entre, mais fais ça vite! l'avertit Bertrand, impatient.

Les vêtements imprégnés de poussière, le peddleur d'une cinquantaine d'années aux cheveux grisonnants déposa quelques articles sur la table de la cuisine.

— Aujourd'hui, je peux vous vendre une caisse de Coke qui vous reviendrait juste à dix cennes chaque au lieu de quinze cennes. Toute une aubaine, hein ? leur annonça-t-il en souriant, découvrant ses dents jaunes usées par le tabac et la caféine.

— Ben là !... Mon gars travaille chez Donat Lafontaine & fils pis y le paye huit cennes la bouteille... T'es un vrai voleur, Ti-Tas !

— Voyons, Bertrand..., le corrigea Bernadette, qui éprouvait une certaine gêne.

L'homme ne se laissa pas abattre pour autant.

— À vous, monsieur Jolicœur, je vous les fais à sept cennes !

— Bon... bien, vendu !...

— J'ai aussi de l'eau d'odeur pour votre femme...

— Mon pauvre monsieur... Je n'en fais plus l'usage depuis plusieurs années, l'informa Bernadette.

— Ah !... J'ai aussi des aiguilles, des boutons à quatre trous, des brosses à dents, des lacets de bottines...

— Ça va faire, on n'a plus besoin de rien, le coupa Bertrand Jolicœur.

— C'est comme vous voulez. Mais si vous manquez de quèque chose, moé, je repasse pas avant le printemps prochain.

— Jos H. Giguère se fend le cul pour vendre ses cochonneries dans son magasin général ! s'exclama le maître de la maison.

— Voyons, Bertrand ! Ménage ton langage ! le reprit encore une fois sa femme tout en mettant les ustensiles sur la table pour le souper.

— Vous auriez pas un petit coin où je pourrais dormir à soir ?

— Tant qu'à y être, veux-tu qu'on te mette un couvert avec notre coutellerie en or ?

— Vous m'invitez à manger, monsieur Jolicœur ?

— T'es ben innocent, toi ! Je t'invite pas pantoute à souper, pis pas plus à crécher dans ma maison !

— Je me trouverai ben un petit coin su' le bord de la route avec des branches de sapin pour m'abrier...

— Ben voyons donc ! s'indigna la mère de famille, le cœur dans un étau. On n'est pas pour vous laisser coucher dehors à la fin du mois d'octobre comme ça ! Vous allez mourir gelé !

— Tu peux te faire un lit dans l'écurie avec les bottes de foin... Puis tu peux prendre les couvertes de laine des chevaux si tu veux..., lui offrit Bertrand sans le regarder.

— Merci ! Merci, monsieur. Vous auriez-tu une petite tasse d'eau chaude pour moé, madame Jolicœur ? J'ai pas mangé depuis le matin, j'ai l'estomac dans les talons...

— Pauvre homme... Tout à l'heure, je vais aller vous porter une tasse de thé avec un sandwich aux cretons.

— Vous êtes trop bonne pour moé... Vous savez, j'en demandais pas tant...

— Ce n'est rien, monsieur Gravel. J'ai aussi fait des galettes à la mélasse cet après-midi. Je vais vous en apporter quelques-unes.

— Ça va faire, ma femme! On n'est quand même pas pour le nourrir comme un roi!

— Ce n'est pas deux petites galettes qui vont nous appauvrir, mon mari...

***

Bernadette et Bertrand Jolicœur s'étaient rencontrés sur le pont couvert du ruisseau Plat, à Sainte-Ursule. C'était au printemps 1924. Bernadette était à l'aube de ses dix-sept ans et Bertrand en avait dix-huit. Ils avaient discuté une grande partie de la soirée. Une brise légère faisait trembler le feuillage des arbres et la lune, qui répandait dans la clairière sa douce lumière tamisée, attirait les deux âmes vers le ciel étoilé. Une envolée d'oies sauvages se suivant à la queue leu leu émettait des cris joyeux.

— Regarde, Bertrand! On dirait un V!

— Oui. Sais-tu pourquoi les oies font un grand V comme ça?

— Non...?

— À chaque battement d'ailes, il se forme un courant d'air qui fait remonter l'oie qui est en arrière.

— Tu en connais des choses, toi! Oh!... regarde... Au bout du pont, il y en a une par terre! Elle doit être blessée... Pauvre petite bête...

— Inquiète-toi pas pour elle... Elle est probablement tombée là parce qu'elle s'est cassé une aile. Y en a deux qui sont venues la rejoindre pour l'aider. Elles partiront pas avant qu'elle puisse voler à nouveau.

— À moins qu'elle meure... ? s'inquiéta la jouvencelle, émue.

— Oui...

— Quelle triste histoire !

— Si elle est pour mourir, elles vont rester avec elle jusqu'à la fin...

— C'est reposant ici, Bertrand..., reprit Bernadette, charmée par le paysage champêtre.

— Aussi magnifique que tu peux l'être, Bernadette ! Penses-tu que tes parents accepteraient que je vienne veiller au salon avec toi samedi soir prochain ?

— Tu désires me fréquenter, Bertrand ?

— Oui. Je ne veux plus te laisser à partir d'aujour-d'hui... Mon cœur est tout gonflé d'amour pour toi...

***

Décembre 1940

Dans la maison des Jolicœur, Bernadette était d'humeur massacrante. Son fils Delphis n'était pas encore revenu du village. Il avait quitté la ferme depuis des heures. Lorsqu'il franchit le seuil de la porte, son père s'élança :

— Tiens ! Tu parles d'une heure pour rentrer, toi !

— Ben oui !... se moqua Delphis.

— Bonté, Delphis ! Y est dix heures !

— Puis après ? rétorqua-t-il en enlevant ses bottes de *rubber*.

— Ton souper sera plus mangeable, depuis trois heures qu'y est dans le four !

— Vous avez juste à dire à' mère de me faire cuire autre chose ! Y doit ben rester du baloney pis des patates dans le frigidaire ?

Bernadette se leva et se plaça devant son fils, les mains sur les hanches. Elle était écarlate.

— Penses-tu que je vais faire de la friture à cette heure juste pour toi, mon garçon ?

— Voyons, m'man !

— Tu sauras, mon sans-cœur, que ta mère, c'est pas une servante ! tempêta le père de famille. Va souper chez Ti-Lord, si t'as faim.

— Tu veux que j'aille manger chez Ti-Lord ? Me prends-tu pour un millionnaire ? Envoyez, m'man... faites-moé cuire mon baloney...

— Je ne te ferai rien cuire, mon effronté !

— Hein ? Comment vous m'avez appelé ?

— Mon effronté, tiens ! Mon traîneux de savates ! T'es juste un grand sans-cœur, Delphis Jolicœur !

— Ben calvaire ! jura Delphis en levant les bras au ciel. Savez-vous pourquoi je suis resté icitte, vous deux ? C'est pour avoir votre terre ! C'est pour ça que je vous supporte depuis tant d'années !

— Oh ben, batince ! ! ! hurla Bertrand, hors de lui. Tu viendras pas nous insulter dans notre maison, toi ! Après ton mariage, cet après-midi, que je te revoie plus la face ici dedans !

— Je sais déjà ce que vous allez me dire, le père... « Y a Albert qui m'aide gros su' ma terre. » Petit crisse de mangeux de marde ! Inquiétez-vous pas, les parents. Quand vous allez vous retrouver six pieds sous terre, y me vendra ben sa part une fois que je vas lui avoir cassé les deux jambes !

— Delphis ! Es-tu viré fou ? lui cria sa mère.

— C'est ça… Donne de l'avoine à un âne puis y va te péter au nez ! s'exclama Bertrand, mauvais.

— Ha ! ha ! Est comique ta joke, le père !

Avant la cérémonie du mariage de son fils, Bertrand l'avisa des rectifications qu'il avait apportées à son document notarié.

— Écoute-moi ben, mon espèce de va-nu-pied… Ta mère et moi, on a refait notre testament la semaine passée…

Delphis devint blanc comme une pinte de lait.

— Pis ?

— Pis… ? reprit Bertrand. Ton nom y apparaît pas. L'ensemble de nos biens va revenir à Albert après notre décès, tu m'entends ? T'auras pas une cenne de nous autres !

— Ah ben, ciboire ! Vous avez pas fait ça ? s'écria Delphis, qui était en train de revêtir son habit de noces.

— Tu veux le lire, le testament, mon gars ? J'en ai donné une copie à Albert… pis la tienne est sur la commode de notre chambre à coucher.

— Si c'est comme ça, je vous renie ! Pis vous pouvez ben aller brûler en enfer, sacrament ! Vous connaissez pas Madeleine, pis vous avez intérêt à pas vous en approcher non plus ! Le message s'adresse aussi à Albert ! Grand insignifiant ! Y sera jamais capable de s'occuper de la terre… À moins qu'y se trouve une femme, mais c'est pas demain la veille qu'y va se marier, avec sa face de truite ! On sait jamais, un « gouin » peut finir par trouver sa « gouine » ! Un dernier mot avant que je voie pus vos faces d'enterrement en avant de moé... Si j'en vois un de vous trois rôder proche de mon logement su'a rue Saint-Laurent, je sors mon douze pis j'y tire dans le corps, crisse! Tiens, je vas vous laisser ma carte de visite... Attendez-moé, ça sera pas long..., dit-il en refermant la porte derrière lui.

Dans son costume de noces, Delphis se dirigea vers la porcherie et prit le fusil de chasse de son père. Il réintégra la maison et fit feu vers eux. La balle atteignit le crucifix en bois, qui éclata sur le parquet de bois.

***

À quinze heures, des flocons se mirent à tomber, brodant d'étoiles les campagnes refroidies. Les conifères, qui avaient gardé leur robe verte, furent couronnés d'un chapeau blanc. La neige tombait du ciel comme une pluie de coton, se logeant là où la terre espérait être recouverte d'un tapis moelleux pour sommeiller jusqu'à la prochaine saison des bourgeons.

Cet après-midi, dans la sainte abbatiale Saint-Antoine-de-Padoue, le jeune prêtre Frédéric Ouellet unissait deux de ses ouailles, Madeleine Belhumeur et Delphis Jolicœur, originaires de Louiseville.

La municipalité de Louiseville aurait été appelée ainsi en l'honneur de la princesse Louise, la quatrième fille de la reine Victoria. Toutefois, ladite princesse n'aurait jamais visité la ville. Une légende raconte qu'elle aurait transmis ses salutations d'un signe de la main à partir du train dans lequel elle traversait le village en 1880. On dit qu'avant, les colons appelaient la ville Saint-Antoine-de-la-rivière-du-Loup, à cause de l'abondance des loups dans cette région.

Chapitre 2

Le calvaire de Madeleine

Dès décembre 1941, soit douze mois après son union avec Madeleine, Delphis fit l'acquisition d'une terre de quatre-vingt-dix arpents située dans le rang voisin de celui de son frère et de ses parents, où il entreprit l'élevage de cent bêtes à cornes et l'exploitation d'un grand poulailler. En aucune circonstance il n'avait croisé les siens depuis son mariage. La frousse qu'il leur avait donnée avait entraîné la mort subite de la famille, devenue un « tricot aux mailles manquantes ».

Madeleine n'était pas heureuse aux côtés de son mari. Elle ne se sentait chez elle nulle part ; ni dans la demeure ni sur la ferme. Elle avait une place attitrée dedans comme dehors. À l'intérieur de la maison, elle profitait d'un rouet pour filer la laine et, sur un vieux tapis décrépit, une chaise berçante lui permettait de s'asseoir pour repriser les chemises et les chaussettes trouées de son mari. L'été, lorsqu'elle travaillait dehors, elle avait l'usufruit d'une balançoire verte où elle écossait ses petits pois. Une seule fois, elle s'était risquée à faire une demande à Delphis pour la repeindre en rose…

— Es-tu folle ? Dépenser de l'argent pour une niaiserie pareille ! Réfléchis avec ta tête ! lui cria-t-il, hors de lui.

— Elle est tout écaillée !

— Pis ? T'es déjà ben chanceuse d'en avoir une… Qu'est-ce tu fais pour souper ?

— De la galette avec de la graisse de lard.

— Encore ? Louiseville a ben beau être la ville du sarrasin, on n'est pas obligés d'en faire une indigestion, bâtard !

— Ben là ! Tu m'as pas donné d'argent pour le marché, se plaignit Madeleine, qui se préparait à mettre la vaisselle dépareillée sur la table recouverte d'une nappe à carreaux.

— Tu veux dire que JE ne suis pas allé au magasin !… Toé, tu sors pas d'icitte… Ta place, c'est dans maison pis pas ailleurs !

— Pourquoi je peux pas y aller, à l'épicerie, Delphis ? Ça me ferait du bien de parler avec d'autre monde !

— Y en est pas question une crisse de menute !

— Si c'est pour la raison que je pense que t'as peur que je rencontre tes parents ou ton frère Albert, y a aucune chance, je les ai jamais rencontrés.

— C'est comme ça, c'est toute. Achale-moé pus. T'es pas ben ici dedans ? La vie d'une femme mariée, c'est ça, tu sauras.

— Si j'avais des petits, les journées seraient pas aussi longues…

— Des petits ? Es-tu folle, toé ? On a de la misère à arriver, joualvert ! Comment on ferait pour nourrir une bouche de plus ?

— Ça mange pas beaucoup, un bébé…, répondit Madeleine en pleurant.

— Arrête de brailler, bâtard ! Tu m'énarves ! Une fois que les enfants sont rendus grands comme des échalotes, y vident la glacière pis les armoires de cuisine en s'empiffrant comme des cochons…

— Si tu buvais modérément, on l'aurait, l'argent, pour élever un petit Jolicœur…

— Ah ben, viarge ! Tu viendras pas me dire quoi faire dans ma maison ! Je m'en vas me faire faire les cheveux chez Philias Lajoie pis je reviens dans une demi-heure pour souper.

— J'ai besoin d'une coupe, moi aussi…

— Les femmes sont nées pour avoir les cheveux longs. T'as juste à te faire une toque.

***

Quand Delphis rentra de chez le barbier, Madeleine était en train d'écrire une lettre à sa sœur Rosalie, qui demeurait dans la ville de Contrecœur.

— À qui t'écris ?

— À ma sœur Rosalie. On s'est pas revues depuis les noces… Je prends de ses nouvelles…

— Coudonc… C'est quoi son nom, à son mari, donc ?

— André Demers…

— Pis tu y dis quoi ?

— Qu'on va aller les visiter dans un mois! J'ai juste une sœur, y faut ben que je garde contact!

— OK, tu peux y écrire, mais va pas t'imaginer qu'on va aller à Contrecœur. Pis je veux pas non plus qu'y se pointent la face icitte su' ma terre.

— Quoi? Es-tu viré fou? T'es un vrai sauvage, Delphis Jolicœur!

Hors de lui, Delphis asséna à sa femme un coup si violent à la figure qu'elle se retrouva sur le dos, sa chaise berçante à la renverse. Delphis sortit déneiger l'entrée et les galeries.

La colère de Madeleine lui monta à la gorge. Elle sortit sur le balcon arrière et, les deux mains sur les hanches, cria à son mari:

— Je suis en famille, Delphis Jolicœur!

Delphis se retourna vers elle et lui dit, le regard haineux:

— Tu l'as fait exprès! Tu t'es donné du mal pour rien, je vas engager une faiseuse d'anges. Tu mettras pas ce petit-là au monde, tu m'entends?

— Là, c'en est assez! Je laisserai jamais faire une chose aussi horrible!

— Écoute-moé ben, Madeleine Jolicœur. Je vas te proposer quèque chose...

— Quoi? lui demanda-t-elle, les yeux imprégnés de larmes. On va élever notre enfant?

— Si tu veux...

— Delphis! Es-tu sérieux?

— Es-tu sourde? Oui... seulement si c'est un gars.

— Quoi? Et si c'est une fille?

— On va la donner en adoption.

— Non ! Tu veux ma mort ?

— Prie pour que ce soit un gars, Madeleine. Y pourrait prendre la relève de la terre quand je vas être rendu vieux. C'est juste au cas où t'accoucherais d'un gars que tu vas rendre ta grossesse à terme. À quel mois y va arriver, ton petit ?

— D'après mes calculs, y va être là en octobre prochain…

— C'est correct. Mais oublie pas… Si c'est une fille, elle restera pas icitte dans ma maison.

***

Au printemps 1942, Delphis s'équipa d'une vieille faucheuse qu'il avait dénichée dans un encan de ferme, dans le rang Crête-de-Coq, à Sainte-Ursule.

— Pourquoi t'as acheté cette machine, Delphis ? lui demanda Madeleine, qui était sortie sur la galerie arrière de la maison.

— Pour faire les foins au mois d'août, cette affaire ! C'est sûrement pas pour me pavaner dans le chemin !

— Elle est toute rouillée ! Es-tu sûr qu'elle est encore bonne ?

— Me prends-tu pour un niaiseux ? Je l'ai essayée avant de l'amener icitte. Si a' casse, je trouverai ben des pièces usagées chez Julien & fils.

— Ah bon ! Delphis… ! Le bébé vient de bouger !

— Ah, répondit-il, indifférent.

— C'est quoi le petit arbre que t'as planté au coin de l'écurie, Delphis ?

— C'est un pommier…

— Ah oui ? Et celui-là à côté du vieux puits ?

— Un lilas.

— Wow ! Delphis ?

— C'est quoi toutes ces questions ?

— T'es-tu marié avec moi juste pour éviter d'aller à la guerre ?

— C'était une des raisons.

— Tu ne m'aimais pas, et c'est pour ça qu'aujourd'hui t'es si mauvais avec moi ?

— Je suis pas méchant ! Je suis ton mari pis tu me dois obéissance.

— J'imaginais pas ma vie d'épouse comme ça. Mes parents s'adoraient et se respectaient, pis ça, depuis le premier jour...

Delphis détourna la conversation.

— Y faut que j'aille su'a rue Bonaventure, à Trois-Rivières, après-midi. Si tu veux aller faire un tour à' cathédrale de l'Assomption-de-Marie, je peux te laisser là pour une demi-heure.

— Oh... Oui ! Je vais faire brûler un lampion, si tu me donnes cinq cennes, pour qu'on puisse avoir un enfant en santé.

— Un gars, tu dis ? Moi, à ta place, j'en allumerais trois, c'est trois pour dix cennes...

***

En cet après-midi du vingt-deux avril, la pluie chaude venait de cesser et un arc-en-ciel si imposant colorait l'azur qu'il donnait l'impression de rejoindre les deux extrémités de la terre. Agenouillée sur les marches menant au maître-autel, Madeleine demanda au Tout-Puissant de lui faire don d'un enfant en santé, et que toutes les souffrances de l'univers lui soient épargnées si la Providence lui envoyait une petite fille. Quand Delphis la rejoignit, elle avait pris la décision de vivre sa grossesse dans la sérénité.

— Delphis…? Qui est cette femme qui nous regarde sur le trottoir? demanda Madeleine en quittant le parvis de l'église.

— Où ça?

— Là, à ta droite… Elle porte un chapeau à voilette…

— Aucune idée. Viens, je veux faire mon train de bonne heure pour pouvoir écouter la partie de hockey au radio après le souper.

***

Bernadette Jolicœur rentra chez elle avec son fils Albert en fin d'après-midi.

— Pis, ma femme, as-tu trouvé ce que tu cherchais sur la rue Radisson?

— Oui… Mais j'ai pas tout acheté ce qu'il nous fallait, j'aurais tout dépensé ta paye de la semaine… Je finirai mes commissions à ma prochaine visite à Trois-Rivières. Bertrand…?

— Quoi?… Qu'est-ce que tu fais avec ton chapeau à voilette dans la maison? On dirait que tu veux pas qu'on te voie…

— J'ai vu Delphis à la cathédrale de l'Assomption…

— T'es allée à la cathédrale?

— Non! Je marchais devant et je les ai vus sortir…

— Qui ?

— Delphis ! Notre garçon. Il était avec Madeleine…

— Tu leur as pas parlé… ? s'inquiéta Bertrand.

— Je n'aurais jamais osé !

— Et sa femme, tu la connaissais ?

— Non, je ne l'ai jamais croisée auparavant. Elle est jolie… Elle est enceinte…

— Ah oui ? Delphis a toujours dit qu'y aurait pas d'enfants ! Eh ben ! On va être pépère pis mémère…

— Oh…

— Bernadette ! Pleure pas comme ça !

— Te rends-tu compte, Bertrand ? On ne serrera jamais ce petit être sur notre cœur !

— Ben oui… La vie est mal faite, ma femme… On va être grands-parents pis on pourra même pas le gâter. Où est la justice ici-bas ?

***

Au moment où les roses cédaient leur place aux couleurs chaudes de l'automne, le huit octobre mille neuf cent quarante-deux, à l'hôpital Comtois de Louiseville, Madeleine, épouse de Delphis Jolicœur, donnait naissance à leur fille Marie-Anne. Malheureusement, immédiatement après avoir été baptisée à l'église Saint-Antoine-de-Padoue, Marie-Anne fut déposée dans les bras de ses parents adoptifs, Françoise et Jean-Paul Sirois.

Chapitre 3

Sainte-Ursule

Mars 1943

La fraîcheur des jours s'estompait lentement sous le soleil de plus en plus impérieux. Dans les pâturages, la neige maculée qui recouvrait les longs sillons disparaissait peu à peu et les passereaux picoraient les brindilles reposant dans les ornières des chemins cahoteux. Dans le décor champêtre du village de Sainte-Ursule, dans le rang de la Petite-Carrière, la demeure des Gagnon venait de traverser pour la trente septième année les intempéries de la saison hivernale.

À sa sortie de l'hôpital Comtois, Aristide Gagnon avait dû s'aliter. La semaine d'avant, sa température corporelle avait tellement monté qu'il avait dû s'y rendre pour être soigné. Depuis, Gervaise, sa femme, mettait les bouchées doubles sur la terre. Elle avait fait appel à Donatien Dugas, leur troisième voisin de rang, qui, sur sa terre, faisait l'élevage d'oiseaux de basse-cour, de porcs et de vaches laitières.

— Bonjour, madame Gagnon ! C'est quoi l'ouvrage à matin ? s'enquit-il en entrant dans la maison.

Donatien Dugas était un homme bien en chair. Il était vêtu d'une salopette et d'un lourd chandail de laine gris.

— Vous êtes de bonne heure sur le piton, comme on dit ! Il est cinq heures, Donatien ! Vous avez déjà déjeuné ? lui demanda Gervaise, cette petite femme au visage souriant, pendant qu'elle mélangeait sa pâte à crêpes.

— Non, je veux me débarrasser du travail avant de manger. Après, faut que j'aille dans le rang Crête-de-Coq, chez les Gamelin, pour épierrer pis relever leur clôture à vaches, qui s'est couchée à terre au mois de janvier.

— Ah bon ! Je viens de faire des crêpes et du bacon... En voulez-vous une assiettée avant de commencer à nettoyer l'étable ?

— Oh ! Vous me prenez par mon point sensible... Hum... OK. Je vas en manger juste une petite assiettée avant de me rendre à l'écurie.

« Une petite assiettée »... Il voulait dire une chaudiérée !

— Votre vache, Bécassine, elle a-tu fini par vêler, madame Gagnon ?

— Non, pas encore.

— Votre mari, y est-tu guéri depuis qu'y est revenu à' maison... ?

— Son médecin le surveille. Il faut juste qu'il se repose. On dirait qu'y a plus de sang dans le corps tellement il est blême. À huit heures, durant que vous travaillerez, je vais aller au magasin général avec Christiane. J'ai besoin de sarrasin et de crayons de plomb pour elle. Au début de septembre, c'était la maîtresse d'école qui les fournissait, mais après la fête des Rois, ça va être à nous autres de les acheter.

— OK! Je vas jeter un œil sur monsieur Gagnon pendant que vous allez être partie. L'ouvrage va tout être fait quand vous allez revenir.

— Vous êtes ben fin, vous…

— Quand vous allez passer devant la croix au bout du rang, faites donc une petite prière pour que votre mari guérisse au plus vite…

— Oui, monsieur Dugas.

Entre 1900 et 1920, il y avait des croix de chemin partout. Une façon de rappeler aux voyageurs de prier Dieu dans ces villages qui étaient plus que catholiques. Si, dans les années quarante, plusieurs avaient disparu, on en rencontrait parfois encore à la croisée des chemins. Certaines étaient laissées à l'abandon, d'autres étaient minutieusement astiquées par des citoyens fiers de leur patrimoine.

***

Au même moment à Louiseville…

Bertrand se remettait d'une pneumonie. Il profitait de sa chaise berçante pour se reposer et buvait une tasse de lait chaud aromatisé de cognac. Son voisin, Hubald Tremblay, lui avait suggéré de boire ce mélange, qu'il qualifiait de «guérisseur miracle», ce qui était loin de déplaire au convalescent. Tout en se reposant, il donnait ses directives à son fils Albert.

— Albert, peux-tu livrer les bidons de lait au magasin général de Sainte-Ursule à matin ? Demain, si ma santé s'est améliorée, je vais y aller. Avec la mouche de moutarde que ta mère vient de me mettre sur l'abdomen, je vais être flambant neuf !

— OK, le père. En revenant, je vais dételer la jument pis je vais aller nourrir les poules.

Arrivé au magasin général, Albert déposa les trois récipients sur la longue galerie aux planches fendillées puis éloigna sa charrette de l'entrée réservée aux clients de la place.

— Bonjour, le jeune ! Où est ton père ?

— Y est malade. C'est moi qui viens livrer à matin, monsieur Cassegrain.

— Où as-tu laissé les bidons de lait ?

— Dehors.

— Rentre-les, si tu veux, puis dépose-les à côté du présentoir, je vais les ranger dans la glacière.

— OK, monsieur Cassegrain.

Accoudé au comptoir, le regard dans le vide, Albert attendait que le propriétaire lui remette l'argent de sa livraison.

— Tiens. Voilà, Albert… Albert ?

— Oui. Excusez-moi…

Albert avait les yeux fixés sur une « créature divine ».

— Elle est belle cette jeunesse-là, hein ?

— Ouf ! Elle vient souvent ici ?

— Elle reste ici à Sainte-Ursule, cette demoiselle. Elle accompagne son père tous les samedis.

— Elle est avec sa mère ?

— Oui, c'est madame Gagnon. Son mari Aristide a pas pu venir livrer son beurre, y est malade.

— Ah bon ! Mon père a une pneumonie...

— Crétaque ! C'est une épidémie, cette affaire-là ! Ma femme est au lit depuis une semaine, elle aussi ! Pis laisse-moi te dire que ça paraît dans le magasin... C'est elle qui vend les bonbons à la cenne pis les livres d'école d'habitude.

Devant le grand comptoir de bois sur lequel se trouvaient des rouleaux de tissu, une princesse caressait une pièce de dentelle ivoire.

— Elle est superbe, cette dentelle ! dit la jeune fille à sa mère. On dirait un champ de petites fleurs !

— Mais il est cher ce tissu, Christiane... As-tu vu le prix ? Vingt cennes la verge, câline ! Si je fais couper trois verges de ce matériel pour coudre ta robe, ça va coûter le montant de trois livres de beurre ! J'aimerais bien te l'acheter, mais ce matériel coûte une fortune... Ton père serait furieux si je dépensais une si grosse somme d'argent. Regarde, il y a du coton fleuri ici à cinq cennes la verge. Si tu prends deux couleurs différentes, je vais pouvoir t'en tailler deux pour trente cennes !

— Mais si tu veux me la faire en dentelle, je te promets que je vais la porter juste à Noël puis au jour de l'an. Puis l'année prochaine aussi...

— Cré petite soie... Tu le veux ce tissu, ma fille ?

— Oui ! Je veux ressembler à une princesse, maman !

Albert Jolicœur observait cet ange aux cheveux d'or directement venu du ciel. Christiane tourna son regard vers lui. Que fixait-elle ? Un Albert vêtu d'une salopette trouée et défraîchie ou bien les friandises dans les gros bocaux de verre ?

— Monsieur ? appela Albert. Voulez-vous me vendre pour quatre cennes de lunes de miel, s'il vous plaît ?

— Ben oui, mon gars. Je finis la commande de madame Jacquemont puis je te donne ça.

Pendant que sa mère faisait tailler le tissu et qu'elle s'apprêtait à remettre sa liste d'emplettes à monsieur Cassegrain, Albert s'approcha de Christiane.

— Bonjour, mademoiselle…, dit-il en lui tendant le sac de papier brun contenant les friandises.

— Oh, merci ! Je suis Christiane Gagnon. Et toi ?

— Albert Jolicœur…

— Tu veux marcher avec moi ? Ma mère en a encore pour une heure à faire son épicerie. Est-ce que c'est encore toi qui vas livrer le lait demain ?

— Pourquoi ? Tu vas être ici ?

— Oui, si mon père est en forme. Le samedi, il travaille avec monsieur Cassegrain pour placer le stock sur les tablettes et faire du ménage. Monsieur Cassegrain le paye en victuailles. La semaine dernière, il lui a donné un gallon de mélasse et un gros sac de pois à soupe. Pour moi, c'est une occasion de venir faire un petit tour au magasin. Mes parents me défendent de venir seule, ils disent que je suis encore trop jeune…

— Je vais essayer de revenir demain. Je vais offrir à mon père un autre avant-midi de congé.

***

Samedi matin, onze heures

Albert avait soutiré de son paternel l'autorisation de prendre les rênes pour une seconde livraison à Sainte-Ursule. Christiane l'attendait fébrilement sur la grande galerie aux larges planches élimées. Au moment où elle vit Albert conduire la voiture traînée par le gros cheval roux des Jolicœur, des papillons se mirent à s'agiter dans son cœur.

Ils se dirigèrent vers l'arrière du magasin général. Albert emprunta un étroit trottoir de bois qui les achemina vers l'orée du bocage.

— Tiens ! Y a une cabane à sucre, là-bas. Juste là, à ta droite…, lui indiqua-t-il, nerveux.

— Le dernier arrivé sera le perdant ! lança Christiane en se mettant à courir, les yeux parsemés d'étincelles.

Au bout de quelques minutes, ils entrèrent dans une vieille masure dont l'évaporateur exhalait une odeur sucrée.

Devant Christiane, Albert était sans voix.

— Tu ne dis rien, Albert ?

— Tu es une apparition, Christiane !

Christiane déposa un baiser sur ses lèvres en-trouvertes. Une sève des plus tiède monta en lui. Sur le tapis de paille humide, Christiane perdit ses blancs jupons. Leur union fut de courte durée mais si intense ! Ils venaient de découvrir leur vie d'adulte.

— Mon Dieu ! dit Albert en se relevant, envahi par un sentiment inconfortable en réalisant que cette jeune femme n'était qu'une enfant.

— Qu'est-ce qu'il y a, Albert ?

— Mais tu es si jeune…

— Tu es juste un peu plus âgé que moi, Albert! lui rappela Christiane, qui était en train de remettre de l'ordre dans sa longue chevelure de blé.

— Si tes parents apprenaient ce qu'on vient de faire, tu imagines par où je passerais, moi? Ils me déchiquetteraient à la fourchette…

— Ce sera notre secret, Albert.

— Christiane… J'ai eu, comme on dit, une «faiblesse». Il ne faut plus jamais recommencer.

— Mais pourquoi?

— Ce serait risqué. Et de toute façon, c'est mon père qui livre le lait le samedi matin.

— Demande-lui de te donner sa livraison! Je t'aime, Albert… Tu viens de me faire découvrir des choses que je ne connaissais pas.

***

Le mois d'août se pointa sous un soleil persistant. Pour les fermiers, le temps des foins était arrivé. Dans la maison des Gagnon, la mère de famille avait remarqué chez sa fille des changements physionomiques importants.

— Tu n'arrêtes pas de manger, Christiane! Ta robe de dentelle ne te fera plus pour la fête de Noël si ça continue!

— Tu trouves que j'ai grossi?

— C'est frappant, ma fille! Mais il y a des femmes qui grossissent quand elles commencent à avoir leurs affaires…

— Tu veux dire… leurs « affaires de femme » ?

— Oui… Elles prennent du poids, puis tout rentre dans l'ordre après deux ou trois mois. Tu dois avoir un dérèglement. Quand as-tu eu tes dernières… menstruations ?

— En avril.

— OK. C'est ce que je disais, ton système est déréglé. On va aller au cabinet du docteur Lefebvre cet après-midi.

— Je pensais qu'il pratiquait juste à l'hôpital Comtois, le docteur Lefebvre…

— Mais non… Il a un bureau dans sa maison, sur l'avenue Sainte-Élisabeth, à Louiseville, à côté du marché Hémond… Juste en face de la caserne de pompiers.

— Ah bon… Où est papa ?

— Il va revenir pour le dîner. Il est parti chez les Laforge, dans le rang du Petit-Bois, acheter une poche de grains. Pourrais-tu arrêter de boire la crème sur le dessus de la pinte de lait quand tu sors la prendre sur la galerie ? La crème fait engraisser, Christiane…

— Mais elle déborde quand je la rentre dans la maison !

— Mets-la dans la glacière puis va t'étendre en attendant que ton père revienne… Tu bâilles comme une huître… Tu n'as pas dormi la nuit dernière ?

— Bien oui… Mais j'ai toujours sommeil depuis quelques semaines !

***

La terre des Laforge était une petite mine d'or. Il y avait un fournil, une porcherie qu'Olivette et Armand surnommaient «la soue à cochons», un poulailler et, au bout de la grande étable, une bergerie et un hangar à grains.

— Prendriez-vous une tasse de thé avec nous? offrit la femme de la maison aux yeux pétillants à Aristide Gagnon, qui venait de s'installer sur une chaise dépareillée dans la cuisine des Laforge.

— Je voudrais pas vous déranger...

— Mais non... Armand va revenir de la porcherie d'une minute à l'autre. On va jaser en prenant un breuvage. Tiens, le voilà... Veux-tu un thé ou un café, Armand?

— Fais-nous donc un café bien corsé, Olivette. Il est pas trop de bonne heure pour y mettre une petite rasade de gin, hein?

— En tout cas, Armand, c'est une maudite belle terre que vous avez là! Mais mon Dieu que c'est du gros ouvrage!

— Oui, monsieur! s'exclama le cultivateur aux cheveux d'ébène. Ma femme pis moi, on aurait voulu avoir des enfants... Des gars, de préférence...

— Ben oui... Pis nous autres, on a juste une fille. Le docteur Lefebvre a conseillé à Olivette de plus tomber en famille. Ce serait trop risqué qu'elle lève les pattes si elle en avait un deuxième. Ça fait qu'on fait ben attention, même si le curé du village nous fait des sermons quand on le rencontre su' le perron de l'église à' basse messe du dimanche.

— Vous êtes chanceux, vous avez une fille! répliqua la femme de la maison. Puis elle est belle comme un cœur!

— Pourquoi vous adopteriez pas un enfant ? Les couvents débordent d'enfants orphelins, caltor !

— On y pense... hein, mon mari ?

— Oui, ma femme. Comme c'est parti là, on fera pas vieux os avec notre terre... On est encore ben jeunes, mais rendus à soixante ans, on va pouvoir dire adieu à notre maison pis à nos animaux si ça continue de même. Pis ça, ça va nous faire ben de la peine...

— Ouin... Oups ! Déjà onze heures ! Y en a une qui va se poser des questions à' maison... C'est combien pour la poche de grains ?

— Regardez. On va faire un échange..., lui offrit le trentenaire aux cheveux noirs. Quand je passerai dans le rang de la Petite-Carrière, je vous prendrai une livre de beurre ben salé. Celui de chez Giguère est trop fade à mon goût.

— Ah ben, merci ! On vous donnera un pot de confitures aux fraises...

Chapitre 4

Christiane

Sur l'avenue Sainte-Élisabeth, à Louiseville, le cabinet du généraliste Lefebvre était aménagé dans la plus grande pièce de la maison centenaire. Lorsque Christiane y pénétra en compagnie de sa mère, une forte odeur d'éther flottait dans l'air.

L'espace réservé aux examens médicaux était impeccablement propre.

— Mademoiselle Gagnon ? l'interpella Joachim Lefebvre en dévoilant un sourire réservé.

— Oui, docteur...

— Passez dans mon bureau... Bonjour, madame Gagnon. Vous allez bien ?

— Oui, docteur. Je viens pour ma fille aujourd'hui. Elle prend du poids depuis...

— Qu'est-ce que vous voulez dire ? demanda le médecin en ouvrant le dossier médical de Christiane, voyant bien que les joues de sa mère avaient pris une teinte rosée.

— Dis-lui, Christiane, ordonna sa mère avec une certaine gêne.

— Voilà... Depuis que je n'ai pas eu mes « affaires de femme », je n'arrête pas d'engraisser.

— Et ça fait combien de temps que vous n'avez pas eu vos règles ?

— Depuis le mois d'avril, docteur.

— Euh... Vous voulez dire depuis cinq mois ?

— Oui. C'est pour ça que j'ai pris du poids, docteur.

— Venez avec moi, je vais vous examiner.

— D'accord, dit Christiane en lui dédiant son plus beau sourire.

Le grand médecin au regard sérieux invita Christiane à gagner le petit espace où régnaient une civière, un stéthoscope, un gallon servant à mesurer la hauteur de l'utérus, des spéculums vaginaux, un thermomètre et un pèse-personne en bois communément appelé « balance à couteau ». Après quelques minutes, Christiane se présenta devant sa mère, inquiète. Elle ne souriait plus. Le médecin venait de lui confirmer qu'elle avait pris du poids de manière considérable.

— Maman ! J'ai pris douze livres...

— Je comprends, tu n'arrêtes pas de t'empiffrer, ma fille ! C'est ce que je pensais. Le docteur va te mettre au régime et tout va revenir à la normale d'ici quelques mois. Ça ne m'intéresse pas de tout refaire ta garde-robe...

Le médecin regagna sa place derrière son grand secrétaire en chêne massif et prit la parole, sérieux, les yeux rivés sur la mère de la jeune fille.

— Euh... Même si je lui prescrivais une diète sévère, madame Gagnon, elle ne perdrait pas de poids, votre fille...

— Comment ça ? Elle est malade ? demanda-t-elle en fixant le médecin d'un regard inquiet.

— Madame Gagnon... Votre fille Christiane va mettre un enfant au monde au mois de décembre prochain, lui apprit-il sur un ton de reproche.

— ...

— Madame Gagnon, m'entendez-vous ? reprit-il, sachant bien qu'il venait de secouer la pauvre femme.

Gervaise Gagnon était paralysée.

— C'est une erreur, docteur ! Christiane ne sait même pas ce que c'est...

— Ce que c'est... l'échange corporel ? lui demanda le jeune médecin en replaçant ses lunettes de lecture rondes.

— Christiane ? l'interrogea sa mère, les yeux mauvais et saturés de larmes.

— Maman !

— Cesse de pleurer, ma fille..., la consola le jeune médecin. Si tu ne nous dis pas la vérité, nous ne pourrons pas t'aider. Qu'est-ce qui s'est passé ? Tu es très jeune, tu sais... Nous pourrions forcer la personne qui t'a fait cet enfant-là à te marier d'ici quelques jours... Crois-moi, il n'y a pas d'autre solution. Sauf si tes parents décident de te placer dans un couvent et qu'à ta sortie, après avoir mis l'enfant au monde, ils le font adopter par de braves gens. Tu ne peux pas accoucher de ce bébé sans être mariée, ma fille. Tu serais le souffre-douleur de la paroisse et le curé t'excommunierait immédiatement.

Christiane refusait de croire ce que le médecin venait de lui annoncer. «Je ne suis pas mariée, je ne peux pas attendre un bébé !»

Pourquoi sa mère ne l'avait-elle pas informée du danger qui la guettait si elle franchissait le seuil de sa « vie de femme » ?

— Madame, continua le médecin en fixant la mère de famille, tiraillée par la colère et le déchirement. Votre fille vient d'avoir dix-sept ans et elle n'a jamais été mise au courant de ce qui pouvait lui arriver à la suite d'une... d'une relation sexuelle ? Sans lui expliquer tout ce qui se passe dans le lit conjugal, vous auriez au moins pu la prévenir qu'après avoir eu ses premières règles, sa vie changerait totalement et qu'elle devait se tenir loin des garçons.

— Docteur, comment vouliez-vous que j'explique à une enfant de seize ans ce qui se passe entre ses parents quand la porte de leur chambre à coucher est fermée ?

— Mais voyons, madame Gagnon ! reprit le médecin, mécontent. Lorsqu'elle a eu ses premières menstruations, votre devoir était de l'informer qu'elle devait conserver sa virginité jusqu'au moment de son mariage !

— Je n'aurais jamais pensé qu'elle pouvait se rendre jusque-là, docteur !... Christiane ?

— Oui, maman...

— Qu'est-ce que tu nous as fait, pour l'amour du Bon Dieu... Tu veux nous faire mourir de honte ? Oh... tu n'es plus notre fille ! Tu vas remplir tes malles et quitter le village ! Ton père... Oh ! Il va mourir de chagrin...

— Quoi ? Tu me mets dehors ?

— Tu es une... tu es une fille de mauvaise vie et on ne peut pas te garder dans notre maison. Qu'est-ce que les voisins du rang diraient en te voyant te promener avec un gros ventre ? Qu'est-ce qu'on a fait au Bon Dieu pour mériter une telle humiliation ? Tu es notre seule enfant et tu nous déshonores ! Mère de Dieu, priez pour nous ! supplia la mère de famille éplorée.

— Maman ! Si vous me jetez à la rue, où est-ce que je vais aller ?

— Attendez un peu..., intervint le médecin en tournant son regard vers la mère tourmentée. Parlez-en à votre mari, madame Gagnon, avant de prendre une décision trop hâtive...

— Quelle décision, docteur ? Notre vie est finie ! Aristide et moi, on va être la risée de la paroisse ! Mon mari ne pardonnera jamais à sa fille. Comment est-ce que je vais lui expliquer que notre fille s'est retrouvée dans le lit du péché et qu'elle va mettre un enfant au monde ? Qui est le père de ton bébé, Christiane ? Qui est cet ogre qui a profité de ton inconscience d'une façon si répugnante ?

Voyant le visage défait de Christiane, le médecin, compatissant, reprit immédiatement la parole.

— Écoutez-moi... Vous pouvez l'envoyer dans un couvent le temps qu'elle mette son bébé au monde ou bien vous pouvez toujours la garder chez vous, jusqu'à ce qu'elle accouche...

— Dans notre maison ? Voyons, vous ! Les gens vont se rendre compte qu'elle est enceinte !

— Pas si vous la confinez dans sa chambre jusqu'à l'accouchement. D'ici un mois, la rondeur de son ventre va s'intensifier et c'est là qu'il ne faudra plus qu'on la voie...

— Qu'est-ce qu'on dirait à nos voisins et à notre parenté, docteur ?

— Euh… vous pourriez dire qu'elle est partie étudier à Trois-Rivières ou bien à Montréal… ?

— Et pour le bébé ?

— Si vous décidez de garder Christiane dans votre maison, lorsqu'elle sera parvenue au terme de sa grossesse et que l'enfant se présentera, venez me prévenir, je pratiquerai l'accouchement chez vous. Il ne faut pas qu'elle se rende à l'hôpital. Je signerai l'attestation de naissance lorsque les parents adoptifs l'auront pris sous leur aile et l'auront fait baptiser. Vous comprenez ?

— Les parents adoptifs… ?

— Vous allez être dans l'obligation de déposer l'enfant à la crèche du couvent, madame Gagnon.

— Mon Dieu ! Pauvre bébé… Il n'a pas mérité un tel destin…

— Ou bien… si vous connaissez un couple très bien qui n'a pas d'enfant et qui désire plus que tout au monde en élever un…

— Vous voulez dire qu'il va falloir le donner en adoption ?

— Oui… Si Christiane et vous, les grands-parents, acceptez de signer le document de désengagement, pour ne pas qu'un jour prochain vous souhaitiez reprendre le bébé. Un enfant n'est pas un objet qu'on échange à tout moment, vous savez. Vous êtes sa famille, oui, mais si vous décidiez, plus tard, de reprendre cet enfant, imaginez la peine des parents qui lui auront tout donné comme s'il était le leur… Ce serait impardonnable de leur déchirer le cœur de cette façon.

***

Aristide Gagnon était hors de lui. Il avait le cœur brisé en deux. Il ne pouvait se soumettre à l'idée de devoir remettre à la crèche le petit être qui se trouvait dans le sein de sa fille et pouvait encore moins s'imaginer le donner en adoption immédiatement après qu'il ait traversé le tunnel de la vie.

— Qui est le père de cet enfant, Christiane ? lui demanda son père, l'âme empreinte d'amertume. Est-ce que c'est un élève de ton école ?

— Non...

— Christiane ! On doit savoir, ta mère et moi.

— Je ne vous le dirai jamais ! Si vous n'arrêtez pas de me tourmenter pour savoir le nom du père de mon bébé, je quitte la maison pour aller vivre ailleurs...

— Mais voyons, Christiane ! Il pourrait te marier, maudit ! s'impatienta son père en bourrant brusquement sa pipe. Son devoir, à ce garçon pas de tête, c'est de te demander en mariage le plus tôt possible ! Voyons ! Il a des responsabilités, ce garçon ! Tu ne l'as quand même pas fait toute seule, cet enfant-là ! On pourrait aller chez lui tous les trois pour rencontrer ses parents. Est-ce qu'on le connaît ?

— Non. Vous ne l'avez jamais rencontré. Écoutez-moi... Je ne veux pas marier un homme juste parce qu'il m'a fait un bébé. Si vous m'obligez, j'aime mieux quitter la maison.

Le père de Christiane était décontenancé.

— Tu n'as pas le choix. Pour sauver l'honneur de notre famille, Christiane ! Et comment ça se fait qu'il n'a pas été appelé au front, ce sans-cœur ?

— Il a été refusé…

— Comment ça ?

— Il avait les pieds plats…

— Une bonne raison pour qu'il te marie, non ?

— Papa ! Si tu me tourmentes encore, je pars !

— De quoi te nourrirais-tu ? De l'air du temps ? Tu demeurerais où, dis-moi ?

— Je ne sais pas. Oh…

Le cœur attendri, Aristide reprit plus doucement, sous le regard de sa femme, qui avait les yeux gonflés de chagrin.

— Arrête de pleurer, ma fille. On va faire de notre mieux pour que ton bébé soit accueilli dans une bonne famille et qu'il ne manque de rien. Tu as déshonoré la famille, mais ce n'est pas de sa faute, à cet enfant-là. Il n'a jamais demandé à venir au monde… Il a été conçu dans le péché ; j'espère seulement qu'il sera un enfant du Bon Dieu. Il va falloir qu'il apporte plein d'amour à ses parents adoptifs. C'est eux qui vont avoir le privilège de l'élever, de le bercer, de le nourrir puis de l'aimer comme si c'était leur propre enfant.

Gervaise pouvait ressentir ce que son mari vivait à ce moment précis, mais elle ne pouvait pas le consoler, car déjà elle s'était réfugiée dans son petit monde bien à elle. Peut-être pourrait-elle, le jour de l'accouchement, faire comprendre à Aristide que s'ils déménageaient dans une autre ville, ils pourraient ne pas faire don de ce que la vie leur avait légué… ?

***

À la fin du mois d'août, une dernière permission avait été accordée à Christiane avant qu'elle soit confinée dans sa chambre jusqu'en décembre. Plus tard, en janvier, elle pourrait reprendre une vie « normale », en implorant le petit Jésus de l'aider à apaiser la souffrance qui lui torturerait les entrailles, celle d'avoir donné le petit être qu'elle aurait porté dans son sein durant neuf mois. Son père l'avait emmenée au magasin général de monsieur Cassegrain pour qu'elle puisse se procurer des sous-vêtements, une brosse à cheveux et quelques fuseaux de fil à broder pour les longs mois qu'elle passerait cloîtrée dans sa chambre à coucher, son unique refuge.

— Christiane! Qu'est-ce qui s'est passé? Ça fait deux semaines que tu n'es pas venue! s'énerva Albert Jolicœur en arrivant près du présentoir où étaient étalés les produits que la jeune fille venait se procurer.

— Va dehors, Albert. Je te rejoins. Il ne faut surtout pas que mon père nous voie ensemble. Il se douterait de...

— Il se douterait de quoi, Christiane? lui demanda le jeune homme, surpris.

— Va dehors, je te dis. Près de la croix de chemin au bout du rang...

Heureux, Albert l'attendait à l'orée du bois. Lorsque Christiane se présenta, il l'étreignit à lui en couper le souffle.

— Arrête, tu m'étouffes!

— Tu m'as tellement manqué!

— ...

— Tu ne dis rien, Christiane?

— Vois-tu comment je suis devenue grosse, Albert ? lui demanda-t-elle en se plaçant droit devant lui, les mains sur son ventre.

— Ha ! ha ! Ce n'est pas grave, tu es tellement belle... Est-ce qu'il va falloir que j'arrête de t'acheter des lunes de miel, ma petite gourmande ?

— Je suis en famille...

— Hein ? Ah non ! Est-ce que j'ai bien entendu, Christiane ?

— Tu as très bien compris ! Et aujourd'hui, c'est la dernière fois que tu me croises ici.

— Pourquoi ?

— Mes parents vont me cacher comme une pécheresse dans leur maison jusqu'au temps que j'accouche.

— On va avoir un petit bébé à nous ! s'exclama le futur père de famille, ému jusqu'aux larmes.

— JE vais avoir un enfant, Albert...

— Marions-nous tout de suite ! Tu n'aurais pas besoin de te cacher... On va être très heureux, Christiane. Je t'aime comme un fou, ma petite princesse...

— As-tu une tête sur les épaules, toi ? De quoi va-t-on vivre, dis-moi ? Ton seul travail, c'est de labourer la terre de ton père et de livrer les bidons de lait au magasin général le samedi matin !

— En attendant, on pourrait vivre chez tes parents ou chez les miens ? lui offrit son futur fiancé, les yeux pétillants de bonheur.

— Il n'en est pas question, Albert Jolicœur ! Si je me marie un jour, ça va être pour rester dans la maison que mon mari aura bâtie juste pour moi ! Et je ne vois pas le jour où tu pourrais relever tes manches pour nous construire une maison...

— Mais ma mère Bernadette est douce comme un agneau! Elle serait une mamie adorable pour le petit qui s'en vient! Je construirais notre maison les fins de semaine!

— Non! Je ne veux pas être runnée ni par tes parents ni par les miens.

— Tu me brises le cœur, Christiane..., lui dit Albert en posant une main sur sa poitrine.

— Sûrement pas autant que j'ai pu déchirer celui de mes parents... Ce que je te demande, c'est de toujours taire le secret, Albert... Le bébé que j'attends va être donné en adoption dès sa venue au monde.

— Quoi? Je pensais que si tu mettais ton enfant au monde dans la maison de tes parents, ton but, c'était qu'ils l'élèvent avec toi... Tu peux pas faire ça! C'est aussi mon enfant à moi!

— Es-tu fou, toi! Après que les gens du village auront été mis au courant que je garde mon bébé dans la maison de mes parents, je vais passer pour la fille la plus sale du village et personne ne m'adressera plus la parole. Ils vont m'ignorer et me traiter de tous les noms.

— Marie-toi avec moi... s'il te plaît! Je t'aime de tout mon cœur...

— Non, Albert. Je suis désolée...

— Pourquoi?

— ...

— Dis-moi au moins pour quelle raison tu refuses de m'épouser...?

— Je suis trop jeune. Je veux partir étudier à Trois-Rivières pour devenir maîtresse d'école.

— Tu ne m'aimes plus?

— Je ne sais plus... Tu sais, si je vais étudier pour être maîtresse, je ne pourrai pas te marier tant que je ne déciderai pas de délaisser mon école...

— Donc, t'étais avec moi juste pour tes besoins à toi..., laissa échapper Albert avant de sombrer dans le chagrin.

— Excuse-moi, je ne voulais pas te faire de peine... Peut-être plus tard, si...

— Va au diable, Christiane Gagnon! De toute façon, je t'aime, pis je vais attendre que tu changes d'idée pis que tu voies en moi l'homme qu'il te faut. Je sais que tu m'aimes...

Oui, elle éprouvait de l'amour pour cet homme si bon, mais elle ne voulait pas le vivre à n'importe quel prix. Elle aurait voulu vivre auprès de lui dans le nid d'amour qu'il aurait construit de ses mains pour elle. Mais il lui faudrait bien se rendre à l'évidence que personne sur terre ne peut choisir sa vie de couple comme s'il s'agissait de piger ici et là sur une table dressée où seraient présentés les ingrédients de la recette du bonheur et de la prospérité. Oui, le rêve existe, et c'est très bien ainsi. Cela peut inciter des gens à persévérer pour que le chemin de vie qu'ils entreprendront soit celui qu'ils auront vraiment souhaité. Mais le chemin de toute une vie est une longue route qu'il faut suivre jour après jour en traversant les obstacles qui se dressent devant nous. Oui, on peut choisir sa destinée, mais à quel prix? Comme le dit l'adage: vos efforts seront récompensés.

***

Octobre 1943

En ce début de saison automnale, le ciel s'éteignait de plus en plus tôt et déjà, les feuilles craquelées recouvraient les roses et la verdure desséchée.

Madeleine avait pris rendez-vous avec le docteur Lefebvre.

— Bonjour, madame Jolicœur. Veuillez vous asseoir...

— Merci.

— Que puis-je pour vous ?

— J'aimerais que vous m'examiniez encore pour savoir si, par miracle, je ne pourrais pas avoir une autre grossesse...

— Madame Jolicœur... Quand vous avez mis votre fille au monde, à l'hôpital Comtois, je vous ai dit que vous ne pourriez plus enfanter... Vous avez une malformation cardiaque grave. Ne jouez pas avec votre vie... ça pourrait être fatal.

— Et si...

— Non, madame Jolicœur. Pourquoi souhaitez-vous avoir un autre bébé alors que vous avez donné votre petite Marie-Anne en adoption ? Je ne comprends pas.

— Je m'ennuie de ma fille, docteur... Vous ne pouvez pas savoir comment je suis déchirée depuis que j'ai dû l'abandonner...

— Admettons qu'il se produirait un miracle et que vous puissiez à nouveau être enceinte... vous débarrasseriez-vous encore de cet enfant si c'était une fille... ?

— Docteur ! lui lança la femme avec humeur. Si je pouvais tomber enceinte et que c'était une petite fille,

Delphis Jolicœur ne me l'enlèverait pas des bras pour la remettre à des inconnus! Je partirais au bout du monde s'il le fallait.

— Mais voyons! Vous êtes mariée à cet homme! On ne met pas une croix sur son mariage comme ça! Le curé va vous excommunier! s'impatienta le médecin en refermant brutalement le dossier médical de la jeune femme.

— Je m'ennuie tellement de Marie-Anne!

— Écoutez... J'ai une jeune patiente qui va accoucher vers la fin du mois de décembre...

— Pourquoi me dites-vous ça, docteur?

— Elle n'est pas mariée...

— Oh! Pauvre femme... Elle demeure à Louiseville?

— Non, à Sainte-Ursule.

— Et elle ne pourra pas garder son enfant?

— C'est bien ça, madame Jolicœur. Ses parents vont le donner en adoption dès sa naissance.

— Si elle a un fils, je pense que Delphis n'aurait aucune objection à ce qu'on l'adopte.

— Je peux toujours en glisser un mot aux parents de la mère...

— Sainte Vierge Marie! Mais si c'est un garçon et qu'à sa venue au monde la mère décide de le garder? Pour quelle raison le père du bébé refuse-t-il de l'épouser? Il l'a laissée tomber, ce sans-cœur?

— Non, c'est la jeune fille qui refuse de se marier avec lui.

— Mais voyons, vous! Ce père doit être malheureux sans bon sens!

—Je l'ignore. La mère n'a jamais voulu divulguer son nom à ses parents.

—Pourriez-vous faire les démarches auprès de ces gens, docteur Lefebvre ?

—Oui, je peux toujours leur en parler cet après-midi, je dois m'y rendre pour examiner la mère pour voir si tout se passe bien pour elle et le bébé. De votre côté, discutez-en avec votre mari et ensuite, nous pourrions faire la requête pour l'adoption, si la mère est toujours consentante, c'est bien sûr...

***

Madeleine s'était installée sur le divan brun du sombre salon, après y avoir invité son mari, qui était impatient d'entendre ce qu'elle avait à lui dire. On aurait pu entendre une mouche voler tellement la pièce était silencieuse.

—Aboutis, bâtard ! J'ai pas juste ça à faire, écouter tes lamentations ! Qu'est-ce que t'as à me dire de si important pour m'empêcher de faire mon train, calvaire ? Tu vas me faire manquer ma partie de hockey au radio !

Les yeux implorants, Madeleine lui fit part de sa conversation avec le docteur Lefebvre. À sa grande joie, l'homme, sans la moindre expression, lui donna son accord pour adopter le petit être qu'elle désirait bercer depuis tant d'années.

—Tu voudrais qu'on adopte cet enfant, Delphis ? demanda Madeleine pour une troisième fois.

—Es-tu sourde ? J'ai dit oui, bâtard ! Mais si cette fille-là accouche d'un gars. Pis y a besoin de pas être fluette pis de m'aider su' ma terre parce qu'y va passer un mauvais quart d'heure avec moé!

— T'es saoul, Delphis…?

— Laisse faire! Pis va donc jouer ailleurs!

Chapitre 5

Le couloir de la vie

Le matin du vingt-quatre décembre, Joachim Lefebvre, le jeune médecin de vingt-neuf ans, rendit visite à Christiane Gagnon pour s'assurer de sa santé avant de quitter son village pour aller festoyer chez son frère aîné, dans la ville de Bécancour.

— J'ai bien peur que le bébé de votre fille se présente aujourd'hui, madame Gagnon...

— Vous en êtes certain, docteur ?

— Vu qu'elle a perdu son « bouchon muqueux », normalement, le bébé devrait arriver d'ici quelques heures.

— Vous allez rester ici à attendre qu'elle accouche ?

— Non, mais je vais revenir en après-midi. Je devais me rendre à Bécancour ce soir. Je vais aller mettre ma femme au courant. J'espère seulement que cette neige qui tombe à plein ciel ne tournera pas en tempête... Si c'est le cas, je réserverai la *snow mobile* taxi de monsieur Lessard, à Louiseville. Je pourrai revenir ici plus facilement qu'avec ma carriole et mon gros Marcus.

Malheureusement, à quatorze heures, la neige n'avait pas encore cessé de s'agglutiner. Sur l'avenue Sainte-Élisabeth, les seuls layons que les citoyens pouvaient emprunter de peine et de misère étaient les trottoirs en bois que les propriétaires balayaient toutes les demi-heures. Seuls quelques passants courageux bravaient parfois le froid pour se rendre chez un voisin ou encore s'obstinaient à déplacer cette neige poudreuse qui, après avoir été enlevée, revenait immédiatement à son emplacement initial.

Joachim Lefebvre ne put avoir recours à la *snow mobile* taxi de monsieur Lessard. Il quitta Louiseville à quatorze heures trente pour se diriger vers le village de Sainte-Ursule, là où la jeune mère donnerait la vie à son enfant.

Quel paysage féerique, même si cette neige rendait la route quasi impraticable ! Le cheval trottait dans la neige abondante et les rafales obstruaient sa vision. À la lisière du chemin, les profonds bocages étaient chose du passé : un large rideau blanc y avait été tiré d'une extrémité à l'autre. Les vastes champs étaient colorés d'une pure blancheur et la voûte du ciel persistait à jeter son dévolu sur les biens de la terre. « Ouin... dame Nature doit être en vacances et elle a dû oublier de dire au vent de fermer le zip des nuages avant de partir... »

Au loin, dans le rang de la Petite-Carrière, l'homme à peine sorti de la faculté de médecine aperçut une faible lueur. Une fumée blanchâtre sortait à toute vitesse de la vieille cheminée de pierres de la maison des Gagnon. « Il n'est pas trop tôt, je suis mouillé comme un canard ! »

Après avoir noué la courroie de son cheval à la rampe chevrotante de la véranda quasi imperceptible, le médecin déposa sur son dos une couverture de laine et gravit les marches à peine visibles de la galerie qu'Aristide venait tout juste de déneiger.

— Bonjour, docteur... On ne vous attendait plus avec ce mauvais temps..., dit le père de Christiane, complètement tourmenté.

— C'est l'enfer sur terre, monsieur Gagnon ! Mais au moins, mon Marius n'a pas eu froid aux yeux, comme on dit. Il a foncé dans la tempête les yeux fermés ! Où est votre femme ?

— Dans la chambre avec Christiane...

— Et votre fille ? Elle a commencé son travail ?

— Oui, lui répondit Aristide, le visage défait. Elle a travaillé tellement fort qu'elle est partie rejoindre le Bon Dieu.

— Mais...

— Ça fait environ trois minutes, docteur... Ma femme...

— Je peux entrer dans la chambre, monsieur Gagnon ?

— Oui, oui... Mais il faut que je vous dise que ma femme n'a plus sa tête. Elle est rendue dans un autre monde.

Lorsqu'il poussa la porte de la chambre à coucher, le médecin vit Gervaise qui parlait toujours à sa fille en chuchotant, comme pour ne pas la sortir de son sommeil. « C'est plate, ma fille, tu t'en vas rejoindre le petit Jésus au ciel et tu vas le manquer... Il revient sur la terre pour fêter sa nativité. Mais au cas où tu le rencontrerais en montant, glisse-lui un sourire et fais de même avec toutes les âmes que tu rencontreras. Comme ça, ils ne te jugeront pas et vont te donner un beau nuage, juste pour toi. Sais-tu que tu es la plus grande joie qui nous a été donnée dans notre vie, à ton père et à moi, ma fille ? »

— Madame Gagnon…, l'interrompit le médecin pour une seconde fois.

— Bonjour, docteur Lefebvre… Christiane ne vous a pas attendu, elle était fatiguée… très fatiguée. Et je pense aussi qu'elle ne voulait pas que son bébé soit donné en adoption. Elle l'a emmené avec elle au paradis. Mais je suis certaine que cet enfant-là va manquer de rien. Il y a des bons Samaritains en haut, vous savez ! Elle était tellement gentille, ma petite Christiane, que saint Pierre doit l'avoir laissée franchir les portes du ciel sans lui poser aucune question. En plus, au salon mortuaire, elle va être toute contente de porter sa robe de dentelle et tout le monde va la trouver bien belle…

— Écoutez, madame Gagnon… Il n'est peut-être pas trop tard pour mettre l'enfant au monde.

— Vous pensez ?

— Oui, mais il faudrait faire vite…

— Je vais pouvoir tenir son petit dans mes bras, docteur ?

— Oui. Qu'il soit décédé ou vivant, vous le prendrez dans vos bras, madame Gagnon. Mais pour ça, je vais avoir besoin de votre aide.

— Je suis prête, docteur. Que voulez-vous que je fasse ?

— Une seule chose, madame Gagnon. Peser très fort sur l'utérus… sur le ventre de votre fille…

Endormie à tout jamais, Christiane Gagnon donna la vie à ses deux garçons.

***

Le visage suintant et les mains ensanglantées, le médecin se tourna vers les grands-parents.

— Écoutez... Je vais me nettoyer les mains et ensuite, j'ai à vous parler de quelque chose.

Joachim Lefebvre regagna la cuisine et plongea les mains et les avant-bras dans la cuvette d'eau savonneuse encore tiède.

— Je connais une bonne dame, à Louiseville, qui serait prête à adopter un de vos petits-fils...

— Mais docteur... Il ne faut pas séparer ces enfants ! rétorqua la grand-mère, bouleversée.

— Les temps sont durs, madame Gagnon. Nous sommes en temps de guerre et ça me surprendrait que le couple veuille adopter les deux enfants de votre fille. Je connais d'autres gens sans enfant qui demeurent aussi à Louiseville. S'ils n'ont pas eu la joie d'élever une famille, c'est parce que la Providence a choisi de ne pas leur en donner la chance. Mais si vous saviez comme ils aimeraient avoir un enfant bien à eux... Leur vie serait comblée ! La pauvre femme m'en a encore glissé un mot quand elle est venue me voir à mon cabinet la semaine dernière.

— Bien... Alors, est-ce que vous pourriez leur en parler le plus tôt possible, docteur... ? Même si demain c'est Noël... ?

— Bien oui. Je peux leur rendre visite à la première heure demain, si vous voulez. Mais pourquoi est-ce si pressant ? Vous pourriez attendre après le jour de l'An...

— Non ! Faites le plus vite possible, docteur. J'aime déjà trop mes petits-fils...

***

25 décembre 1943

Le paysage s'était pétrifié et le soleil répandait partout ses rayons dorés. Aucune brise n'osait plus soulever le tapis poudreux, qui se reposait enfin de sa cavalcade pressée de la nuit de la Nativité.

— Docteur Lefebvre !

— Bonjour, madame Jolicœur. Votre mari n'est pas là ?

— Oui, oui... Il est à l'étable. On a une vache qui a vêlé la nuit dernière et il est allé y jeter un coup d'œil. Tiens, le voilà. Il a aussi pelleté comme un forcené à partir de six heures ce matin.

En entrant dans la maison, Delphis secoua ses bottes sur le paillasson et salua le médecin d'un signe de tête indifférent.

— Êtes-vous perdu, vous, pour venir icitte en plein jour de Noël ?

— Non, non, monsieur Jolicœur... Est-ce que je pourrais prendre un peu de votre temps pour vous parler ?

— Vous avez ben beau, lui répondit-il. J'ai fini mon ouvrage. Donne-nous donc une tasse de café, Madeleine... Pis, qu'est-ce qu'y a de si important, docteur ?

— Voilà... Comme vous le savez, votre femme est venue me voir à mon bureau...

— Hein ? Es-tu malade, toé ?

— Non, non... Je t'en ai parlé l'autre jour, Delphis !

— Votre femme est venue me voir pour me demander si elle pouvait avoir un autre enfant, même si je lui avais conseillé de ne plus enfanter depuis la naissance de votre fille Marie-Anne.

— Ben, joualvert !

— Écoute, Delphis... Quand je suis tombée enceinte, tu m'avais dit que si on aurait un garçon...

— Es-tu virée folle, toé ? Pis si le docteur te disait que tu pourrais avoir un autre enfant, tu voudrais prendre la chance que ce soit pas un gars ?

— Je t'en ai parlé ! Mais tu t'en souviens pas, t'étais encore en boisson...

— Bon, OK... Mais pourquoi êtes-vous venu jusqu'icitte à matin, vous ? Vous avez sûrement ben d'autres chats à fouetter dans votre église le jour de Noël que de venir visiter deux habitants au fond d'un rang !

— Laissez-moi vous expliquer, monsieur Jolicœur... s'il vous plaît !

— ...

— Voilà... Cette nuit, j'ai accouché une pauvre fille mère qui, malheureusement, est décédée.

— Mon Dieu ! Sainte-Marie, priez pour elle !

— Oui, madame Jolicœur. Que Dieu ait son âme, à cette pauvre enfant...

— Pourriez-vous en venir au fait, docteur ? Parce que là, vous parlez en paraboles pis je comprends rien.

— Cette jeune femme a eu deux garçons...

— Voyons, vous ! Des jumeaux ?

— Oui, madame. Deux beaux garçons bien en santé. Êtes-vous toujours décidée à adopter un garçon ?

— Woh ! rétorqua Delphis en se levant de sa chaise pour sortir un flacon de caribou. Vous avez tout fait ça dans mon dos ? Ah ben, crisse ! J'en reviens pas ! jura-t-il en ingurgitant une grande rasade à même le goulot.

— Je t'en ai déjà parlé, Delphis...

— Je comprends rien pantoute... Qui t'a dit que je voulais adopter un gars, toé ? Tu décides pour moé, astheure ?

— Non, non... Mais tu m'avais dit, quand Marie-Anne est née, que si...

— J'ai dit que je voulais un gars, oui, mais j'ai jamais dit une câlique de menute que je voulais en adopter un ! Les deux bébés, est-ce qu'y sont en santé, docteur ?

Madeleine tremblait de tout son être.

— Bien sûr qu'ils sont en santé ! Je ne viendrais pas vous offrir d'adopter un enfant malade, voyons !

— Y ont pas l'air trop fluets ?

— Je vous dis qu'ils sont en parfaite santé, monsieur Jolicœur. Quand des jumeaux pèsent six livres à leur naissance, ça veut dire que ça va faire des enfants forts.

— C'est correct, on va en prendre un...

— Delphis ! Merci ! Pourquoi on les prendrait pas tous les deux, au lieu de les séparer ?

— Es-tu folle, toé ? On va en avoir ben assez d'un à nourrir, baptême !

Prise d'une grande compassion, Madeleine reprit.

— Est-ce que la pauvre petite mère a eu le temps de leur donner un nom avant de trépasser, docteur ? demanda-t-elle d'une voix à peine audible.

— Non... La mère est décédée avant que je puisse pratiquer l'accouchement. C'est madame Ga... Euh... c'est la grand-mère qui leur a donné les prénoms de Christophe et Christian.

— Lequel des deux est arrivé en premier ? demanda le futur père adoptif.

— C'est le petit Christophe.

— On va prendre celui-là...

— Voyons, Delphis ! Tu parles de ces enfants-là comme s'ils étaient de la marchandise.

— C'est toujours le premier arrivé qui est le moins chétif, tu sauras. C'est pareil pour les animaux. Le dernier sorti, c'est le plus petit pis y est toujours malade.

— Comme je suis heureuse ! dit Madeleine en pleurant. Mais je suis triste pour l'autre enfant. Le petit Christian va se retrouver où, astheure ?

— Essaye pas, Madeleine Jolicœur ! Un, c'est ben assez.

***

Dans le rang du Petit-Bois, Olivette et Armand Laforge, heureux, avaient déjà planifié l'arrivée de leur fils Christian. Il grandirait dans un climat d'amour.

— Mais Armand... Comment on va faire pour que les deux frères ne se rencontrent pas à l'école, ici, à Louiseville ? On n'a pas vu le jumeau de Christian ! Peut-être qu'ils se ressemblent comme deux gouttes d'eau...

— Inquiète-toi pas avant le temps, Olivette. À partir de dimanche, on va commencer à aller à la basse messe de sept heures. Si on est chanceux, ceux qui ont adopté l'autre enfant vont peut-être se rendre à la grande messe de dix heures...

— Mais quand le petit va commencer l'école, qu'est-ce qu'on va faire ?

— D'ici là, on trouvera bien un moyen pour qu'il aille à la petite école de Sainte-Ursule, ma femme.

— Mais comment ?

— On verra quand il aura grandi. Ça nous donne six ans pour y penser...

— Et le baptême demain... ?

— Y va se faire baptiser comme prévu à l'église Saint-Antoine. Ça veut pas dire que son frère va être baptisé la même journée !

Le vingt-six décembre, à quatorze heures, à l'abbatiale Saint-Antoine-de-Padoue, sur la rue Saint-Laurent, le bébé Christophe Gagnon était baptisé sous le nom de Joseph, Delphis, Charles Jolicœur, et à quinze heures, dans le même sanctuaire, Christian Gagnon devenait également l'enfant de Dieu en endossant pour la vie le nom de Joseph, Armand, Christian Laforge.

Chapitre 6

Rosalie Belhumeur

Contrecœur, octobre 1945

André et Rosalie Demers demeuraient dans le rang du Ruisseau depuis six ans, dans une toute petite maison campagnarde où ils élevaient cinq enfants. Elle était meublée modestement d'une table de merisier entourée de chaises capitaines assises sur un plancher recouvert d'un linoléum. Les murs de la chambre à coucher, qui faisait face au salon, étaient tapissés d'un papier peint aux motifs floraux et la pièce n'abritait qu'une coiffeuse Samba aux grains grossiers et un grand lit coiffé d'une tête cuivrée recouvert d'une catalogne verte. En 1940, André avait construit une base de lits superposés qu'il avait installée dans le salon pour François, Louis et Danielle. Huguette et Pierrette dormaient au grenier, qui était chauffé au bois avec une fournaise communément appelée « truie ». Durant la saison estivale, l'arrière de la demeure était enjolivé des fleurs préférées de Rosalie. Comme elle avait une affection particulière pour les essences florales, tout l'été, deux jolies jardinières dansaient au gré du vent, suspendues devant la façade de leur petit nid familial. Et cela, c'était sans compter le jeune saule pleureur que Bertrand avait planté à la naissance de leur premier enfant et les effluves de menthe et d'eucalyptus qui embaumaient tout l'espace de la grande véranda entourant la maison.

— Où étais-tu, André ?

— Je suis allé au bureau de poste...

— Ah ! Il y avait des lettres qui nous étaient adressées, mon mari ?

— Oui... Tiens, une lettre de ta sœur Madeleine.

— Eh ! C'est une grosse enveloppe ! D'habitude, elle m'envoie juste une petite lettre. Elle doit m'avoir mis des portraits dedans. C'est normal, le petit Charles va avoir deux ans au mois de décembre. Il doit avoir changé beaucoup. Pauvre Madeleine... On ne s'est pas revues depuis son mariage avec Delphis. Quand elle m'a écrit qu'elle venait d'accoucher d'un garçon, je ne savais même pas qu'elle attendait du nouveau.

— Mais Rosalie... Elle n'était pas pour te dire qu'elle était enceinte ! Si elle avait eu une autre fille, Delphis lui aurait encore enlevée, ce sans-cœur-là ! lui fit remarquer son mari.

— Ben oui... Quel homme ingrat ! J'espère que la petite Marie-Anne est tombée dans une bonne famille...

— On le saura jamais, ma femme. Tout ce qu'on sait, c'est qu'elle a été adoptée par des gens de Trois-Rivières. Ta sœur Madeleine ne t'a jamais dit le nom de ses parents adoptifs ?

— Non... Pourrais-tu mettre le banc de piano de ma mère dans le tambour en arrière, André ? Je ne sais pas pourquoi je le garde dans le coin de la cuisine, il n'a aucune utilité pour nous ici...

— Je voudrais ben, ma femme, mais il est rempli à ras bord, le tambour... Si ça continue, on n'aura plus de place pour entrer dans maison.

— Ben... tu peux le monter au grenier, peut-être...?

— Ouin... Les enfants vont rouspéter... Y a déjà ta maison de poupées pis ton coffre en chêne qui prennent beaucoup de place...

— Mets-le en dessous de la lucarne...

— Ah! ben oui! Ça va faire de la compagnie à ta vieille poupée qui n'a plus de cheveux... Pourquoi tu la jettes pas, cette catin-là, Rosalie? Elle est pleine de poussière...

— Elle me rappelle trop de souvenirs. Sais-tu qui me l'a donnée?

— Ta mère Rosaline?

— Non... Ma sœur Madeleine, quand elle a été lasse de s'amuser avec. Un jour, je vais lui montrer. Elle va être très surprise de voir que je l'ai gardée.

— Avant que tu lui montres, y va tomber des vaches, comme on dit, parce que c'est pas demain la veille qu'elle va venir chez nous, hein?

— Je ne comprends pas, André... Pourquoi ma sœur a marié cet homme si dur?

— Il faut croire qu'elle l'aimait, ma femme!

— Le jour de leur mariage, il donnait l'impression d'être un bon gars...

— Je vais dire comme on dit: les apparences sont souvent trompeuses. Changement de sujet... Midas Hamelin va venir ici cet après-midi.

— Ah! Pourquoi? demanda sa femme tout en déplaçant le banc de piano vers la trappe du grenier dans le but de le hisser dans la petite pièce en mansarde.

— Il a fini ses dernières récoltes sur sa terre pis y m'a offert de me donner un coup de main pour ramasser mes courges et nettoyer le terrain. On va vider une grosse citrouille pour la mettre sur la galerie en fin d'après-midi...

— Les enfants vont être ben contents. J'ai une grosse chandelle dans le tiroir de la cuisine pour l'éclairer. Pour en revenir à monsieur Hamelin... C'est un bon diable, pis sa femme Juliette, c'est la bonté sur terre...

— Ouin... On peut pas en dire autant de nos nouveaux voisins!

— Comment ça?

— Hubert Tessier est bien correct, mais sa femme Pauline, ouf... quelle écornifleuse!

— Moi, je la trouve drôle, cette femme-là. Y a seulement son langage qui me fait un peu grincer des dents. Ses petites filles, Nicole et Marielle, sont pas mal belles aussi...

— Oui, ils ont de belles filles. Elles sont polies aussi. Bon, je vais sortir la charrette pour l'amener dans le champ avant que Midas arrive.

— D'accord. Moi, j'ouvre cette grande lettre que Madeleine m'a fait parvenir...

Dans l'enveloppe que Rosalie venait d'ouvrir délicatement, il n'y avait pas de photographies mais deux missives: une adressée à elle et une seconde à Marie-Anne Jolicœur.

Louiseville, 8 octobre 1945
Bonjour, ma sœur,
Ici, tout va pour le mieux, malgré que je m'ennuie
beaucoup de toi et d'André. Comment se portent
tes enfants? Mon petit Charles grandit à vue d'œil.
Il remplit mes journées de bonheur. Il s'amuse avec
des bagatelles. Même si je voulais lui acheter le train
en bois que j'ai vu au magasin général de monsieur
Cassegrain, je crois que ce serait une dépense inutile.

« Pauvre petite sœur… Tout ça pour me laisser entendre que son mari Delphis ne dépenserait pas un sou
pour son fils… »

Comme tu as pu remarquer, dans l'enveloppe, il y a
une lettre adressée à Marie-Anne. Pourquoi? C'est
son anniversaire aujourd'hui. Elle a trois ans, ma
princesse. Lorsque Charles sera adulte et que moi,
j'aurai rejoint le Bon Dieu, une lettre lui sera remise
pour qu'il soit mis au courant qu'il a une sœur. Je
veux dire une grande sœur… Qui va lui remettre
cette lettre? Le curé de la paroisse Saint-Antoine-de-
Padoue. Alors, Charles apprendra qu'il a une tante
et un oncle qui demeurent à Contrecœur. Rosalie…
je te demande de conserver précieusement cette lettre
adressée à ma fille. Peut-être qu'un jour lointain,
Charles retrouvera sa sœur, ce que j'espère de tout
mon cœur. À ce moment-là, si la Providence veut
que Charles et Marie-Anne te soient présentés, là,
tu pourras donner cette lettre à ma fille bien-aimée.
Il y a environ un mois, j'ai rendu visite à sœur

Marie-Jésus, à l'hôpital Comtois. Celle qui m'avait accueillie le 8 octobre 1942 et qui m'a aimée comme si j'étais sa propre fille. Elle était très belle... Une sainte femme! Ses yeux bleus m'ont parlé, même si elle s'est tue quand je lui ai demandé si elle pouvait me remettre l'adresse de la maison où Marie-Anne demeurait, à Trois-Rivières. Je lui ai bien promis de ne pas déranger la vie de ces gens... J'aurais tout simplement aimé marcher devant la maison où ma fille habite. Peut-être qu'elle aurait été en train de s'amuser avec ses poupées sur le balcon ou bien de faire une marche avec ses parents... Mais les yeux bleus de sœur Marie-Jésus ont dit non. Elle m'a confié que si elle me dévoilait ce secret, ce serait aller à l'encontre de son travail et qu'elle risquerait de perdre son titre d'auxiliaire, ce que je n'aurais pas souhaité pour tout l'or du monde.

« Chère Madeleine... Déjà trois ans et tu te ronges encore les sangs! Ton âme a été mordue à la naissance de ta fille et il en est resté des cicatrices... »

Vos enfants sont privilégiés d'avoir des parents qui les estiment à parts égales et qui leur montrent le bon chemin à suivre dans la vie. J'aime Charles de tout mon cœur, mais mon cœur en prend un coup quand je le vois rejoindre son père dans la cour arrière et que ce père sans aucune fibre paternelle ne se retourne même pas pour lui dire « salut, mon petit gars ». Tout ce que je peux entendre de la fenêtre de ma cuisinette, c'est « ôte-toé donc de dans mes jambes,

toé!» Je dois te laisser, Rosalie. Si je continue de t'écrire, je vais manquer de papier pour ta prochaine lettre. Les temps sont durs et malheureusement, mon encrier se vide à vue d'œil!
Je t'aime,
Ta sœur Madeleine
X

Rosalie prit la lettre adressée à Marie-Anne et la rangea délicatement avec les siennes, qu'elle attacha soigneusement avec un ruban violet avant de les remettre dans leur écrin rose.

«Tiens... je vais les déposer dans ma maison de poupées au grenier. J'espère juste que dans trente ans d'ici, je n'aurai pas perdu la boule et que je vais me rappeler l'endroit où je les avais déposées...»

À vingt-quatre ans, Rosalie resplendissait. Personne n'aurait pu deviner qu'elle avait porté et mis au monde cinq enfants. C'était comme si l'horloge de sa petite cuisine avait perdu le tempo et qu'elle avait égaré la clef qui aurait fait battre à nouveau le cœur de son balancier doré. Pour elle, le temps semblait s'être arrêté.

«Comme le temps a filé! Déjà six ans que je suis mariée et on dirait que je viens tout juste de quitter le parvis de l'église Sainte-Trinité! Ne grandissez pas trop vite, mes enfants... Et vous, en haut... durant que j'y pense, épargnez-moi, s'il vous plaît, tout ce que ma mère Colombe a pu endurer avant de mourir. Si, comme elle, un jour, je ne pouvais plus voir le regard de mes enfants ou entendre ce qu'ils ont à me raconter, je ne pourrais jamais l'accepter. Le médecin m'a prévenue que le glaucome était une maladie héréditaire. Si cette chose maudite dort en dedans de moi, dites-lui donc d'attendre que j'aie déménagé au ciel avant de se manifester. »

— Est-ce que ça va, madame Demers ?

— Mon Dieu que vous m'avez fait peur, madame Hamelin !

— Excuse-moi, je voulais pas t'effrayer..., l'assura Juliette, la femme de Midas Hamelin, qui tenait dans ses mains une poche de jute.

— Ce n'est pas grave... Ça m'arrive de temps en temps de parler au Bon Dieu pour lui demander quelques bonnes grâces. Voulez-vous prendre une tasse de thé avec moi, madame Hamelin ?

— Pourrais-tu m'appeler Juliette, Rosalie ? Je sais ben que je suis plus vieille que toi, j'ai cinquante et un ans... mais ça serait plus facile pour moi comme ça.

— Bien... Oui, Juliette !

— Bon ! Je m'en allais prendre une marche jusqu'au presbytère porter un sac de linge que mon Midas met plus. Viendrais-tu avec moi ?

— Quelle bonne idée ! Je prends mon châle de laine et je vous rejoins, madame... Juliette.

Octobre est un mois généreux. Il ouvre grand son coffre débordant de trésors aux couleurs flamboyantes et répand une fraîche rosée de perles cristallines sur les feuilles fripées dans les sous-bois. Les deux voisines marchaient dans ce beau paysage tout en échangeant des propos de tous les jours.

— Tu étais nostalgique quand je suis entrée dans ta cuisine tout à l'heure, Rosalie...

— Oui, il m'arrive de parler toute seule comme ça. Je demandais juste au Bon Dieu de ne pas avoir la même maladie que ma mère. Elle faisait du glaucome.

— Pauvre femme...

— Pauvre maman... Le glaucome s'est jeté dans ses yeux. Au fur et à mesure que sa rétine s'est décollée, elle est devenue aveugle...

— Pauvre elle! On sait jamais comment on va finir quand on va être vieux! Si on le savait, des fois, on se dirait peut-être qu'on aurait été mieux de pas venir sur la terre! Maudit que c'est pas drôle, des fois!

— On n'est à l'épreuve de rien, madame... Euh... je veux dire, Juliette. Moi, je présume qu'en venant au monde, on prend un risque. Mais, jusqu'à aujourd'hui, je crois que ce risque en valait tout de même la peine. Vos enfants, à vous, ils sont tous en santé?

— Ben oui, ma fille... Mon petit-fils Bruno est déjà rendu à cinq ans! Je me demande ben ce qu'y va faire, cet enfant-là, plus tard!

— Ha! ha! Vous n'êtes quand même pas pour savoir ce que votre petit-fils va devenir plus tard! Il a juste cinq ans, Juliette!

— En tout cas... André lui a fait des camions en bois pour ses cinq ans pis le petit joue jamais avec! Sais-tu avec quoi y s'amuse tout le temps, le petit Bruno?

— Non...

Avec les catins de ses sœurs. Puis quand je fais des gâteaux ou ben des tartes, y est toujours dans mes pattes. Y veut m'aider, lui!

— Il demeure où, votre petit-fils?

— À Montréal-Nord. Quand y vient se promener dans le rang du Ruisseau, au lieu d'aller rejoindre son

grand-père Midas dans le champ pour embarquer su'
son gros tracteur, ben y aime mieux rester avec moi
pour m'aider à planter mes fleurs! Comprends-tu de
quoi là-dedans, toi?

— Ben… Il est peut-être destiné à devenir fleuriste!
Ou bien tenancier d'un hôtel! Y a pas seulement
que des femmes qui font la cuisine… À Paris, dans
beaucoup d'établissements, les grands chefs cuisiniers
sont des hommes…

— Je veux ben croire, ma petite madame Rosalie,
mais icitte, on est dans un trou. Ça ressemble pas pantoute aux Champs-Élysées, hein! Pis ça me surprendrait
que son jardin, plus tard, y ressemble au jardin du
Luxembourg. Tiens, si c'est pas madame Tessier!

— Bonjour! Vous en allez-vous au presbytère voir
le curé Forcier, vous deux? leur demanda la jeune
femme à l'allure cavalière.

— Oui, madame Tessier…, lui répondit Juliette.
Vous voulez faire le petit bout de chemin avec nous?

— Ben, pourquoi pas? Y en a-tu des enfants pauvres
su' à terre, hein?

— Malheureusement oui, acquiesça Juliette. Votre
mari Hubert, y a-tu fini ses récoltes de l'automne,
madame Tessier?

— C'est certain! Mes tartes à' citrouille sont déjà
faites. Pourquoi vous m'appelez pas Pauline, madame
Hamelin?

— Si vous voulez! Accepta la quinquagénaire. Mais
j'aimerais mieux «madame Pauline», je serais plus à
l'aise… Et vous, vous pourriez m'appeler Juliette…

— OK.

Sur le terrain du presbytère Sainte-Trinité, le jeune curé Forcier, soutenu d'une vieille canne en bois, secondé de son bedeau, Oscar Carignan, s'affairait à désherber les ultimes plantes de ses rocailles.

— Voyons, bedeau! Au train où vous allez, nous allons avoir terminé entre chien et loup, miséricorde!

— Je fais de mon mieux, monsieur le curé! Moi, j'aime le travail ben fait, vous saurez...

— Mais là... vous n'êtes pas obligé de les tirer si doucement! On dirait que vous avez peur de leur faire mal! Elles sont mortes, ces plantes-là, bedeau! Tirez fort et mettez-les dans la brouette!

— OK... Avez-vous vu dans le journal...?

— Qu'est-ce qu'il y a dans le journal?

— Ben... Lionel Barabé a eu un accident avec son nouveau gros char, pis y a perdu une jambe.

— Pauvre homme... C'est dangereux, ces grosses voitures-là! Regardez ce qui m'est arrivé à moi. Bonjour, mesdames! Qu'est-ce qui vous amène au presbytère aujourd'hui?

Toute jolie, vêtue de sa robe bleue égayée d'un jupon blanc, madame Pauline prit la parole:

— Bonjour, père Forcier... On vous a amené du linge pour les pauvres. Je vous ai aussi amené deux cannes de bines pis deux pots de confitures aux fraises, pour vous pis le vicaire Degrandpré.

— Vous êtes une bonne paroissienne, madame Tessier. Votre mari Hubert va bien?

— Oui, pas pire... La semaine passée, y a eu un tour de rein, mais là y va mieux. Y a pu fermer le champ pour l'automne.

— C'est très bien, ça! Voyons, bedeau! Vous n'avez pas encore terminé?

— Ha! ha! Y est toujours aussi traîneux, lui! La vitesse, le bedeau Carignan y a jamais connu ça! Y mettra jamais la clôture avant de planter ses piquets! se moqua Pauline Tessier devant ce dernier, devenu écarlate.

— Voyons, madame Tessier... On dirait que vous parlez comme les colons des années vingt!

— Pis après? Mon père Alcide pis ma mère Blandine m'ont élevée de même, pis j'ai l'éducation qu'y m'ont donnée! Si vous êtes pas content, ben...

— Tsut! Tsut! Si vous voulez bien, nous ne nous étendrons pas sur le sujet, madame Tessier...

— Je suis ben d'accord avec vous, monsieur le curé. Tiens! Mon Gros-Mine m'a suivie jusqu'icitte... Ça parle au verrat!

— Quel drôle de nom! s'exclama Rosalie Demers.

— Gros-Mine? Je pouvais toujours ben pas l'appeler Ti-Mine! Verriez-vous ce gros matou-là avec un nom pareil?

Chapitre 7

Il était une fois à Trois-Rivières...

Immédiatement après avoir été baptisée, Marie-Anne avait été déposée dans les bras de ses parents adoptifs. Sous le nouveau nom d'Anne-Marie, elle avait été accueillie dans la modeste maison campagnarde de Françoise et Jean-Paul Sirois, où elle grandissait dans un climat très sévère auprès d'une mère draconienne et d'un père indifférent qui ne possédait en rien la fibre paternelle.

**

Trois-Rivières, septembre 1951

— Hé, mamie! J'ai vu deux écureuils qui se donnaient des becs sur le toit de ta maison!

— Ben oui, c'est Noisette et Grenoble... Tu ne les as pas reconnus?

— Les écureuils sont pas tout' pareils, mamie?

— Non, mon ange! Remarque bien, quand tu vas les revoir la prochaine fois... Noisette est une petite fille avec plein de petits poils roux autour des yeux et Grenoble, c'est un gros écureuil brun avec une tache noire sur le bout de sa grande queue touffue.

— Tu vois tout ça, toi ? Eh ben !

— Bien oui… Comme je vois que tu es la plus belle des princesses, mon cœur !

Chaque jour, chez sa mamie, Anne-Marie s'émerveillait de petits riens. Pour elle, ces bagatelles étaient sa récompense après une journée de classe bien remplie. Ainsi, elle avait appris que les abeilles n'étaient pas si méchantes et qu'elles travaillaient sans arrêt pour construire des rayons de miel. Elle savait également qu'en automne, s'il était nécessaire d'enterrer les roses du jardin, c'était pour les protéger afin qu'elles reviennent à la vie encore plus jolies sous le soleil de mai.

— Est-ce que Grison va avoir des bébés un jour, mamie ?

— Mais non… Grison est un garçon ! Tu voudrais avoir un petit chat, Anne-Marie ?

— Oui… mais je ne pourrais pas le garder dans la maison. Mon père m'a bien avertie que si j'amenais un chat, il faudrait qu'il vive dans la grange en arrière de la maison. Moi, je m'ennuierais trop de lui… J'aimerais dormir avec lui tous les soirs, comme toi avec Grison.

— Dans ce cas, ma petite rouquine, je te conseillerais de ne pas en avoir un tout de suite. En tout cas, pas avant que tes parents aient changé d'idée.

— Tu as raison, mamie. Est-ce que je peux prendre un bonbon rouge à la cannelle dans le pot en vitre sur ton comptoir ?

— Bien oui! C'est pour toi que je les ai achetés, ma princesse! Même s'ils sont tout collés en un gros pain, ils sont très bons. Mais seulement un, ma belle. Je ne voudrais pas que tu gâtes ton repas de ce soir.

— Ce n'est pas grave... De toute façon, je ne souperai pas ce soir.

— Pourquoi? lui demanda la femme à l'allure bohème.

— C'est moi qui fais cuire le souper. Avant de partir pour l'école ce matin, ma mère était couchée, mais elle n'avait pas oublié de me mettre un papier sur la table de cuisine.

— Et qu'est-ce qu'il y avait d'écrit sur ce papier?

— Pas grand-chose... Regarde, je l'ai encore dans mon sac...

— Je peux le lire?

— Mais oui. De toute façon, c'est toujours le même message. Y a juste le menu qui change.

— « En arrivant de l'école, va donner à manger aux poules. Quand ton père va arriver de la Wabasso, tu feras cuire de la galette de sarrasin. Il va la manger avec la graisse de rôti qui est dans la glacière. Tu lui serviras du thé avec son souper. » Mais pourquoi elle t'a écrit ce message? Elle ne sera pas à la maison quand tu vas arriver tantôt?

— Ma mère n'est jamais là à l'heure du souper. Elle soupe seulement à sept heures, quand elle rentre.

— Mais où elle va comme ça, les soirs de semaine?

— Elle va faire manger ma grand-mère Monique à l'hôpital Cooke.

— Je veux bien croire, mais les filles de Jésus sont là pour s'occuper de ta grand-mère, ma belle...

— Ma grand-mère ne veut rien avaler si ce n'est pas ma mère qui la fait manger.

— Ah bon! Avant, cet hôpital était un sanatorium pour les tuberculeux, mais là, depuis l'année dernière, il se spécialise dans les soins de longue durée pour les personnes atteintes d'une maladie chronique. Ta grand-mère Monique est très malade, Anne-Marie?

— Oui, ma mère dit qu'elle va mourir bientôt.

— Est-ce que tu lui rends visite de temps en temps?

— Je ne la connais pas.

— Voyons, toi! Tu n'as jamais vu ta grand-maman Lefebvre?

— Non. Ma mère m'a dit qu'elles étaient en chicane depuis des années. C'est juste depuis qu'elle est à l'hôpital qu'elle va la voir.

— Ah bon! À quel endroit demeurait-elle, ta grand-mère Lefebvre, avant?

— Elle restait au Château de Blois.

— Hein? Mais c'est un ancien sanatorium transformé en un gros hôtel!

— Bien oui, mamie!

— Ça devait lui coûter une fortune!

— Ma mère m'a dit que grand-père Lefebvre avait beaucoup de sous. Il était capitaine en chef sur le traversier Radisson.

— Ah! Je comprends pourquoi ta mère rend visite à ta grand-mère tous les jours, maintenant...

— Qu'est-ce que tu veux dire, mamie?

— Ce n'est rien. L'important, c'est que ta grand-mère ait profité de ce que ton grand-papa lui avait légué. Et si elle a tout dépensé cet argent, bien...

— Qu'est-ce que tu veux dire, mamie ?

— Non, laisse… je me comprends…

« Elle va s'en mordre les doigts quand elle va passer devant le notaire après le décès de sa mère, la Françoise ! Un capitaine de bateau… Il ne devait quand même pas gagner une fortune ! » pensa Bernadette Jolicœur.

— Il est déjà quatre heures moins quart, ma petite puce. Je te garderais bien avec moi plus longtemps, mais c'est ton père qui va se poser des questions…

— Tu as raison, mamie. Demain, je vais te faire un beau dessin si j'ai le temps à l'école… Et je vais te l'apporter.

— D'accord. Oups ! N'oublie pas ta boîte à lunch !

— Ouin… Elle est tellement lourde, même quand elle est vide. Pourquoi il faut que je prenne la vieille boîte à lunch en bois de ma mère quand tous les élèves de ma classe en ont une en métal ? Sainte mère que c'est pas drôle !

— Qu'est-ce que tu as dit, Anne-Marie ?

— Sainte mère… Pourquoi ?

— Moi, si j'étais à ta place, je ne dirais plus ce mot-là. Je crois que tes parents n'accepteraient pas cette expression.

— C'est Marjolaine qui dit ça dans la cour de récréation à l'école…

— Mais tu n'es pas obligée de l'imiter ! « Sainte mère », ce n'est pas un patois pour une jeune fille de neuf ans !

— Mais moi, je ne crie pas des noms comme Denise Larochelle ! Elle traite Marcelle Cardin de grosse torche !

— Ha! ha!

— Pourquoi tu ris comme ça, mamie?

— Quand j'étais à l'école du petit rang, à Louiseville, il y avait un garçon bien dérangeant. Il s'appelait Philippe. Je l'avais traité de face de bœuf...

— Ha! ha!

— Fais attention quand tu vas être dans ta maison. Ne dis pas ces mots-là, sinon ton père va te réprimander.

— Et il va m'enfermer encore dans le grenier... Et s'il pleut, je vais avoir peur toute la nuit.

— Maintenant, il faut que tu partes, ma belle. Un jour où tu seras avec moi et qu'il pleuvra très fort, avec du tonnerre et des éclairs, je vais te montrer que si tu regardes ce tintamarre d'un autre œil, tu vas trouver ça très beau, ma petite rouquine. Allez... va, ma belle.

— Pourquoi tu n'es pas ma vraie grand-mère, toi? Je t'aime tellement!

— Cré petite soie...

***

À seize heures quinze, alors qu'Anne-Marie empruntait le chemin de terre battue pour se rendre chez elle, des oiseaux jacassaient à la cime des feuillus et le soleil entêté éclairait toujours le bocage. Anne-Marie avait aperçu des cerises sauvages qui ne demandaient qu'à être cueillies et s'y était attardée quelques instants. Au moment où elle posa ses petites bottines brunes sur la première marche de la galerie de planches écaillées, elle vit sa mère qui patientait devant la porte moustiquaire, les mains sur les hanches.

— Eille, toé ? Où est-ce que t'es encore allée traîner après ton école ? Y est quatre heures et demie ! Attends que ton père rentre à cinq heures !

— Mais maman… ma maîtresse m'a demandé de nettoyer le tableau et les brosses ! Après, j'ai cueilli des cerises sur le bord de la route…

— Pis tu les as toutes mangées, à ce que je vois ?

— J'en ai mangé juste quelques-unes, maman. Y en restait presque plus…

— Au lieu de toutes les engloutir, t'aurais pu en garder pour ton père, y a pas le temps d'aller s'en chercher…

— Oui…

— Commence à préparer le souper, je pars pour l'hôpital. Je reviens vers sept heures. T'es mieux d'avoir fait…

— Oui, maman. Je vais faire la vaisselle, balayer le plancher et faire mes devoirs et mes leçons.

— C'est ça. Après, tu décrocheras le linge sur la corde en arrière. Fais attention pour que le vent prenne pas dedans et que ça aboutisse pas dans le ruisseau.

— Mais maman, j'avais prévu lire, après avoir fini de laver la vaisselle !

— Lire quoi ? Les dictées que t'as faites la semaine passée ? se moqua sa mère, indifférente.

Anne-Marie courbait la tête lorsque sa mère se gaussait d'elle et des perles humides s'accrochaient à l'extrémité de ses longs cils.

— Je veux lire le livre *Sylvie*…

— C'est qui cette Sylvie-là ? C'est elle qui t'a prêté le livre ?

— *Sylvie*, c'est le titre du roman que j'ai emprunté à la bibliothèque mobile, maman.

— C'est nouveau, ça ?

— C'est un autobus qui vient dans la cour d'école tous les mardis, où on peut réserver des livres.

— Pis tu penses que je vais te donner de l'argent pour te prendre des livres tous les mardis... Tu rêves en couleurs, ma fille ! Ton père imprime pas l'argent, tu sauras.

— C'est gratuit, maman. Vous lisez, vous aussi !

— J'ai pas d'argent à dépenser pour acheter des livres, moi !

— Mais j'ai trouvé des *pulps* en dessous de votre oreiller quand j'ai changé votre lit en fin de semaine !

— Tu fouilles dans mes affaires, astheure, Anne-Marie Sirois ?

— Non ! Je vous dis que je les ai vus en changeant les draps de votre lit. Je n'ai pas fouillé dans vos affaires !

— Maudite polissonne ! Commence à faire le souper, ton père va arriver.

Les *pulps* sont d'origine canadienne. Ce sont des magazines réservés aux adultes dans lesquels sont présentées de courtes histoires accompagnées d'illustrations. Les thèmes qu'elles abordent sont très divers et elles peuvent aller de la romance au récit fantastique, en passant par les romans policiers et de science-fiction.

*** *

— Où est-ce que t'es, toé ? cria Jean-Paul Sirois en rentrant du travail.

— Ici, dans la cuisine, papa. Je suis en train de vous faire cuire de la galette de sarrasin.

— Encore de la maudite galette ! Ciboire ! Je viens de travailler à' shop comme un dément pis tu me fais juste de la galette de sarrasin pour souper ? Y reste plus de viande dans glacière ?

— Le rôti de lard est fini, mais maman a fait de la graisse de rôti avec le bouillon.

— Hein ? Ta mère m'a fait de la graisse de rôti ? Depuis quand qu'a' fait à manger, elle ?

— Tiens, si vous voulez vous assir, je vais vous servir.

— Tu manges pas, toé ?

— J'ai pas faim ce soir...

— Tu peux ben être maigre sèche ! Demain après-midi, arrive pas en retard de l'école, on va avoir de la visite.

— Qui ?

— Mon frère Jean-Guy avec son garçon.

— J'ai un mononcle ? s'extasia Anne-Marie, enjouée.

— Ouais...

— Comment s'appelle son garçon ? Je veux dire, mon cousin...

— Je m'en souviens plus pantoute. Quand mon frère est déménagé de Trois-Rivières, le petit avait juste deux mois.

— Ah... Vous voulez dire que vous avez pas vu votre frère depuis tout ce temps-là ?

— C'est quoi ça ? Un interrogatoire ? Mêle-toé donc de tes maudites affaires, fatigante ! Ah ben, viarge !

Penses-tu que je vas manger ça? Est toute brûlée, ta maudite galette, câlisse!

— Je n'ai pas fait exprès, papa… Je vais vous en faire cuire une autre, si vous voulez attendre un peu.

— Tasse-toé! Je vas me la faire cuire moi-même. Pis arrête de brailler, t'es aussi laide que la galette que j'ai dans mon assiette. Pis si tu manges pas, efface-toé donc de devant ma face!

***

Le lendemain matin, Anne-Marie partit pour l'école avec sa grosse boîte à lunch qui pesait une tonne et qui ne contenait qu'un sandwich au beurre d'arachide, un thermos de lait et une pomme. La pluie froide venait de cesser. Les verts tendres commençaient à s'estomper et bientôt, le givre recouvrirait le tapis orangé qui aurait survécu à peine quelques semaines. Anne-Marie grandissait. Elle se sentait inutile dans ce monde qui n'était qu'insultes et méchanceté. Même en classe, elle n'était pas épargnée. Elle avait beau essayer d'offrir son amitié aux élèves de son école, elle ne récoltait que des moqueries. «Si c'est ça la vie, pourquoi vient-on au monde, sainte mère? Au lieu de voir ma vie s'améliorer avec les années, tout empire! Vous, papa et maman, avez-vous déjà pensé que j'aimerais ça, moi aussi, avoir un sapin de Noël au mois de décembre? J'aimerais ça me rendre à la messe de minuit en carriole comme toutes les familles qui vivent ici, à Trois-Rivières! Mais non! Je regarde glisser leurs traîneaux de la fenêtre de ma chambre en découpant mon arbre de Noël dans du carton rouge! Une chance que j'ai la joie d'admirer les décorations chez mamie Bibianne, sinon... Quand je vais être plus vieille, le sapin de Noël que je vais décorer va être tellement gros qu'il va prendre toute la place dans mon salon. Comment se fait-il que mes parents ne ressentent pas la naissance du petit Jésus dans leur cœur? Le petit Jésus qui vient au monde, c'est pourtant tout un événement, ça! Bof... Pourquoi je chiale, y en a des bien pires que moi! Y a des enfants qui ne reçoivent même pas de bas de laine avec une orange, une bouteille de Seven Up et quelques bonbons dedans. La seule joie qu'ils ont, c'est de manger la dinde du réveillon que les guignoleux de la paroisse sont venus leur livrer la veille de Noël.»

***

— Allo, ma puce! Comment s'est passée ta journée à l'école?

— Assez bien, mamie... Regarde, je t'ai apporté un dessin que j'ai fait en classe...

— Mais c'est Noisette et Grenoble?

— Eh oui! Vas-tu le mettre sur ton mur?

— Certain! Juste au-dessus de mon lit! Tu veux un chocolat chaud, Anne-Marie?

— Mmm...! Avec un biscuit Ti-Coq?

— Comme tu es drôle!... Oui, ma belle.

— As-tu eu des enfants, toi, mamie? lui demanda Anne-Marie en enlevant son imperméable vert.

— Euh... J'ai deux garçons, mais ils demeurent très loin.

— Ah! C'est pour ça que je ne les ai jamais vus... Et tu n'as pas de mari?

— Il est mort en 1946. Il y a cinq ans...

— Oh! De quoi il est mort, mamie?

— De la polio... C'était à la fin de la guerre.

— Toi, quand tu allais à l'école à Louiseville, c'était quoi tes cahiers d'arithmétique et de français pour faire tes devoirs? Est-ce qu'ils ressemblaient aux miens?

— Pas du tout! On écrivait sur des ardoises en pierre. Elles avaient deux faces: une pour l'écriture et l'autre pour les calculs.

— Avec quoi écrivais-tu sur les ardoises?

— Avec un plumier. Et le grincement qu'il faisait était insupportable pour les oreilles.

— Ah ben! Ç'a changé!

— Bien oui! Quelques années plus tard, les élèves ont eu le privilège de commencer à écrire dans des cahiers avec une plume! On avait une bouteille d'encre pour deux élèves. Et il ne fallait surtout pas la gaspiller...

— Comment elle était faite ton école, mamie?

— Mon Dieu... En 1918, quand j'avais douze ans, les classes n'avaient aucune ressemblance avec celles de l'école Saint-François-d'Assise, ma belle.

— Raconte-moi, mamie!

— Le bureau de la maîtresse était sur une tribune surélevée d'au moins six pouces. Comme ça, elle pouvait mieux voir tous les élèves. Ça l'empêchait aussi d'avoir froid aux pieds l'hiver.

— Il faisait très froid?

— Je te dirais que c'était assez difficile à supporter. Et je peux te dire qu'on entendait beaucoup parler de la grippe espagnole, qui faisait des dizaines de morts chaque jour. Je m'en souviens comme si c'était hier… Dans *L'Écho de Louiseville*, ils annonçaient les décès dus à cette grippe espagnole. Dans les journaux, le vingt et un octobre, juste à Montréal, il y avait eu cent vingt morts.

— C'est beaucoup !

— Oui. Et, comme pour finir le bal, au moment où la grippe espagnole tirait à sa fin, l'année suivante, le dix-sept février 1919, notre ancien premier ministre, Wilfrid Laurier, est décédé. Monsieur Laurier avait toujours eu une santé fragile. Il souffrait de bronchite chronique. Il a été élu premier ministre du Canada le vingt-trois juin 1896 et a perdu ses élections en 1911. Après, il a été chef de l'opposition jusqu'à sa mort.

— Ah bon ! Et elle était loin de chez toi, ton école ?

— Je comprends donc ! Je devais marcher un mile et demi pour m'y rendre tous les matins. Mais quand j'arrivais dans la petite école du rang, elle était bien réchauffée, vu que la maîtresse restait en haut. L'été, je m'y rendais nu-pieds.

— Hein ?

— Dans ce temps-là, il fallait qu'on ménage nos souliers…

— Quoi ? J'en reviens pas !

— Bien oui, ma belle… La maîtresse vivait dans son école jusqu'à la fin des classes. De toute façon, si une jeune fille choisissait d'être maîtresse d'école, il était défendu pour elle d'avoir un homme dans sa vie. Elle devait rester célibataire aussi longtemps qu'elle était enseignante. Donc, pour réchauffer l'école, elle se levait à l'aube et allumait le poêle à deux ponts avant que les enfants arrivent. C'étaient les garçons qui avaient la tâche de corder le bois dans le petit cabanon en arrière de l'école. Ils faisaient cette corvée durant les récréations.

— Est-ce qu'il y avait beaucoup d'élèves dans ta classe ? reprit Anne-Marie en buvant la dernière gorgée de son chocolat chaud, une petite « moustache » de lait imprimée au-dessus de la bouche.

— Dans notre école, il pouvait y avoir de douze à quarante élèves… Cinquante-cinq maximum. La classe était divisée en sept niveaux. Les plus vieux étaient en classe de neuf heures à quatre heures, mais les petits de première et de deuxième année, eux, finissaient à une heure et demie. Ce qui était plate pour eux, c'est qu'ils devaient quand même attendre les plus grands pour rentrer à la maison.

— C'était long pour eux !

— Oui, mais dans le temps, l'école ne durait pas de septembre jusqu'à juin comme aujourd'hui. On y allait seulement six mois par année.

— Vous étiez gâtés ! Nous autres, c'est dix !

— Oui, je comprends bien, mais nous, en finissant l'école, notre journée était loin d'être finie ! On travaillait au champ avec nos parents. Mais, d'un autre côté, c'était plus plaisant, on pouvait jouer avec les petits gars. En classe, les garçons et les filles jouaient toujours séparément à l'heure de la récréation. Nous, on jouait au ballon ou à la corde à danser. On avait aussi le bois de chauffage à rentrer et l'eau à aller chercher dans le puits du voisin. Ce n'était pas comme ça dans les grandes villes. À Montréal, c'était beaucoup plus modernisé.

— Tu y es déjà allée, à Montréal ?

— Non, ma belle.

— Ah non !!!

— Qu'est-ce qu'il y a, mon petit cœur ?

— Mon père m'avait bien avertie de ne pas arriver en retard de l'école parce qu'on avait la visite de mon oncle et de son garçon ! Il va me tuer !

— Pars tout de suite, Anne-Marie… Cours vers ta maison !

Lorsqu'elle entra dans la maison, l'oncle en question venait de quitter avec son fils Gilbert.

— Où t'étais, ma tête folle ?

— Nulle part, papa…

— Tu perds rien pour attendre, toé ! Dans le grenier ! Tu vas passer en dessous de la table, ma vieille laide…

— Mais papa ! Il va pleuvoir… Vous savez que j'ai peur du tonnerre !

— Si tu peux avoir assez peur, tu vas arrêter de faire la tête croche pis tu vas m'écouter, la prochaine fois ! En montant, prends le fanal pis remplis-le d'huile à charbon si tu veux pas te retrouver à' noirceur. Quand y fait noir, les souris sortent de leur trou.

Chapitre 8

Retour en 2003

Décembre

Anne-Marie venait de rentrer de Louiseville avec Solange et Mario. Le mariage de Jessica et Benjamin avait été une cérémonie magnifique remplie d'émotions, de rires et de tendresse. Pour la toute première fois depuis le décès de Charles, Anne-Marie avait revu Christian, accompagné de sa femme Isabelle.

Elle s'était arrêtée chez Solange.

— Alors, comment vas-tu, ma vieille ? lui demanda l'hôtesse en préparant du café.

— Je me sens apaisée, mon amie… Je ressens une paix intérieure que je suis incapable de décrire.

— Tant mieux, seigneur de Dieu ! Je pensais que tu te sauverais en courant quand tu as vu Christian entrer dans l'église avec Jessica à son bras.

— Tu sais, Solange… Merci, Mario.

— Tu veux du sucre, Anne-Marie ?

— Non, merci. Tu es gentil. J'ai toujours pris mon café noir… tout comme Charles, d'ailleurs.

— OK, je vous laisse, les femmes. Je vais donner un coup de pelle sur les galeries...

Anne-Marie déposa sa tasse de café sur la petite table de merisier qui se trouvait près d'elle et reprit la conversation avec son amie.

— Tu sais, après le décès de Charles, une pause s'est imposée. Là, cet après-midi, j'étais prête à revoir Christian. Mais sainte mère qu'il ressemble à Charles !

— En effet. Je te trouve très courageuse, Anne-Marie...

— Charles est toujours dans mon cœur, Solange... C'est lui qui m'a donné la force de me rendre à Louiseville aujourd'hui pour la célébration du mariage de ces deux beaux enfants. Est-ce qu'ils sont partis pour une ou deux semaines au Mexique ?

— Une semaine. Dès leur retour, ils vont s'installer dans leur petit nid d'amour, sur le boulevard Cardin, à Tracy. C'est drôle, je ne m'habitue pas à dire Sorel-Tracy depuis que les deux villes ont fusionné...

— C'est pareil pour moi. Tout comme pour madame Delormes, qui a acheté notre maison. Elle, elle ne s'est jamais faite à l'idée, quand la rue Royale a changé de nom pour le boulevard Fiset. L'autre jour, elle m'a glissé : « Sainte bénite que j'ai eu de la misère à m'habituer ! La rue Royale ressemblait pas pantoute à un boulevard quand elle a changé de nom... »

— Ils me donnent l'impression d'un couple bien gentil, les Delormes. Leur as-tu demandé s'ils ont élevé une famille ?

— C'est difficile de faire un brin de jasette avec eux, ils ne sont jamais là, sainte mère ! Je sais qu'ils ont un garçon qui a un garage sur le chemin Saint-Ours, à Sorel, mais combien d'enfants ils ont eus, ça, je ne le sais pas... Changement de sujet, Solange... Isabelle et Christian vont s'ennuyer de leur fille! Isabelle a tellement pleuré quand sa Jessica est partie pour l'aéroport!

— Je l'ai trouvée bien amaigrie, Isabelle... Toi?

— Oui, c'est vrai. Elle m'a paru fatiguée, ma belle-sœur. Peut-être que ce sont tous les préparatifs du mariage qui l'ont épuisée comme ça...

— Je ne sais pas... Moi, je n'ai pas un bon *feeling*...

— Essaies-tu de me dire que son cancer aurait pu récidiver, toi?

— J'espère que non... Mais c'est quoi ce vacarme? demanda Solange en se relevant vitement.

— Attends une minute, je vais voir...

Solange souleva un coin du rideau plein jour, se retint quelques secondes, puis éclata de rire. Heureusement, Mario ne s'était pas blessé. Déjà, il s'était relevé et avait recommencé à manier la pelle.

— Ha! ha! Mario a déboulé les marches de la galerie...

— Non!...

— Il vient de remettre sa tuque et il parle tout seul. J'aime mieux ne pas entendre ce qu'il est en train de marmonner, moi! Il doit être en train de descendre tous les saints du ciel!

***

À vingt et une heures quarante-cinq, Anne-Marie revint chez elle.

— Viens, Chatonne… On va regarder si Mélanie nous a envoyé un courriel pour nous assurer qu'elle s'est bien rendue à Saint-Hyacinthe avec mes deux petites beautés. Dieu que tu es petite, toi! Charlemagne était dix fois plus lourd…

***

En 2002, Anne-Marie avait ressenti beaucoup de chagrin en accompagnant son gros toutou Charlemagne à la clinique vétérinaire sur la rue Cormier, à Tracy…

— Est-ce que vous aimeriez rester auprès de Charlemagne, madame Jolicœur? lui demanda Marie-Claude.

— Non, merci… Je n'en aurai pas la force.

— Quel âge a-t-il, votre chien?

— Je n'en ai aucune idée. On l'avait trouvé à moitié mort à Louiseville, en 1993, sur la terre abandonnée de nos parents…

— Oh! Je vois…

— J'ai beaucoup de peine, mais d'un autre côté, il a eu une très bonne vie, notre gros toutou…

— Votre mari ne pouvait pas vous accompagner aujourd'hui, madame Jolicœur?

— Non, il est décédé il y a trois mois…

— Oh… je suis désolée… Je ne voulais pas…

— Vous ne pouviez pas savoir, Marie-Claude.

— Quand Charlemagne sera parti, je vous conseillerais de laisser s'écouler quelques semaines et, ensuite, de prendre un nouvel animal avec vous.

— Si vite que ça ?

— Oui. C'est le conseil que je donne à mes clients quand ils se séparent de leur animal domestique. Souvent, il y a des gens qui mettent des petites annonces pour vendre des chiots ou bien donner leurs petits chatons. Regardez, c'est sur le babillard juste à votre gauche sur le mur...

— Ah ! Peut-être plus tard... Là, je n'en vois pas la nécessité.

— C'est pour cette raison que je demande aux clients d'attendre quelques semaines. Ils doivent faire leur deuil de leur animal avant, ce qui est bien légitime.

— Oui...

Anne-Marie avait payé la note pour l'euthanasie de Charlemagne et avait quitté la clinique vétérinaire en transportant un lourd chagrin dans son cœur. Aujourd'hui, Chatonne la talonnait continuellement et, souvent, la petite chatte miaulait pour qu'elle laisse glisser l'échelle du grenier afin qu'elle y grimpe pour aller s'installer sur le rebord de la lucarne auprès de mademoiselle Pétronie.

Anne-Marie ouvrit sa boîte de réception et cliqua sur la petite enveloppe jaune contenant le courriel que sa fille venait de lui faire parvenir.

Maman,
Nous sommes bien rentrés chez nous. Charlotte et Marie-Anne ont dormi tout le long du trajet. Je te rappelle demain.
Je t'aime, Mélanie X

Âgée de deux ans, Charlotte ressemblait énormément à son grand-père Charles. Ses cheveux bruns commençaient à frisotter et ses yeux marron projetaient un regard lumineux. Quant à Marie-Anne, à six mois, sa chevelure châtaine était parsemée de fines mèches cuivrées. Mélanie avait en sa possession une photographie de sa mère lorsqu'elle avait dix ans. Elle l'avait placée dans un cadre et déposée sur la petite commode blanche dans la chambre à coucher de sa fille. « Quelle ressemblance ! Je n'en reviens pas, Denis ! Il ne lui manque que les petites taches de rousseur de ma mère. C'est drôle, mais moi, je suis sûre que Marie-Anne va avoir des petites taches de son quand elle va commencer sa maternelle… »

Mélanie et Denis demeuraient toujours sur la rue Dessaules, à Saint-Hyacinthe. Dernièrement, Denis avait entrepris la rénovation de leur sous-sol. Ils désiraient tous les deux aménager une grande salle de jeu pour leurs filles.

À vingt-sept ans, Mélanie rayonnait. Elle avait fait couper ses longs cheveux acajou à la hauteur des épaules. Elle travaillait comme hygiéniste dentaire sur la rue Girouard, pour le dentiste Poudrier.

Denis travaillait toujours au cégep de Saint-Hyacinthe. Par contre, sans en avoir glissé mot à Mélanie, il sentait que son travail routinier ne lui suffisait plus. Bien sûr, il avait terminé ses études dans le domaine de l'informatique, mais il n'était pas attiré vers cette profession non plus. Il désirait un emploi plus enrichissant où il y aurait plus de diversité. « Un jour, je vais en parler à Mélanie. Peut-être qu'elle serait d'accord si je lui confiais que j'aimerais travailler dans une usine… Je verrai… Quand j'en aurai ras le bol de faire le tour du cégep à longueur de journée et que j'y aurai bien réfléchi, je lui ferai part de ma décision. »

***

Fin mars 2004

Déjà, les gouttières laissaient entendre leur clapotis et les rayons ardents du soleil déferlaient fièrement. Au presbytère Sainte-Trinité, le haut clocher dormait paisiblement. Rachèle Soullières, toujours au service du curé Lalancette, s'affairait au ménage du printemps, aidée de madame Crevier. Le bedeau Jacques Lavoie leur prêtait aussi mainforte en récurant les grands carreaux et les vérandas pour qu'enfin l'ecclésiastique puisse profiter des matinées ensoleillées en parcourant son bréviaire.

— Bon Dieu, bedeau! Qu'est-ce que vous avez encore fait?

— Batince, monsieur le curé! Je le savais-tu, moi, que la chaudière était juste en arrière de moi! rétorqua le bedeau, les chaussures imbibées d'eau savonneuse.

— Ben là, bedeau… Avec quoi pensiez-vous que vous laviez les fenêtres?

— Je le sais ben, monsieur le curé! Je pensais qu'elle était à côté de moi… Ça arrive des petits accidents, des fois! se défendit l'homme rondelet aux cheveux noirs raides comme des clous.

— Vous voulez dire, plutôt, que ça vous arrive régulièrement, bedeau… Tout ce que vous touchez tourne en catastrophe depuis que vous travaillez au presbytère.

— Inquiétez-vous pas, je vais tout ramasser avant d'aller laver la fenêtre de votre chambre.

— Ouin… Prenez donc une pause avant de recommencer. Il est déjà trois heures. Madame Soullières vient tout juste de sortir des muffins aux pacanes du four.

— Euh… Je dis pas non… Je peux pas résister à ses gâteaux aux pécanes…

Au même moment dans le presbytère…

Rachèle Soullières était épuisée d'entendre jacasser madame Crevier, une grande femme un peu trop enrobée au faciès agréable qui demeurait sur la rue Sainte-Thérèse, à Contrecœur.

— Vous avez pas vu le film *Nez rouge*, avec Patrick Huard pis Michèle-Barbara Pelletier, qui est sorti au mois de décembre passé ?

— Non, madame Crevier.

— Coudonc, vous sortez jamais de votre maison, à part de travailler pour le curé, vous ?

— Bien non, madame Crevier. Je n'ai pas beaucoup de temps pour aller au cinéma. De toute façon, je préfère louer les nouveaux films dans les clubs vidéo.

— Ah ben ! Si vous le dites… Moi, je croyais que c'était votre homme qui voulait pas vous laisser sortir de votre piaule. On en voit encore, des femmes qui sont à la merci de leur mari pis qui peuvent rien faire à part faire le ménage de la maison puis faire à manger.

— Mais je ne suis pas une de ces femmes-là, madame Crevier ! Mon mari est un homme bien, et je vous dirais même qu'il pense toujours à moi et à nos trois garçons avant même de penser à lui.

— Ah bon ! C'est correct, ça. Tiens, le curé Lalancette a reçu une lettre de Saint-Constant... Y a-tu de la parenté par là, lui ?

— Madame Crevier ! l'interpella Rachèle Soullières pour la ramener à l'ordre. Ce qui est sur le secrétaire du père Lalancette ne vous regarde pas.

— Ben là... Y faut toujours ben que je les tasse, ces lettres-là, pour épousseter son bureau !

— Je comprends, mais vous n'êtes pas obligée de lire ce qu'il y a d'écrit sur les enveloppes...

— Ben, coudonc ! Pis à part de ça, appelez-moi donc Paulette, vous là...

« Ouf ! nous voilà avec une deuxième madame Pauline ! » laissa échapper en sourdine Rachèle Soullières.

— D'accord, madame... Paulette. Pourquoi ne vous êtes-vous jamais mariée, Paulette ?

— Bah ! Y a pas un mâle qui a voulu de moi..., se plaignit la grande femme en dépoussiérant le grand bureau de l'ecclésiastique.

— Voyons, vous ! Vous êtes quand même une belle femme !

— Ouin... Mais avec une trentaine de livres en trop...

— Mais vous n'êtes pas si volumineuse ! Vous êtes grande...

— Vous voulez dire que vu que je suis grande, ça paraît moins que je suis grosse ?

— Bien...

— Ma mère m'appelait « mon petit gars manqué ». Ça fait que moi, j'ai toujours pensé qu'un homme pourrait jamais me remarquer.

— Ne parlez pas comme ça, Paulette! lui reprocha Rachèle en dépliant une feuille de journal pour éclaircir la fenêtre qu'elle venait de nettoyer. Si je vous connaissais depuis plus longtemps...

— Quoi?

— Bien, je ne voudrais pas vous insulter...

— Gêne-toi pas, ma petite. Je suis capable d'en prendre...

— Quel âge avez-vous, Paulette?

— J'ai eu quarante-six ans au mois de février.

— Bon... Pouvez-vous me dire pourquoi vous êtes coiffée toujours de la même façon? Vous savez, des toques, de nos jours, on n'en voit plus souvent...

— Ben là... Moi, je trouve que c'est pas d'entretien. Ça prend deux minutes à faire pis je suis peignée pour la journée.

— Je comprends bien, mais ça ne vous a jamais tenté de les faire couper, vos grands cheveux bruns, pour avoir une belle coupe à la mode?

— Vous pensez que ça ferait une différence, vous? demanda la grande femme en posant une main sur son chignon.

— Et comment donc! Et... vos vêtements...

— Qu'est-ce qu'y a, mon linge?

— Avez-vous déjà porté autre chose que des jeans?

— Non. Mais j'en ai pas juste une paire! J'en ai des bleus, des noirs, des bleu pâle... J'en ai même des blancs pour l'été!

— Une jupe ou une robe, de temps en temps...

— Vinyenne! Me verriez-vous avec une robe soleil, vous, avec les épaules que j'ai là?

— Bien oui ! Et des souliers à talons hauts aussi...

— Hein ? J'en ai jamais porté ! Je tomberais continuellement en bas de ça, moi ! Je suis habituée avec mes *snicks* à longueur de journée !

— Il y a toujours de la place pour l'amélioration, comme on dit, Paulette.

— Ouin... Seriez-vous prête à m'aider pour ça, Rachèle ? On pourrait commencer par la coiffeuse ?

— Si vous voulez.

— Elle est où, la coiffeuse ?

— Vous n'êtes jamais allée dans un salon de coiffure ?

— Ben non !

— D'accord. Je vais vous prendre un rendez-vous au Salon Mado, sur la rue Legendre...

— C'est correct. Pis pour mon linge ?

— On pourrait aller à la boutique Intuitions, aux Promenades de Sorel...

— C'est quoi, cette boutique-là ?

— Un magasin pour...

— Pour les grosses comme moi ? lui demanda l'énergique dame au regard sceptique.

— Non, Paulette... Pour les tailles fortes.

— J'aime mieux ça, ça fait plus élégant de même...

***

Au début du mois d'avril, les jonquilles annonçaient l'arrivée certaine du doux printemps et le soleil blafard ne faisait que le confirmer. Dès l'aube, une fraîche rosée emmaillotait le paysage et, sous le soleil de midi, la nature avait un air plus détendu.

— Sacristie ! C'est qui, cette femme-là, qui vient de rentrer dans le presbytère pour aller voir le curé Lalancette, Rachèle ? demanda le bedeau, le nez collé contre la fenêtre de la petite cuisine.

— Depuis quand vous intéressez-vous aux fidèles qui rendent visite à notre bon curé, bedeau ?

— C'est juste parce que je l'ai jamais vue icitte... Ça doit être une nouvelle arrivante dans la paroisse...

— C'est là que vous faites erreur, bedeau.

— Comment ça ?

— C'est madame Crevier que vous venez tout juste de voir entrer dans le bureau du curé, bedeau.

— Hein ! Paulette Crevier ? Ben, j'ai mon voyage !

Chapitre 9

Le retour de Bruno

Je n'aurai pas le temps
Pas le temps
Même en courant
Plus vite que le vent
Plus vite que le temps
Même en volant
Je n'aurai pas le temps
Pas le temps
De visiter
Toute l'immensité
D'un si grand univers
Même en cent ans
Je n'aurai pas le temps
De tout faire
J'ouvre tout grand mon cœur
J'aime de tous mes yeux
C'est trop peu
Pour tant de cœurs
Et tant de fleurs

Des milliers de jours
C'est bien trop court
C'est bien trop court[3]

Avril

— Sainte mère que je suis excitée !

— Et moi qui ne suis jamais montée à bord d'un avion ! s'exclama Solange en bouclant la valise bleue qui avait appartenu à Charles.

— Turlututu, ti-minou poilu ! Me voilà ! Mon Dieu que vous avez l'air énervées, les femmes !

Les deux amies inséparables échangèrent un regard complice.

— Moi, Mario Martin, je vous conseillerais qu'on parte maintenant. Vous devez vous présenter à l'aéroport de Mirabel trois heures avant votre vol. Je dépose vos valises dans le coffre arrière de la voiture. Quand vous serez à l'aéroport, regardez-le bien pour une dernière fois, parce qu'il va fermer en novembre prochain... Anne-Marie...

— Oui, Mario ? répondit la vacancière, qui portait un joli chapeau de paille ajouré qu'elle venait tout juste de se procurer.

— Je te demanderais de surveiller ma femme durant le voyage. Il n'est pas question qu'elle parle à des messieurs qu'elle ne connaît pas, et surtout pas à des Italiens !

— Ha ! ha ! Ne t'inquiète pas, je vais être comme une mère pour ta Solange...

---

3 *Je n'aurai pas le temps*, paroles de Pierre Delanoë et Michel Fugain, interprété par Michel Fugain, 1967.

***

Le vol avait été des plus agréables ; sans turbulences et sans retard.

— Dans quelques minutes, l'avion va se poser à l'aéroport Charles-de-Gaulle, Solange.

— Oui ! Et on va avoir juste une petite heure pour attraper le prochain vol, qui va nous amener à Naples...

— Tu as l'air fatiguée, mon amie..., constata Anne-Marie.

— Je suis tellement heureuse de faire ce voyage avec toi, ma vieille ! Cette fatigue me passe dix pieds par-dessus la tête !

— Ha ! ha ! Arrivées à Naples, il va seulement nous rester à prendre le train pour nous rendre à Santa Maria.

***

Oups ! Anne-Marie et Solange venaient de louper leur vol pour Naples...

— Oh non ! On l'a raté !

— Pauvre Solange, tu as l'air épuisée... Viens, allons au kiosque d'information.

Déçues mais soulagées, les deux amies prirent un autre avion qui les amena de Paris à Rome, puis de Rome à Naples. À minuit, le train les déposa dans la ville de Santa Maria, où elles se retrouvèrent dans une ruelle déserte, leurs valises à leurs pieds. Éreintées, elles marchèrent dans le but de réserver un taxi, mais il n'y en avait plus un seul qui offrait un tarif accessible à cette heure tardive. Le tenancier d'un petit bistro les conduisit sur le seuil du Grand Hôtel Santa Maria, situé à Santa Maria di Castellabate, entre Paestum et la Velia, sur la côte du Cilento.

Anne-Marie et Solange dormirent seize heures d'affilée pour effacer la fatigue causée par les heures d'attente interminables à l'aéroport et le décalage horaire de six heures.

***

Le lendemain, dans la matinée, elles se rendirent à une agence de voyages. Une gentille dame parlant aisément le français les accueillit avec un large sourire.

— *Buongiorno!* Vous êtes Québécoises?

— *Si, si...*, lui avoua gentiment Anne-Marie. Votre ville est d'un charme fou! C'est beau, je n'en reviens pas!

— Merci! Et aujourd'hui, vous voulez vous diriger vers la côte d'amalfitaine, mesdames?

— Oui..., acquiesça Solange, fébrile. On aimerait louer une voiture.

— Moi, je vous conseillerais de prendre l'autobus. Il faut être... Je n'ai aucune crainte quant à vos talents de conductrices, mais ici, la route est... comme on dit... «rock'n'roll».

Anne-Marie et Solange préférèrent quand même louer une automobile.

***

Après une bonne nuit de sommeil, les deux amies quittèrent Santa Maria. Tout le long du trajet, elles s'exclamaient : « Oh ! C'est magnifique ! Regarde, Anne-Marie… C'est… Je n'en reviens pas ! »

Parvenues à l'extrémité de la côte d'amalfitaine, à Sorrente, précisément, elles dénichèrent un joli bistro où elles purent contempler de très haut une mer d'un bleu azur bordée de pierres de toutes dimensions. Perchée sur un haut plateau, la ville de Sorrente (Sorrento) s'étend le long d'une chaîne de collines de cinq cents mètres, exposées au nord, de l'autre côté de la baie de Naples. Anne-Marie et Solange s'initièrent à la spécialité locale, une liqueur appelée limoncello faite d'écorces de citron.

Le restaurant proposait une carte alléchante de mets italiens, des plus classiques aux plus originaux. Des petits pains aromatisés de fines herbes accompagnés d'une trempette composée d'huile d'olive et de vinaigre balsamique furent servis aux deux vacancières. Comme entrée, elles commandèrent un plat italien composé d'avocats, de tomates, de maïs, de mozzarella, de crevettes et de laitue, le tout parfumé d'huile d'olive. Ensuite, elles se délectèrent d'une pizza faite d'une pâte très mince parsemée d'aneth, de coriandre et de champignons porcini.

— C'est délicieux ! Si Charles pouvait voir tout ce que mes yeux caressent en ce moment !

— Charles se trouve à notre table, ma vieille. C'est pour ça que le serveur nous a donné une table avec trois chaises, mon amie !

— Ha ! ha ! Veux-tu encore du vin, Solange ?

— Juste un tantinet, s'il te plaît…

Lorsqu'elles quittèrent le *ristorante*, après avoir payé la note, qui ne ressemblait aucunement à celle d'un restaurant québécois, les deux amies empruntèrent une ruelle effilée. Cette venelle était si étroite qu'elles durent ramener les rétroviseurs de la voiture vers l'intérieur.

— Ouf! Et si on se retrouvait face à une autre auto?

— On ne passerait jamais! s'exclama Solange.

— Bon. On est en vacances, on ne passera pas notre temps à s'énerver, OK?

— D'accord. On va s'en sortir indemnes.

— Facile à dire pour toi, ce n'est pas toi qui tiens le volant... Qu'est-ce qu'il fait ici, cet homme?

Un piéton qui s'était aventuré dans la ruelle s'était collé au mur de ciment pour laisser passer la voiture.

— Ouf! Par chance qu'il n'avait pas une grosse bedaine, on lui aurait arraché son tee-shirt!

— Ha! ha! D'un autre côté, on se serait rincé l'œil... Tu as vu cet apollon, Solange?

***

Sous un ciel sans nuages, les deux femmes profitèrent de la plage bleutée et de l'astre chaud pour se prélasser sur des chaises longues et parcourir les dizaines de feuillets qu'elles avaient récoltés ici et là pendant qu'elles parcouraient la côte. Le jour suivant, le ciel lumineux leur apporta vingt-deux degrés Celsius. Petit-déjeuner à six heures et départ en autobus pour Salerne, d'où elles furent ensuite amenées jusqu'au port pour la traversée vers l'île de Capri. Le majestueux paquebot fit une halte au quai d'Amalfi pour y laisser monter d'autres touristes. Anne-Marie et Solange purent contempler à nouveau, à bord de l'embarcation, cette ville longeant le *golfo di Salerno* se déversant dans la *mar Tirreno* (mer Tyrrhénienne).

L'île de Capri est située au large de la ville de Sorrente. Surnommée «l'île bleue», elle se baigne dans les eaux turquoise de la Méditerranée. Elle est reconnue pour ses lieux de villégiature et ses panoramas à couper le souffle. On peut y admirer deux rochers émergeant de la mer : les faraglioni. Elle offre aux touristes la marina Piccola, le belvédère de Tragara, Anacapri, la Villa Malaparte, la Grotta Azzurra (la grotte bleue) et plusieurs ruines des villas impériales romaines.

À Capri, Solange et Anne-Marie virent des auberges et des cottages magnifiquement beaux. Le jour précédent, au bureau de l'agence de voyages, une dame leur avait conseillé de se diriger vers le guichet du débarcadère situé à Anacapri pour prendre leurs billets afin de se rendre au sommet de l'île de Capri. La montée étant très abrupte, le conducteur de l'autobus dut se reprendre plusieurs fois avant de réussir à effectuer un virage en U.

Les habitations s'y côtoyaient de très près. Anne-Marie était subjuguée de se retrouver devant tant de merveilles.

— C'est drôle, on n'a aucune rue à traverser avec tous ces grands trottoirs pavés ! On passe tellement près des maisons… Regarde, les fenêtres sont toutes habillées de lourdes tentures, comme si les gens craignaient de se faire épier par les piétons. La seule chose que je trouverais difficile, c'est de vivre sans la moindre verdure. Par chance, les balcons sont joliment décorés de jardinières. Regarde cet homme juché sur ce grand escabeau, Solange !

Des lattes de bois couvraient l'espace entre la toiture de sa demeure et celle de son voisin et des branches s'y entrelaçaient par dizaines. L'homme les taillait avec des ciseaux de précision. En dessous de ce dôme, un petit jardin était aménagé de fleurs multicolores embaumant tout l'espace.

— À quoi servent toutes ces branches, Anne-Marie ?

— Pour le savoir, Solange, il faudrait que tu lui demandes…

— D'accord… Monsieur, bonjourn…

— *Buongiorno ! Siete del Quebec ?*

— Ha ! ha ! Vous êtes au moins la cinquième personne à nous poser cette question, monsieur ! Oui, nous sommes Québécoises.

— Euh… Ne pensez pas que c'est à cause de votre accent que je vous le demande…

— Ah bien ! Vous parlez français ? lui demanda Solange, qui se sentit tout à coup un peu gênée.

— Bien oui, gentille dame. Si je vous ai posé cette question, c'est qu'à mes yeux, les Québécoises sont les plus belles femmes au monde.

— Oh !…

— Anne-Marie eut un fou rire en voyant le visage de Solange prendre une teinte écarlate.

— Je suis curieuse, monsieur…, lança Solange.

— Oui… ?

— Pourquoi toutes ces branches entre ces jolies maisons blanches ? Elles ont l'air vivantes, je vois de petites feuilles…

— Ha ! ha ! s'esclaffa l'homme d'une quarantaine d'années aux cheveux d'ébène et aux yeux marron. *Siamo in aprile…* Mais en septembre, revenez donc me faire une visite pour admirer mes vignes remplies de belles grappes de raisin violettes.

— Oh ! acquiesça Solange, hypnotisée par son regard enjôleur.

Lorsqu'elles quittèrent ce « labyrinthe », elles sentirent le besoin de se reposer un peu.

— Regarde, Solange… Il y a un petit bistro à ta droite. Allons reposer nos vieilles jambes…

Après avoir pris une légère collation, Solange ne put s'empêcher de faire un commentaire en voyant l'addition.

— Ça n'a pas de bon sens, Anne-Marie ! On a juste commandé une glace et un café et ça nous a coûté vingt dollars canadiens !

— Ha ! ha ! On est à Anacapri et les prix sont identiques partout. Bienvenue en Italie, ma vieille !

Avant de quitter ce gentil village si accueillant, les deux amies se dirigèrent vers une petite promenade qui longeait la mer. Arrivées au sommet, elles firent une halte pour contempler une vue panoramique des plus magnifiques.

— Ouf ! Regarde ces voiliers, Solange… On dirait qu'ils mesurent un demi-pouce ! Prends des photos !

Elles escaladèrent ensuite un escalier de pierres et se retrouvèrent sous un tunnel de fleurs où elles visitèrent les boutiques artisanales de l'endroit.

— Oh! Quelles belles dentelles! s'émerveilla Anne-Marie en contemplant avec douceur le travail artisanal.

— Une de couleur crème pour Marie-Anne et une rose pour Charlotte, Anne-Marie...

— Oui! Une jolie robe en dentelle pour mes petites beautés!

Une artisane à la peau fripée coiffée d'un foulard de coton bleu enveloppa délicatement les deux vêtements dans un papier soyeux.

***

Au même moment dans le rang du Ruisseau...

Les nuages apparaissaient comme une éternelle farandole et le mistral fouettait l'air à une vitesse vertigineuse. Chez les Tessier, madame Pauline était postée devant sa porte moustiquaire.

— Cibole! La maison va partir au vent, tu sais ben! remarqua la femme de quatre-vingt-deux ans, que son gendre Marcel venait de rejoindre.

— On dirait ben, madame Tessier. Mais s'il est pour pleuvoir, j'aimerais que ce soit maintenant, parce que je voudrais bien finir de racler le terrain avant la fin de la journée...

— T'auras pas besoin de racler, Marcel, y vente à écorner les bœufs! Marielle va se faire pogner par la pluie en sortant du IGA.

— Y a des grosses chances, oui...

— Sais-tu, mon gendre, qu'y te reste juste trois jours d'ouvrage à' bibliothèque?

— Eh oui!

— Qu'est-ce que tu vas faire de ta grande carcasse à' journée longue ? Tu vas manger tes lacets de bottines, cibole !

— Y a amplement de travail sur votre terre pour occuper mes heures, belle-maman. Je vais dire comme on dit : quand le blé est mûr, ben, il faut le faucher ! Que diriez-vous si, au mois de mai, on achetait des poules et des lapins ?

— Hein ? Peut-être des poules... Des lapins, ça sert à rien pantoute, tu sauras. C'est juste des machines à crottes pis ça se multiplie sans bon sens, ces petites bêtes-là !

— Ha ! ha ! Je vois que vous n'avez jamais mangé un bon civet de lapin, madame Tessier.

— Beurk ! Moé, de la nouvelle viande, j'ai ben de la misère à goûter à ça. Mais, par exemple, j'ai déjà mangé du lièvre, pis c'était pas mauvais pantoute...

— Ah bon ! Qu'est-ce que vous faites, madame Tessier ?

— Ben, j'allume la vieille pipe de mon Hubert... J'ai-tu besoin de ta permission pour faire ça, mon Marcel ? ajouta la vieille dame en s'asseyant dans sa berceuse.

— Bien non, vous le savez. Depuis quand fumez-vous la pipe ?

— Depuis une menute, mon gars !

— Mais vous allez empester la maison ! Ce n'est pas bon pour vous, à votre âge !

— Laisse faire, mon ti-gars. Moé, j'ai toujours aimé ça quand Hubert bourrait sa pipe pis qu'y l'allumait. C'est une senteur que j'aimais ben gros dans ma maison. Pis... je t'avouerais que j'ai déjà fumé la pipe avec lui dans les années soixante...

— Ouf! Une odeur de vie...

— De vieux? compléta-t-elle avant d'expirer une fumée nauséabonde en déformant sa bouche dans le but de former un cercle parfait.

— Ouf! Marielle n'appréciera pas cette odeur...

— Laisse faire. Quand elle était petite, la Marielle, c'est elle, des fois, qui bourrait la pipe de son père pis qui l'allumait. La petite sacripante...

— Vraiment?

— Vraiment, mon ti-gars!

Marielle rentra les bras chargés de sacs débordant de victuailles.

— La pluie est commencée... Je suis arrivée juste à temps! Tiens... T'as recommencé à fumer la pipe, maman?

— Ben oui, ma fille. Ça me tentait à matin.

— Ha! ha! C'est comme si papa était revenu à la maison. Je le vois encore, sur le coin du poêle, en train de gratter son allumette de bois.

— Bien, je n'en reviens pas! s'exclama Marcel Duchesnes en battant l'air pour repousser cette odeur poignante qui lui attaquait les narines.

***

En soirée, le vent s'était égaré dans les vastes champs et les passereaux, en piaillant, ne savaient plus sur quel arbre se poser tellement ils étaient réjouis que la pluie ait enfin terminé de tambouriner sur leurs perchoirs de tous les jours. À l'aéroport de Mirabel, un appareil d'Air Transat avait ramené au bercail deux hommes au teint hâlé, heureux de se retrouver en sol québécois.

— Charles-Édouard... ? Pour ce soir, si tu veux, on va réserver une chambre d'hôtel dans les environs. Je suis crevé, moi.

— Je suis bien d'accord avec toi, Bruno. Je suis épuisé, moi aussi.

— Demain, avant de commencer à chercher un nouvel endroit où habiter, on va rendre visite à Anne-Marie dans le rang du Ruisseau...

À la fin du mois de juin 2003, Bruno avait vendu sa clinique à Christian Brière, le frère de Denis, et Charles-Édouard s'était départi de son salon de coiffure. Ils s'étaient envolés pour s'installer soi-disant « définitivement » sous le ciel bleuté de la Jamaïque.

— Anne-Marie va être étonnée de te voir, Bruno ! Tu ne lui avais pas écrit, dans ta dernière lettre, que tu rentrais au Québec ?

— Non ! Après avoir visité ma grande amie dans le rang du Ruisseau, si tu veux m'accompagner, on fera une visite surprise à Mélanie et Denis, à Saint-Hyacinthe. Tu sais, sa petite Charlotte va avoir trois ans en septembre, et j'ai entrevu Marie-Anne seulement quelques minutes après sa naissance, en juin 2003. Elle a maintenant dix mois...

— Moi, si j'étais à ta place, Bruno...

— Quoi ? demanda-t-il en prenant la clef que le préposé de l'hôtel lui remettait.

— La première étape demain matin, ce serait de louer une voiture, je crois... Sinon...

— On n'ira pas très loin ! Ha ! ha !

***

La nuit de repos fut bienfaisante. Bruno et Charles-Édouard se dirigeaient vers la ville de Contrecœur à bord d'une Mazda Protégé SE 2003.

Ici CJSO, Sorel. Voici votre bulletin d'information de dix heures.
En manchette, aujourd'hui: le virus du Nil infecte de nombreuses espèces d'oiseaux et sa transmission secondaire touche de nombreux mammifères au Canada, y compris les humains...

— Est-ce que je peux changer de poste, Bruno ?
— Attends juste une minute, si tu veux... Il parle du virus du Nil...

...le VNO se reproduit efficacement chez plusieurs espèces d'oiseaux sauvages, qui ensuite le transportent en quantité suffisante dans leur sang pour infecter à leur tour les moustiques. Au printemps, le retour des oiseaux migrateurs infectés par le virus du Nil et la reprise des activités des moustiques adultes infectés l'année précédente ont pour effet de rendre le virus actif...

— Ouin... Ça fait longtemps qu'il est apparu, le virus du Nil, Charles-Édouard. Au Canada, on en entend parler depuis 2001 !
— En effet... Et depuis 2001, ils font peur à tout le monde...

— Mais c'est un virus insidieux, il ne faut pas y être indifférent non plus !

En terminant, voici, dans un domaine différent, une suggestion pour ceux qui n'ont pas peur de se mouiller. La Ronde présente en fin de semaine sa nouvelle attraction : le Splash ! Un nouveau manège qui promet des émotions fortes. Il s'agit d'une sorte de bateau qui escalade une pente abrupte avant de faire un plongeon de quinze mètres avec ses vingt passagers dans un bassin d'eau avant d'affronter un raz-de-marée de cinq mètres de hauteur...

— Il faudrait bien qu'on y aille à La Ronde, cet été, Bruno. Ça fait des lunes que je n'ai pas mis les pieds sur l'île Sainte-Hélène.

— Pourquoi pas ? On a tout notre temps devant nous, non ?

— Alors, profitons-en au maximum !

***

Le rang du Ruisseau était désertique, mis à part un camion du service d'aqueduc portant le logo de la ville de Contrecœur qui faisait retentir sa sirène d'alarme. Un panneau sur le véhicule annonçait une panne du système d'aqueduc pour une période de six heures.

— Ha ! ha ! J'espère qu'Anne-Marie a pris soin de remplir sa baignoire et son percolateur parce que moi, j'ai envie d'un café !

Dans la cour d'Anne-Marie, l'Elantra couleur ca-méléon venait de subir une cure de beauté. Les jardi-nières blanches suspendues aux extrémités de la grande véranda étaient habillées de nouvelles fleurs printanières.

N'ayant pas obtenu de réponse après avoir frappé à la porte, Bruno se faufila dans la cour arrière. Il était sûr d'y retrouver son amie en train de désherber son futur potager ou de préparer ses boîtes à fleurs à accueillir les essences du mois de Marie.

— Je ne comprends pas… Sa voiture est dans l'entrée. Elle vient d'être lavée en plus, l'asphalte est encore ruisselant… Mais pourquoi chercher plus loin ? Elle doit être chez Solange !

Devant la maison des Martin, ils virent les autos de Mario et de Solange.

— Bon, on va enfin voir du monde ! dit Bruno en frappant à la porte.

Personne ne vint répondre.

— Bien voyons donc… Il n'y a personne !

— Regarde, Bruno… Mario revient avec ses chiens !

— Hein ? Ses chiens ?

Mario leur faisait un signe de la main en s'efforçant de retenir ses deux labradors chocolat.

— Ah ben ! Des revenants ! Quand êtes-vous rentrés de la Jamaïque ?

— Hier soir ! lui répondit gaiement Bruno en caressant les deux bêtes.

— C'est de la belle visite, ce matin ! leur dit Mario, souriant, en donnant une poignée de main aux deux hommes.

— Depuis combien de temps as-tu ces chiens, Mario ?

— Depuis neuf mois. Je vous présente Caramilk et Florestine, le frère et la petite sœur.

— As-tu l'intention de les faire accoupler, ces belles bêtes-là, Mario ? J'en prendrais bien un avec moi, quand je me serai trouvé un endroit où habiter…

— Voyons, Bruno ! Ils sont frère et sœur…, se moqua Mario.

— Ha ! ha ! En tout cas, si tu changes d'avis, je t'en réserve un. Anne-Marie est chez toi ?

— Anne-Marie est loin du rang du Ruisseau, Bruno !

— Qu'est-ce que tu veux dire ? Elle ne va pas bien ? demanda-t-il, inquiet.

— Ha ! ha ! Elle est malade, oui, de l'Italie…

— Non ! Elle a enfin décidé de voyager seule ?

— Pas exactement… Elle est partie avec Solange.

— Bien voyons, toi ! Comme elles vont faire un beau voyage ! C'est toi qui as lavé sa voiture ?

— Oui… Tu sais, c'est la première fois qu'on se sépare, Solange et moi.

— Pauvre Mario ! Tu es inquiet ?

— Non… Pourquoi je m'inquiéterais ? Elle est en Italie avec sa grande amie ! C'est que je m'ennuie, c'est tout !

— Bien… les Italiens sont renommés pour avoir le sang chaud…

— Eille, toi ! Ne fais pas ton prophète de malheur ! Entrez… Même si ma femme n'est pas là, je suis capable de préparer du café au percolateur.

— D'accord, mon Mario.

— Anne-Marie va être heureuse d'apprendre cette excellente nouvelle en rentrant de Paris, leur confia

Mario en ouvrant une nouvelle boîte de café moulu Melitta.

— Ce n'est pas en Italie qu'elles sont?

— Oui! le rassura Mario. Mais elles passent leur troisième semaine à Paris...

— Ouin... Elles se la coulent douce... Je vois la maison de mes grands-parents Midas et Juliette, là... Les nouveaux propriétaires l'ont déjà remise en vente?

— Madame Delormes m'a confié qu'ils voulaient s'installer à Saint-Robert. Son mari Roger est natif de «Saint-Bob». Ils préféreraient une maison moins grande. Monsieur Delormes a passé l'âge de s'occuper d'une grande terre. Il m'a dit, la semaine dernière: «C'est ben trop grand, bonyeu! J'ai ben beau être en forme, pis mon Angèle aussi, j'ai pus vingt ans, maudit!»

***

Sur la montée de la Pomme-d'Or, Bruno et Charles-Édouard scrutaient, enchantés, les nombreux terrains à vendre pour se construire une petite maison où ils avaient l'intention de passer des jours heureux.

— Regarde celui-là, Bruno... On aurait le soleil du midi dans la cour arrière, ce serait parfait!

— En effet...

— Qu'est-ce qui te tracasse, mon bel amour?

— Tu imagines dans combien de temps on pourrait emménager dans notre nouvelle demeure? Ce terrain-là est une jungle!

— Dis-moi, Bruno...

— Oui?

— Pourquoi on n'achèterait pas la vieille maison de tes grands-parents, dans le rang du Ruisseau ?

— Hein ? Voyons, toi ! lança-t-il, les yeux imprégnés de nostalgie. Ça n'a pas de bon sens !

— Mais pourquoi ? J'ai toujours rêvé d'une maison ancestrale !

— Ah ouais ? Depuis quand t'intéresses-tu aux maisons centenaires, toi ?

— Depuis au moins une vingtaine d'années, je dirais...

— C'est sûr que ce serait agréable de s'installer dans la demeure où ma mère est née...

— Alors, qu'est-ce qui t'empêche de vivre ce rêve ?

— Il y a aussi Anne-Marie, Charles et Mélanie qui y ont vécu...

— Une raison de plus ! Anne-Marie serait heureuse de cette nouvelle ! Voyons, Bruno, ne pleure pas comme ça, tu me rends triste...

— Excuse-moi, c'est l'émotion... Il y a tellement de souvenirs qui me reviennent...

Chapitre 10

La Ville Lumière

Je m'baladais sur l'avenue le cœur ouvert à l'inconnu
J'avais envie de dire bonjour à n'importe qui
N'importe qui et ce fut toi, je t'ai dit n'importe quoi
Il suffisait de te parler, pour t'apprivoiser
Aux Champs-Élysées, aux Champs-Élysées
Au soleil, sous la pluie, à midi ou à minuit
Il y a tout ce que vous voulez aux Champs-Élysées.[4]

— Comme c'est magnifique, Anne-Marie ! Excuse-moi, je pleure pour rien...

— Tu ne pleures pas pour rien, ma vieille. Les larmes sont sereines quand elles coulent de nos yeux lorsque nous admirons les beautés de la terre.

— Jamais je n'aurais imaginé visiter Paris ! ajouta Solange en sortant un mouchoir de son sac à main.

Après avoir obtenu leur laissez-passer pour une semaine, incluant le train RER, le métro et le bus,

---

4 *Les Champs-Élysées*, Joe Dassin, 1979.

elles se retrouvèrent dans une jolie petite chambre au Grand Hôtel de Turin, logé dans un immeuble du début du XIXe siècle, un splendide établissement situé près de Montmartre et de l'opéra Garnier, dans le 9e arrondissement, à proximité des commerces et de plusieurs salles de spectacles et cabarets, dont le célèbre Moulin Rouge.

Leur première escapade dans la Ville Lumière fut une petite odyssée commentée sur la Seine au port de la Bourdonnais, au pied de la tour Eiffel.

En s'avançant sur le quai, Solange et Anne-Marie aperçurent, amarré à l'appontement, un trimaran entièrement vitré aménagé d'une terrasse arrière et de longs couloirs extérieurs spécialement conçu pour les excursions romantiques au clair de lune au cours desquelles les amoureux, en passant sous le pont Marie, doivent échanger un baiser. Les deux amies furent accueillies par l'équipage à bord du bateau parisien.

— Bonjour ! Je suis votre capitaine, Nathan Vidal. Après votre croisière à bord du bateau parisien, qui est d'une durée d'une heure, je vous suggère d'aller dîner dans notre nouveau restaurant, le Café Seine, où vous profiterez d'un site exceptionnel, au pied de la tour Eiffel. Laissez-vous guider au cœur du Paris historique… Découvrez la beauté des rives de la Seine, classées au Patrimoine mondial de l'UNESCO. Mais surtout, ne quittez jamais la Ville Lumière sans avoir admiré les chevaux de bois sur leur carrousel illuminé disposés dans les nombreux arrondissements de la capitale. De toute beauté !

— Wow ! Comme c'est beau ! s'exclama Anne-Marie. Enlève ton casque d'écoute, ma vieille. Ça fait deux fois que le guide nous énumère les endroits à visiter...

— Je veux m'assurer de ne rien manquer...

— Je comprends, Solange... Regarde, j'ai tout noté dans mon petit carnet. Viens, la balade est terminée. Allons acheter nos billets pour gravir cette grande tour...

— Où est la billetterie, Anne-Marie ?

— Sous la tour Eiffel, ma Solange.

— La tour Eiffel, qui fut d'abord nommée Tour de trois cents mètres, est faite de fer puddlé et a été construite par Gustave Eiffel et ses collaborateurs pour l'Exposition universelle de Paris, qui a eu lieu en 1889. Situé à l'extrémité du parc du Champ-de-Mars, en bordure de la Seine, ce monument est le symbole de la France et de sa capitale.

Parvenue au sommet de la grande tour, Solange s'exclama :

— La vue est impressionnante !

— Je suis d'accord avec toi... Regarde l'Arc de triomphe !

— De toute beauté !

Durant leurs derniers jours de vacances, les deux femmes furent émerveillées par leur visite du musée du Louvre, de la cathédrale Notre-Dame de Paris, du château de Versailles, de l'opéra Garnier, du cimetière du Père-Lachaise, de l'Arc de triomphe et du magnifique jardin du Luxembourg, dont le grand interprète Joe Dassin nous parle si bien dans sa chanson.

***

L'ultime soirée, Solange et Anne-Marie dînèrent au resto La Marmite, sur le boulevard de Clichy. Un restaurant traditionnel à deux pas du métro Pigalle, du Divan du monde et du Moulin Rouge. Elles s'initièrent au plat typique de la place, le cassoulet, dont la base est un ragoût de haricots blancs longuement mijoté. Dans ce ragoût peuvent être ajoutés du confit d'oie ou de canard, du lard, de la couenne, du jarret de porc, de la saucisse, de l'agneau ou de la perdrix. On peut y trouver aussi des tomates, du céleri et des carottes.

— Et puis, Solange ?

— À vrai dire... je trouve ce plat banal, sans goût. Toi ?

— Je le trouve ordinaire, moi aussi. Est-ce qu'on commencerait à s'ennuyer de notre pâté chinois du Québec, ma vieille ?

— Ha ! ha ! pouffa Solange en repoussant son plat inachevé. Et si on se sucrait le bec ? Moi, je prends le gâteau basque.

— Qu'est-ce que c'est ?

— Euh... Voilà. C'est une pâtisserie légère faite d'une pâte brisée fourrée de pâte d'amandes.

— Mmm... Moi, je vais opter pour un glacé de caramel fumé avec pistils de chocolat noir.

— Ouf ! Je ne sais plus quoi choisir maintenant !

— On va faire comme je faisais avec Charles, diviser notre dessert, ma vieille...

— Quelle bonne idée ! Anne-Marie... ?

— Oui ?

— Regarde...

— Sainte mère, une souris !

— Elle ne sait plus où elle va, la pauvre. Est-ce qu'elle habite ici ou dans un autre resto ?

— Ha ! ha ! Ce n'est pas rare qu'on rencontre des souris ici... Les commerces sont ouverts en permanence. À l'automne, elles doivent être nombreuses à se promener sous les tables. Chez nous, dans notre jolie province, on ne fait que répéter : « Ferme la porte ! Les mouches... »

Nostalgiques et fébriles à l'idée de regagner leur petit havre de paix dans le rang du Ruisseau, elles contemplèrent pour une toute dernière fois la tour Eiffel illuminée de ses plus beaux coloris.

***

Saint-Hyacinthe, neuf jours plus tôt

Sur la rue Dessaules, Charlotte était bien excitée de ranger tous ses jouets dans la vaste pièce colorée de jaune soleil et de vert tendre.

— Regarde, ma puce... Tu peux ranger tes jeux dans le tiroir de la commode et tes jouets dans ce grand coffre que papa a fait juste pour toi et Marie-Anne.

— Marie-Anne est trop jeune pour descendre, maman..., répliqua Charlotte, qui était en train de déposer ses boîtes de craies dans le tiroir de la petite table.

— Avant longtemps, elle va venir te rejoindre en courant, ta petite sœur...

Denis avait travaillé consciencieusement pour offrir à ses filles une salle de jeu démesurée. Mélanie aurait même pu y installer une garderie. Les néons avaient été camouflés sous les tuiles d'un plafond suspendu et un plancher flottant avait été installé. Sur les murs couleur soleil, des affiches de la populaire série télévisée *Cornemuse*, qui passait sur les ondes de Télé-Québec tous les jours, une dizaine de dessins coloriés à la craie de cire ; des lapins, des chats, des chiens, de petites souris blanches... bref, tout ce qui pouvait laisser présager que, dans les années futures, Charlotte aurait la vocation de vétérinaire. Elle avait une valise de médecin, un sarrau avec lequel elle soignait sa petite chatte Friponne, qu'elle coiffait d'un bonnet de poupée orné d'un frison dentelé.

— Non ! Reste ici, Friponne...

— Voyons, Charlotte... Ça ne lui tente pas toujours de jouer le rôle de la malade, ta petite Friponne !

— Je vais aller la promener sur le trottoir.

— Non, ma puce... Elle pourrait sortir à tout moment de son carrosse et tu devrais courir après. C'est trop dangereux, ma fille. Finis de ranger tes livres à colorier et tes craies de couleur sur la petite table bleue. Tu peux dessiner sur ton chevalet aussi... Il y a deux côtés ! Un pour peindre et l'autre pour jouer à la maîtresse d'école.

Distraitement, Denis assemblait une glissoire qu'il avait achetée au magasin de meubles IKEA. Le moment était venu pour lui de parler de ses projets à Mélanie. Mais comment s'y prendre ? Elle avait un travail qu'elle adorait et elle était attachée à tous ses patients, les petits comme les grands.

— Denis...

— Oui ?

— Les marches ne sont pas dans le bon ordre..., lui fit remarquer sa femme.

— Hein?

— Bien oui... Regarde: une jaune, une jaune, une rouge, une bleue...

— Ah!... Les couleurs doivent alterner.

— Exact... Tu as mis deux jaunes... Qu'est-ce que tu as, chéri? Tu es comme dans une bulle. Qu'est-ce qui te tourmente?

— Rien...

— Denis Brière! Je te connais assez bien pour deviner que tu n'es pas à ton meilleur! Es-tu malade?

— Je suis en très bonne santé...

— Denis!

— OK... Je vais te dire ce qui me tracasse ces temps-ci...

— Mon Dieu! Tu me fais peur...

— Mais non, ce n'est pas si pire que ça... Viens en haut, j'ai envie d'un café.

— C'est ça... Et tu en profiteras pour vider ton sac avant que Marie-Anne finisse sa sieste.

«Ouin... Comment lui expliquer que j'ai déjà trouvé un nouvel emploi?»

— Là, tu m'inquiètes, Denis... Tu as rencontré une autre femme?

— Voyons, chérie! Je t'aime comme au premier jour!

— Ouf! J'ai eu peur pendant un instant. Tu nous imagines chacun de notre côté dans un logement, à se partager nos filles!

— Je t'aime, Mélanie. Tu es ma femme et pour rien au monde je ne gâcherais la complicité qui nous unit depuis les bancs du cégep.

— D'accord, mon amour… Mais vas-tu parler, sainte mère ?

— Ha ! ha ! On dirait que c'est ta mère qui vient de parler…

— Ha ! ha !

— Bon… Voilà. Je suis écœuré de mon travail de gardien de sécurité, Mélanie.

— Ça fait longtemps ?

— Depuis toujours. J'ai pensé retourner travailler en informatique, mais ce n'est pas cette profession-là qui m'attire le plus…

— Quel genre d'emploi voudrais-tu ? lui demanda Mélanie, toute renversée.

— J'aimerais travailler dans une usine.

— Eh bien ! Écoute, Denis. Si c'est ce que tu veux, fais-le. N'attends pas de sombrer dans une dépression.

— Tu m'approuves ?

— Bien sûr, mon amour ! Tu sais, être bien entouré et apprécier son travail, c'est primordial pour le moral d'un employé. Tu vas déposer des CV dans les usines de Saint-Hyacinthe ?

« Comment lui expliquer ? »

— Mélanie, j'ai déjà trouvé un emploi…

— Ah oui ? Où ?

« Ouf ! La question qui tue, comme on dit… »

— Denis ?

— Chez Mittal…

— Est-ce que j'ai bien entendu, Denis ? Chez Mittal, à Contrecœur ?

— Oui. Comme journalier d'usine.

— …

— Oublie tout, Mélanie... C'est une idée qui n'a aucun sens...

— Tu imagines tout ce que cette décision entraînerait, Denis ? Il faudrait vendre notre maison... Et mon travail à la clinique dentaire ?

— Laisse tomber. Je ne peux pas te demander de quitter cet emploi que tu aimes tant.

— Par contre...

— Oui ?

— Il n'y en a pas seulement un dentiste aimable comme monsieur Poudrier... J'aimerais travailler à Sorel.

— On se trouverait à l'opposé ! Où est-ce qu'on pourrait habiter pour que notre travail nous soit accessible à tous les deux ?

— Écoute... J'avais prévu travailler à temps partiel jusqu'au temps où les filles commenceraient leur école primaire.

— Mélanie... Tu accepterais de déménager ?

— Bien sûr... Je veux te voir heureux dans ce que tu vas entreprendre. Regarde ! Tes yeux sont remplis d'étincelles ! Ce petit regard enjoué que tu avais égaré depuis des mois...

— Comme je peux t'aimer, toi !

— Fais attention, Denis... tu m'étouffes ! Quand commencerais-tu ton nouveau travail ?

— Dans deux semaines.

— Si vite ? Et notre maison... ?

— On pourrait téléphoner à une agence immobilière... Non... On va essayer de la vendre nous-mêmes avant, pour tâter le terrain. On est dans un quartier résidentiel très recherché...

— D'accord… Tu vas à la quincaillerie Laferté aujourd'hui pour acheter une pancarte « À vendre » et moi, j'entreprends la recherche de cartons pour commencer à emballer…

— Pauvres petites puces…, dit Denis. Leur salle de jeu…

— Hou ! hou ! Denis… ? Tu as perdu tes étincelles… Ce n'est pas la fin du monde. L'amour et le bonheur ne viennent pas avec les biens matériels, et ça, on le sait tous les deux. Quand on s'est rencontrés au cégep, tu habitais dans ton petit loft au centre-ville de Saint-Hyacinthe et moi, chez monsieur et madame Lafontaine. On va tout simplement recommencer à zéro, mais différemment. On a déjà tous nos meubles. On a juste à acheter une nouvelle maison avec les mêmes paiements.

— On n'a pas encore discuté de l'endroit où on aimerait s'installer !

— Pourquoi pas à Contrecœur ?

— Mais tu veux travailler à Sorel !

— À Sorel ou à Tracy… Deux ou trois jours semaine. Je pourrais faire le trajet, et toi, tu te trouverais à quelques kilomètres seulement de ton travail…

***

Le week-end suivant, Mélanie et Denis prirent la route avec les filles vers le rang du Ruisseau pour rendre visite à Mario.

Sous l'astre chaud, les fleurs grandissaient de jour en jour dans les jardins et les plates-bandes, et les légumes exposaient leur feuillage vert tendre. Le printemps est truffé de trésors qu'il faut admirer, humer et déguster avant que la saison froide ne vienne les envelopper de son voile blanc. Songeons à toutes ces saisons printanières entassées dans notre boîte à souvenirs. Nous n'aurions pas assez de mots pour raconter une à une ces périodes parsemées de fleurs aux couleurs éclatantes, d'oiseaux chanteurs, de fruits savoureux et de plantes potagères. Dans toute notre joie de vivre, nous ne nous soucions guère du lendemain et ne nous demandons pas si le temps y sera aussi clément. Même après un printemps entier passé sous la pluie, notre récolte de moments de bonheur demeurerait incalculable.

— Tiens, de la belle visite de Saint-Hyacinthe! Ta mère rentre seulement jeudi de Paris, Mélanie... L'as-tu oublié? Suivez-moi, les filles, oncle Mario va vous donner un biscuit avec un verre de lait...

— Oui!!!

— Je suis au courant que maman revient jeudi, Mario. On est venus te voir avant d'arpenter les artères de Contrecœur.

— Comment ça?

— Ben oui, mon petit parrain... On déménage...

— Hein! Comment ça?

— Denis commence à travailler chez Mittal dans deux semaines.

— Ah ben! Je devine que ta mère n'est pas au courant de votre décision?

— Non. Ne lui en parle pas... J'aimerais lui annoncer la nouvelle en personne quand elle va rentrer de Paris.

— Une tombe, Mélanie ! Je te le promets. Oups ! Attendez une minute, je réponds au téléphone...

L'appel provenait de Bruno. Il venait d'aviser son interlocuteur qu'il ne visiterait pas la maison des Delormes. Les deux hommes avaient déniché une construction vieille de cent trente-cinq ans sur la rue Marie-Rose, à Saint-Antoine-sur-Richelieu, près de Contrecœur.

— Bruno voulait acheter la maison des Delormes, Mario ? demanda Mélanie en s'assoyant sur un petit tabouret devant le comptoir lunch où son parrain venait de lui servir un café.

— Oui... Ils ont changé d'idée vu que celle qu'ils viennent tout juste d'acheter n'est pas sur une terre agricole. Il y a seulement une petite cour arrière avec une piscine hors terre et des arbres fruitiers.

— Denis !

— Oui, ma belle, j'ai tout compris. Ne pleure pas...

— ...

— Est-ce que tu veux habiter dans le rang du Ruisseau, Mélanie ? lui demanda son mari, qui venait de subodorer les pensées de sa femme.

— Oh...

— C'est affirmatif, mon amour ?

— Oui... Oh... Nos petites puces dans la maison de leur grand-père Charles et leur grand-mère Anne-Marie !

— De leur maman Mélanie, aussi...

— Oh...

Chapitre 11

Un cadeau pour Anne-Marie

— Paris! C'était magnifique... N'est-ce pas, Solange?

— Un voyage de rêve, ma vieille!

— Est-ce que vous avez pris beaucoup de photos? leur demanda un Mario heureux de se retrouver dans les bras de sa femme.

— Ouf! répondit Anne-Marie. Dix films de trente-six poses. Il va falloir acheter plusieurs albums pour ranger toutes ces photos-là...

— Oh là là!

— Ha! ha!

— Désirez-vous un café, mesdames, avant que vous me racontiez ce merveilleux voyage?

— Oui, bien sûr, monsieur Martin.

— Toi, Solange?

— Euh... Seulement un jus, s'il te plaît.

— Dis donc, Mario...

— Oui...? feignit Mario, qui savait très bien ce qu'Anne-Marie s'apprêtait à lui demander.

— Est-ce que les Delormes ont vendu leur maison ? La pancarte n'est plus sur leur parterre...

— Bien oui ! Ils déménagent dans le village de Saint-Robert la semaine prochaine...

— Si vite ? Ouin... C'est comme dans la chanson : « Je n'ai fait que passer un beau jour dans ta vie, comme ces gens pressés sans goût sans envie. Je n'avais pas pensé que parfois on se lie, c'est pourquoi dans ta vie je n'ai fait que passer... »

— Tu te souviens de cette vieille chanson d'André Clavier, Anne-Marie ?

— Bien oui ! C'était un interprète country très populaire dans le temps ! Est-ce que tu sais qui seront nos nouveaux voisins ?

— Monsieur Delormes m'a dit que c'était des gens... Euh... de Longueuil.

— Ah bon ! Des jeunes ?

— Ah... là, fouille-moi ! Je n'en ai aucune idée, mon amie. Je sais juste qu'ils ont fait une offre d'achat conditionnelle à la vente de leur propriété de... Longueuil.

— Donc, ce n'est pas officiel ?

— Non. Si d'autres acheteurs se présentent pour faire une offre, ils ont encore deux semaines pour vendre. Oups ! Je reviens... Le téléphone n'arrête pas de sonner depuis un bout. Bientôt, on va avoir besoin d'une téléphoniste à la maison, si ça continue... Allo ?

— Mario, c'est Mélanie !

— Oui, oui... Je vous avais reconnu, monsieur...

— Oups ! Maman est là ?

— Oui, monsieur. Je vais passer la prendre en fin d'après-midi.

— Je veux seulement te dire que Denis et moi, on a vendu notre maison ! Je capote, mon oncle ! On déménage dans le rang du Ruisseau !

— C'est une bonne nouvelle, monsieur. Je passe en fin d'après-midi.

— Ha ! ha ! Tu es vraiment doué pour mentir, Mario !

Lorsqu'il eut raccroché, Solange s'informa au sujet de cet appel... nébuleux.

— Qu'est-ce que tu vas aller chercher en fin d'après-midi, Mario ?

— Le couteau de ma tondeuse...

— Mais quelle est la bonne nouvelle ?

— La bonne nouvelle ?... C'est qu'ils ont pu le réparer et que je ne suis pas obligé d'en commander un nouveau.

— En effet, c'est une bonne nouvelle. Bon... Si on commençait par l'Italie ?

***

Fin mai

Au fil du temps, Anne-Marie avait apprivoisé sa vie sans son compagnon de tous les jours. Une sérénité l'accompagnait continuellement. Toutes ses années passées avec Charles brillaient encore dans son cœur et jamais elle ne remiserait ces doux souvenirs au grenier du ciel. Anne-Marie avait appliqué avec brio le proverbe qui dit : Lorsque tu ne sais pas où tu vas, regarde d'où tu viens. Ce qui signifiait, pour elle, regarder vers le passé pour n'y cueillir que le positif et le disperser ici et là sur le sentier de l'avenir. Même qu'aujourd'hui, c'était comme si Anne-Marie compressait le temps pour le savourer pleinement. Lors de son voyage en Italie, elle avait confié à Solange : « Regarde, on fait présentement un voyage de rêve, ma vieille. J'aimerais te parler de quelque chose qui me hante depuis plusieurs années. Mais ne t'inquiète pas... Je ne voudrais pas attrister notre beau voyage pour tout l'or du monde. Je vais te confier ce qui me colle au cœur et quand on aura quitté ce petit café, je te fais la promesse de ne plus jamais aborder ce sujet. Si, un jour, ma santé décline et que toi, tu es en pleine forme, je ne voudrais pas que Mélanie me voie alitée à l'hôpital et qu'elle en garde un souvenir douloureux. S'il te plaît, fais en sorte que je garde toute ma pudeur. Laisse-moi terminer, Solange. Ça fait trop longtemps que je veux t'en parler. Après, j'aurai le cœur en paix. Si tu remarques que mes cheveux blancs empiètent sur mes cheveux roux et que je suis encore apte à me rendre à un lavabo, applique-moi une teinture. Si je salis ma chemise de nuit, il y en aura toujours une propre dans le tiroir du petit bureau à côté de mon lit. Aussi, tu sais comme moi que nous, les femmes, nous avons toutes des petits poils qui apparaissent sous le menton. Dans mon coffre de cosmétiques, j'aurai déposé une petite pince à sourcils. Voilà, ma vieille... Je vais avoir soixante-deux ans en octobre et je ne voulais pas attendre d'en avoir soixante-dix pour t'en parler, tu comprends ? »

***

— Mélanie ! Quelle belle surprise ! Tu es en congé aujourd'hui ?

— Bien oui, maman. La semaine dernière, j'ai demandé à monsieur Poudrier si je pouvais ne travailler que trois jours semaine. J'ai décidé d'être plus présente auprès de mes filles.

— Quelle bonne décision ! Où sont-elles, mes petites beautés ?

— Je les ai laissées à la maison avec Caroline, leur gardienne. Denis et moi avions besoin d'une journée de congé.

— Je te comprends, il faut que vous pensiez à vous deux... Mais où il est, Denis ?

— Il s'est lancé à la recherche du journal *Les 2 Rives*. J'aimerais avoir la programmation du Festival de la gibelotte. Cette année, on veut venir passer une journée avec les enfants. Vas-tu nous accompagner, maman ?

— Bien sûr ! Mais seulement si vous me promettez de venir dormir à la maison.

— Ha ! ha ! Et où est-ce qu'on va dormir, dis-moi ?

— On va se tasser comme des petites sardines... Ha ! ha ! Tu pourrais apporter le parc de Marie-Anne, et j'ai un matelas gonflable pour Denis et Charlotte. Si tu veux dormir avec moi, je peux te faire une place dans mon lit avec Chatonne...

— Ha ! ha ! J'en profiterai pour zieuter les souvenirs dans le grenier de mademoiselle Pétronie.

— Bien oui ! La seule chose que je te demande, c'est de ne pas ouvrir...

— Je sais, maman. Je ne toucherai pas au coffre en chêne de mamie Bibianne. Je lirai ton roman *La vieille laide était jolie* plus tard, avec mes filles et mes petits-enfants sur mes genoux.

— Sainte mère que le temps a passé vite. Je n'en reviens pas !

— Comment s'appellent ces fleurs, maman ? demanda Mélanie en pointant le jardin fleuri de sa mère.

— Ce sont des pois de senteur... Tu ne te souviens pas de ces fleurs ? J'en plante tous les ans depuis 1973 !

— Désolée, maman... Il y en a tellement que je les vois toutes en même temps.

— Cré petite puce... Viens en dedans, je vais nous préparer un bon café. Tiens ! Voilà le camion de déménagement de nos nouveaux voisins...

— Bien oui ! Tu m'as dit qu'ils étaient de Longueuil ?

— C'est ce que Mario m'a dit, oui.

Denis entra dans la maison avec le journal local, qu'il s'était procuré chez IGA.

— Bonjour, belle-maman !

— Bonjour, Denis. Tu étais en congé toi aussi, aujourd'hui ?

— Je ne suis pas rentré au travail, madame Jolicœur, pour passer une très, très belle journée avec votre fille... N'est-ce pas, ma belle ?

— Oui..., acquiesça Mélanie, les yeux pétillants, en s'emparant du journal. Ah ben ! Le Festival de la gibelotte ne se fera pas au centre-ville cet été !

— Voyons ! s'exclama Denis. Où est-ce qu'il va être ?

— Toujours à Sorel, euh... je veux dire à Sorel-Tracy, mais en arrière du colisée Cardin.

— Mais ce ne sera pas du tout comme se promener dans le carré Royal ! Tu me donnes le journal, Mélanie ? Je vais lire l'article.

La 27ᵉ édition du nouveau Festival de la gibelotte se tiendra du 9 au 17 juillet sur un nouveau site situé à l'arrière du colisée Cardin. C'est ce qui a été annoncé mercredi soir lors de la conférence de presse où a été dévoilée officiellement la programmation 2004, placée sous le thème Et la magie continue, et qui se déroulera dans une ambiance médiévale.

Monsieur Martin Larocque, porte-parole officiel, qui avait revêtu pour l'occasion une bure de moine, a présenté le comité, les commanditaires et le président du Festival, monsieur Sylvio Bouchard.

Grande nouveauté cette année, un village médiéval sera installé durant neuf jours sur les lieux du Festival et offrira aux visiteurs une animation permanente, avec théâtre de rue, combats à l'épée, ateliers d'escrime et artisans du Moyen Âge.

Parmi les diverses activités, une vitrine consacrée à la région présentera une multitude de kiosques d'information mettant en vedette les organismes qui œuvrent dans le Bas-Richelieu et de multiples spectacles seront présentés sur les cinq scènes du Festival.

Évidemment, le Festival entend demeurer un lieu privilégié pour les familles; c'est pourquoi la Place de l'enfance Desjardins a été complètement repensée, avec des spectacles tous les jours, des structures gonflables, un mur d'escalade, des ateliers de maquillage et plusieurs autres activités pour les petits et grands.

— Tu vois, maman! Les enfants vont avoir de quoi s'amuser... Continue, Denis...

Enfin, à la terrasse du restaurant À la gibelotte, les festivaliers pourront déguster ce mets régional servi dans un bol en pain, que nous avons eu le plaisir de « tester » pour vous le 19 mai dernier. Un délice préparé par le traiteur Buffet Traversy.

— Quel est le coût d'entrée ? demanda Mélanie.
— Attends… Oui, je l'ai…

La carte d'accès pour toute la durée du Festival sera disponible en prévente jusqu'au 7 juillet, au coût de 22 $ par personne.

— Hé ! ce n'est pas donné !
— Attends, Mélanie… Ça comprend l'accès au site pour les neuf jours, et l'entrée est gratuite pour les enfants de 11 ans et moins.
— Une chance !

Après cette date, elle sera en vente au coût de 25 $. Pour ceux qui ne voudraient passer qu'une seule journée au Festival, un bracelet sera disponible à l'entrée au coût de 12 $.
Prenez note qu'il y aura une navette gratuite entre le traversier de Sorel-Tracy–Saint-Ignace et le nouveau site du Festival de 19 h jusqu'à la fermeture.

— Est-ce que les artistes invités sont annoncés ? demanda Anne-Marie.
— Oui, oui… Sur la grande scène Molson Dry… Wow ! Wilfred Le Bouthillier, Kaïn, Peter Macleod,

Grégory Charles et les Chœurs du Nouveau Monde,
Michel Pagliaro, Phénomia, La Chicane, Audrey de
Montigny, Gabrielle Destroismaisons, Kevin Parent
et Bruno Pelletier. Ils peuvent bien mettre le bracelet à
vingt-cinq piastres! Toute une brochette d'invités! Il
va y avoir plein d'autres spectacles sur la scène Métro
aussi. Karl Tremblay, Frank Parenteau, Dawn Tyler et
bla-bla-bla…

— Je vais aller chercher les billets avant le sept
juillet…, promit Anne-Marie.

— Tu n'auras pas besoin d'y aller pour nous,
maman… On va être dans le coin à ce moment-là.

— Vous avez pris vos vacances au début de juillet?

— Je ne sais pas si on va être en vacances, on…

— Qu'est-ce que tu essaies de me dire?

— J'essaie de te dire…

— Parle! Sainte mère…

— C'est que ce n'est pas des gens de Longueuil,
maman, qui ont acheté la maison des Delormes. C'est
des gens de Saint-Hyacinthe. Un jeune couple avec
deux petites beautés…

— Quoi? Sainte mère! C'est vous autres qui avez…
Oh, mon Dieu! dites-moi que je rêve!

— Tu ne rêves pas… Viens voir, le camion de
déménagement est devant notre nouvelle maison.

— Mon Dieu! Si ton père pouvait voir ça!

— Il voit tout de là-haut, maman. Même que je l'ai
entendu dire: «Tornon que je suis content!»

— Oh…

— Maman! Ne pleure pas, tu me fais pleurer aussi…

— Ma fille, mon gendre et mes deux petites beautés reviennent dans la maison familiale! Ça ne vous coûtera pas cher de gardiennage...

— Voyons! Si je déménage près de toi, ce n'est pas pour profiter de la grand-maman de mes petites filles, voyons!

— Regarde, ma belle fille... Je ne garderai pas tes filles durant la semaine pendant que vous allez travailler, c'est certain que je n'en aurai pas la force... Par contre, pour une soirée le vendredi ou le samedi, je suis partante. Mais... votre travail? Je viens de m'en rendre compte. Allez-vous voyager tous les jours?

— J'ai quitté mon emploi à Saint-Hyacinthe. Je vais prendre quelques semaines pour m'installer avec les filles. Je vais faire les démarches pour me trouver un emploi dans une autre clinique dentaire, probablement à Sorel ou Tracy.

— C'est une bonne décision, Mélanie... J'aurais été inquiète de te savoir sur la route tous les jours. Toi, Denis? Où vas-tu travailler comme garde de sécurité? Au cégep de Tracy? À l'hôpital?

— Non, madame Jolicœur. C'est terminé pour moi, les *runs* à longueur de journée... Je commence chez Mittal, ici, à Contrecœur, dans une semaine.

— Oh... Comme vous me rendez heureuse!

— Viens avec nous, maman... Il faut que je dirige les déménageurs pour qu'ils ne déposent pas notre mobilier de cuisine dans le salon... Ha! ha!

Chapitre 12

Louiseville

Le 8 octobre 2004

Le paysage champêtre avait revêtu ses couleurs flamboyantes. Dans les clairières, les adeptes de la randonnée pédestre montraient un plaisir évident à marcher sur le dos des feuilles multicolores. L'astre frileux, de moins en moins rayonnant, laissait place au givre qui s'étalait ici et là dès la tombée de la nuit. Les cours d'eau ralentissaient leur cadence et les végétaux se préparaient à héberger la première neige qui les garderait au chaud durant la saison hivernale.

Anne-Marie portait joliment ses soixante-deux ans. Oui, elle était jolie, et à la façon dont elle habillait son âme, une sérénité débordante la rendait des plus attachante.

— Bonne fête, ma vieille !

— Ouf ! Merci, Solange. Je n'en reviens pas comme le temps a passé !

— Oui… Et nous pouvons remercier celui d'en haut de nous donner une si belle retraite. On n'attrape pas même un simple rhume, Anne-Marie!

— Tu as raison. Comment se portent Benjamin et Jessica? Ça fait un bout que je les ai vus, ces deux-là.

— Ils vont très bien. Mais j'ai peur de ne pas être grand-mère avant longtemps…

— Est-ce que ta filleule t'a dit qu'elle avait une entrevue dans une clinique dentaire à Sorel en fin d'après-midi?

— Non, je n'étais pas au courant…, répondit Solange en tendant à son amie un verre de vin blanc.

— Merci, ma chère. Bien oui… Elle a rendez-vous avec le dentiste Fredette sur le boulevard Fiset.

— Ah bon! Tu vas changer de dentiste, si Mélanie commence à travailler sur le boulevard Fiset?

— Euh… peut-être.

— Moi, je vais continuer de consulter Louise Caillé, sur la rue Hurteau, ici, à Contrecœur. Elle est très compétente… Une chance que Denis n'avait pas postulé chez Atlas à Tracy, ils ont cessé leurs opérations en juin!

— Bien oui!

Depuis 1963, l'usine Atlas de Tracy produisait de l'acier inoxydable en feuilles, en bobines et en brames à partir de vieilles pièces de fer recyclées. En 1995, le taux d'utilisation de la capacité de production de l'usine était de 77 % et elle offrait du travail à 680 ouvriers. Slater Steel avait communiqué à ses employés la fermeture de son usine de Sorel-Tracy au mois de juin.

— Que fais-tu ce week-end, Anne-Marie?

— Je crois que je vais faire une petite visite à mon oncle Albert, à Louiseville.

— Vraiment ? Il va être content de te voir !

— Bien oui… Et aussi…

— Quoi ?

— Quand je vais être chez lui, je vais téléphoner aux Habitations Ursula, à Sainte-Ursule.

— Ah, OK ! Tu veux savoir si le docteur Lefebvre est encore vivant et s'il demeure toujours là…

— Exactement. Tu sais, quand Charles l'a rencontré, il avait quatre-vingt-deux ans. Aujourd'hui, il est très, très âgé. Charles lui avait promis de lui rendre visite avec son frère dès qu'il l'aurait retrouvé. Souvent, il me disait : « Il faudrait bien que j'aille voir le docteur Lefebvre avec Christian… »

— Et il ne lui a jamais fait cette visite…, poursuivit doucement Solange.

— Est-ce que tu veux m'accompagner ? J'y vais dimanche, en après-midi.

— Euh… J'aurais bien aimé y aller avec toi, mais on a déjà acheté nos billets pour la joute des Mission au colisée Cardin.

— Ah ! Je croyais que c'était les Royaux qui jouaient !

— Bien… c'est que Richard Saint-Germain a vendu les Royaux et les Lions à Julien et Maxime Rémillard au début de la saison. Tu es en retard dans les nouvelles, ma vieille !

— Ha ! ha ! Tu vois comme je suis une adepte du hockey !

L'organisation du Mission de Saint-Jean-sur-Richelieu, dont les frères Rémillard étaient propriétaires avant d'investir dans des entreprises du domaine du cinéma, entre autres, venait de se porter acquéreur des Royaux de Sorel, et l'équipe avait déménagé au colisée Cardin, à Sorel-Tracy. Après les récents repêchages du dix-neuf juin au colisée de Trois-Rivières, des choix célèbres évoluaient auprès de Link Gaetz : Dominic Maltais, Alain Côté, Steven Low...

***

Sur la grande artère du boulevard Fiset, le dentiste Joël Fredette reçut Mélanie avec un sourire chaleureux. Le cabinet du professionnel respirait une quiétude apaisante et on pouvait y sentir la complicité des employés.

— Bonjour, madame Brière ! la salua-t-il avant de l'inviter à s'asseoir d'un regard rieur dévoilant un bleu cristallin.

— Bonjour, monsieur Fredette.

— Bon... J'ai regardé votre curriculum vitæ et vraiment, je suis intéressé à vous prendre dans ma clinique.

— Oh ! s'exclama Mélanie, heureuse.

***

— Maman ! J'ai eu l'emploi, je commence mercredi prochain !

— Bravo, Mélanie ! Combien de jours par semaine vas-tu travailler ?

— Trois... Du mercredi au vendredi.

— C'est parfait ! Comme tu le souhaitais ! Il est gentil, le docteur Fredette ?

— Très gentil... Il a un regard bleu comme la mer et il m'a l'air très généreux.

— Tant mieux! Le travail sera plus agréable que si c'était un vieux chialeux qui surveillait continuellement ses employés pour tenter de les prendre en défaut. As-tu commencé à faire des recherches pour une gardienne?

— Non, pas encore. Quel âge a Élodie Michon, maman?

— Elle est trop jeune pour garder tes filles, elle n'a que douze ans. De toute façon, elle va en classe le jour. Peut-être sa mère, Laurence?

— Ah!

— Essaie! Peut-être qu'elle accepterait!

— Je ne la connais pas beaucoup...

— Laurence est un ange, Mélanie. C'est la douceur même. Elle et son mari Henri ont élevé leur petite fille Élodie...

— Ah! Henri... C'est lui que madame Pauline...

— Ha! ha! que madame Pauline ne trouve pas très joli...

— Il est si laid que ça, son mari?

— Disons que ça ne s'est pas amélioré avec les années, dans son cas... Mais c'est un homme charmant.

— Pourrais-tu lui en glisser un mot, à madame Michaud, maman? Si elle était d'accord, j'irais la rencontrer chez elle.

***

Dimanche

Anne-Marie arriva chez son oncle à treize heures. Albert Jolicœur, le père de Charles et de Christian, jouissait d'une santé étonnante. Seul son dos s'était légèrement incliné. À soixante-dix-neuf ans, il demeurait toujours dans sa maison et il n'avait pas encore vendu sa voiture, qui dormait dans son garage depuis des années. Dans le grand salon teinté de bourgogne, l'âtre crépitait depuis l'aube. Dehors, le froid figeait la nature et les nuages opaques emprisonnaient le soleil, qui ne ferait aucune apparition ce jour-là.

— Comme je suis ravi de te voir, Anne-Marie! s'exclama son oncle en l'étreignant chaleureusement.

— Moi aussi, oncle Albert, lui confia sa nièce en l'embrassant tendrement. Vous avez l'air en pleine forme!

— Pour un homme de mon âge, ce n'est pas si pire. Moi, tout ce que je souhaite, c'est de finir mes jours ici. Je n'aimerais pas me retrouver dans un foyer jusqu'au temps où le Bon Dieu va venir me chercher. Comment vont Mélanie et mes arrière-petites-filles?

— Très bien! Depuis que Mélanie est déménagée dans le rang du Ruisseau, je n'ai rien de plus à demander à celui d'en haut... Seulement qu'il me laisse la santé.

— Regarde, Anne-Marie... Comme on en avait discuté au téléphone après le décès de Charles, j'ai écrit une lettre concernant les dernières volontés de ta grand-mère Bibianne.

— Quelle bonne décision, oncle Albert!

— Tu sais, c'est normal que tous les biens reviennent à Christian, c'est mon fils. Je vais la signer et tu vas juste

avoir à la mettre avec le testament de ma mère. Tiens...
Tu peux la lire avant que je ferme l'enveloppe, ma fille...

11 octobre 2004
Moi, Albert Jolicœur, sain de corps et d'esprit, je
lègue, d'un commun accord avec ma nièce Anne-
Marie Sirois-Jolicœur, tous mes biens, ainsi que ceux
ayant appartenu à ma mère Bernadette, épouse de
Bertrand Jolicœur, à mon fils, Christian Laforge, et
à ma nièce, Anne-Marie Sirois-Jolicœur.
Albert Jolicœur

— Mais voyons, oncle Albert! Ce n'est pas ce qu'on
avait convenu au téléphone!
— Presque, ma fille. Écoute-moi... C'est ce que ta
grand-mère Bernadette aurait souhaité.
— Et Christian?
— Christian a lu ce document et il est en parfait
accord avec ma décision.
— Mais oncle Albert...
— Chut! Tu as seulement qu'à déposer ta jolie
signature au bas de ce document, ma belle.
— D'accord, si c'est ce que vous voulez... De toute
manière, je vais rédiger une lettre pour léguer ces biens
à mes petits-enfants quand...
— ... quand je vais être devenu un ange du paradis?
— Oh! Vous parlez de la mort comme d'une...
— Comme d'une nouvelle aventure? Oui, Anne-
Marie. Comment veux-tu que je craigne la mort quand
je sais que toutes ces personnes là-haut attendent ma
venue? Enfin, je l'espère...

— Charles…

— Ton… Notre Charles est bien, Anne-Marie. Il est en compagnie de Bertrand, Bernadette, Madeleine, Christiane, Marie-Anna, et il veille à ce que ta vie sur terre soit agréable avant d'entreprendre ton dernier voyage, qui te mènera vers eux. Fais comme moi, ma fille… Prends ce que les gens autour de toi ont à t'offrir.

— Vous avez raison… Vers l'an 2080, quand on se sera tous retrouvés, on fera une grande fête…

— Ha! ha! Et on va veiller sur les petits-enfants de tes deux petites filles.

— Je suis bien d'accord avec vous, mon oncle! Christian et Isabelle vont bien?

— Oui, ils vont bien. Isabelle n'a pas une grosse santé depuis sa maladie, mais, comme elle dit, elle y va à son rythme et c'est très bien comme ça.

— Aux noces de Benjamin et Jessica, je l'avais trouvée fatiguée…

— Oui, c'est vrai… Elle n'a pas repris beaucoup de couleurs, comme on dit, mais son oncologue lui a dit qu'il n'y avait aucune rechute en vue.

— Tant mieux! Vous me laissez une minute pour téléphoner aux Habitations Ursula?

— Bien oui. Regarde sur la table, à côté de la photo de Marie-Anna… j'ai noté le numéro sur la petite tablette rose.

— Merci.

Au grand soulagement d'Anne-Marie, la préposée des Habitations Ursula lui confirma que monsieur Joachim Lefebvre vivait toujours sous leur toit.

***

Anne-Marie se retrouva face à un homme très vieux au regard immensément bon.

— Oui, madame ?

— Bonjour, monsieur Lefebvre. Je suis Anne-Marie Jolicœur...

— Anne-Marie Jolicœur... Nous sommes-nous déjà rencontrés ?

— Non, pas vraiment... Mon mari, Charles, est venu vous voir pour quérir des renseignements concernant sa naissance. Vous êtes le médecin qui a pratiqué l'accouchement de Christiane Gagnon en 1943.

— Oui, oui ! Venez vous asseoir, madame Jolicœur. Votre mari m'avait fait la promesse de revenir avec son frère Christian, et je l'attends toujours...

— Mon mari est décédé en 2001, monsieur Lefebvre...

— Quoi ? Mais voyons ! laissa échapper le vieux médecin en apprenant la triste nouvelle.

— Il est tombé malade et il nous a quittés le jour où ma petite-fille Charlotte est née.

— Je n'en reviens pas ! Mes sympathies, madame Jolicœur.

— Merci...

— Est-ce qu'il a eu le bonheur de rencontrer son frère Christian ?

— Bien sûr ! Ç'a été pour lui une journée inoubliable. En plus, il a retrouvé son père...

— Ah oui ? Le jour de son accouchement, les parents de sa mère m'avaient confié que la jeune mère n'avait jamais voulu dévoiler le nom du géniteur.

— C'est mon oncle Albert qui est le père de Charles et de Christian.

— Pardon ? Je ne comprends plus rien, ma fille.

— Si vous avez une minute, je vais tout vous expliquer, docteur Lefebvre.

Anne-Marie lui narra tout, de la journée des retrouvailles jusqu'au décès de son mari.

— Quelle belle histoire… bien que Charles vous ait quittée, Anne-Marie !

— Charles était heureux, je peux vous l'assurer.

— Anne-Marie…

— Oui, docteur ?

— Il y a un petit passage de ma vie que j'aimerais vous raconter. Laissez-moi vous confier que jamais je n'aurais pensé vous rencontrer une autre fois durant ma vie…

— Que voulez-vous dire par « une autre fois » ? demanda Anne-Marie en se retournant vers cet homme si bon.

— Je veux dire que… c'est moi qui ai accouché votre mère Madeleine, à l'hôpital Comtois, en 1942.

— Pardon ?

— C'est moi qui ai pratiqué l'accouchement de votre mère en quarante-deux et j'ai été l'intermédiaire entre elle et vos parents adoptifs.

— Comment ça… ? l'implora Anne-Marie.

— Quand votre mère, forcée par votre père Delphis, m'a annoncé en pleurant qu'elle devait vous laisser partir pour la crèche…

— Oh…

— Préférez-vous que j'arrête de vous en parler, Anne-Marie ?

— Non, docteur... je veux tout savoir. Ce sera le dernier morceau du casse-tête avant que je poursuive calmement ma vie sur cette terre, qui ne m'aura donné du bonheur qu'à partir du moment où j'ai endossé mes quarante-cinq ans.

— Très bien.

Après avoir poussé un grand soupir, le médecin prit son courage à deux mains et lui dévoila cette triste histoire.

— Moi, j'avais une sœur qui demeurait à Trois-Rivières. Elle n'avait jamais eu la chance d'avoir des enfants...

— Que voulez-vous dire ?

— Je veux dire que ma sœur se nommait... Françoise Lefebvre...

— Françoise Sirois ? Oh, mon Dieu ! Vous êtes le frère de ma défunte mère adoptive ? Est-ce que je rêve ?

— Non.

— Vous m'avez vous-même donnée à cette femme... Elle n'avait aucune fibre maternelle ! Mais comment avez-vous pu faire une chose pareille ?

— Laissez-moi vous expliquer, Anne-Marie ! Avoir su, je ne vous en aurais pas parlé...

— Non ! Continuez, s'il vous plaît, insista-t-elle, les yeux mauvais.

— Quand Françoise était plus jeune, elle était douce. Elle venait me voir régulièrement à l'hôpital Comtois. Toutes les fois qu'elle s'assoyait dans mon bureau ou bien que je sortais dîner avec elle, elle pleurait. Elle voulait avoir un enfant...

— Mais docteur...

— Chut! Laissez-moi poursuivre, ma fille... Après votre adoption, je suis allé à Trois-Rivières pour m'assurer que tout se déroulait bien pour vous et pour vous faire un examen de routine. J'ai trouvé ma sœur Françoise dans un état lamentable. C'est là que j'ai regretté de vous avoir confiée à elle. Vous aviez un an, Anne-Marie.

— Oh..., gémit-elle en acceptant le mouchoir que le médecin lui tendait.

— Votre mère buvait... Et Dieu qu'elle buvait! Je vous dirais que je l'ai à peine reconnue! Elle dormait dans sa chambre qui empestait la boisson et vous, vous pleuriez dans votre bassinette. Depuis combien de temps pleuriez-vous comme ça? Dieu seul le sait. Quand j'ai regardé l'horloge et que j'ai vu qu'elle indiquait deux heures de l'après-midi, la colère m'est montée à la gorge.

— Oh! Mais mon père...?

— Votre père? Il travaillait du matin au soir à la Wabasso. Même s'il avait su que sa femme négligeait à tel point son enfant, je crois bien que ça lui aurait passé cent pieds par-dessus la tête. Quand votre mère Madeleine vous a déposée dans les bras de ma sœur, sur le parvis de l'église Saint-Antoine-de-Padoue, j'y étais. Votre père adoptif avait dit... Et puis non...

— Qu'est-ce qu'il a dit?

— Pourquoi, Anne-Marie? À quoi cela sert-il de ramener tous ces mauvais souvenirs?

— J'aime mieux savoir, docteur! Ensuite, je pourrai jeter ces cailloux à l'orée du bois.

— Que voulez-vous dire ?

— Les cailloux ? Ce sont toutes les embûches que j'ai rencontrées tout au long de ma vie. Aujourd'hui, il n'y en a plus aucun sur mon cœur. Si, aujourd'hui, vous m'en déposez un très lourd, je saurai m'en départir, vous comprenez ?

— Oui.

Après avoir pris quelques comprimés roses et avoir ingurgité une bonne rasade d'eau, le médecin poursuivit.

— Jean-Paul lui avait dit : « Compte pas su' moé pour l'élever, je m'en sacre complètement ! »

— C'était bien mon père adoptif. Il m'a toujours tenue à l'écart... Savez-vous qu'il ne m'a jamais appelée par mon prénom ? Que Dieu ait son âme, et celle de Françoise aussi ! Mais... pourquoi n'en avez-vous pas parlé à Charles quand il est venu vous rencontrer ?

— Lorsqu'il m'a raconté son histoire et qu'il m'a dévoilé votre nom, j'ai réalisé... Je ne pouvais pas lui annoncer cette nouvelle en plus de celle qu'il venait d'apprendre au sujet de son frère...

— Je regrette encore de ne pas avoir été là quand Charles a appris le nom de sa mère et de son frère.

— Je peux vous dire qu'il était très ébranlé. C'est pour cette raison que je ne lui ai pas parlé de ma sœur Françoise... vous comprenez ?

— Oui. Maintenant, je comprends...

— Je voulais lui en glisser un mot à sa deuxième visite, mais malheureusement, il ne s'est jamais manifesté.

— C'est mieux ainsi. Je n'ai pas pleuré la mort de mes parents adoptifs... Pardonnez-moi, c'était votre sœur...

— Je ne me suis pas présenté à leurs obsèques. Je m'en voulais de vous avoir déposée dans leurs bras et je les haïssais pour l'indifférence dans laquelle ils vous avaient élevée.

— Vraiment! Pour mes parents adoptifs, vous n'y êtes pour rien, monsieur Lefebvre. Je suis tout de même apaisée de vous avoir rencontré. Pour Charles. Il avait l'intention de venir vous remercier avec son jumeau, mais… celui d'en haut en a décidé autrement. Il n'aurait pas dû attendre tout ce temps. Si vous voyiez comme son frère lui ressemble!

— Mais dites à Christian de venir se présenter!

— Je vais lui transmettre le message, docteur. Mais je vous préviens, quand Christian va frapper à votre porte, c'est sur Charles que vous allez l'ouvrir…

— Je sais qu'ils se ressemblent, Anne-Marie. J'ai pu constater à quel point lors de leur venue au monde. Si ça n'a pas changé…

Chapitre 13

Au presbytère

Septembre 2004

Sur le terrain du presbytère de la sainte église Sainte-Trinité, plusieurs fidèles s'étaient croisés : Rachèle Soullières, Paulette Crevier, Jacques Lavoie et… madame Pauline Tessier.

Une légère brise matinale effleurait le tapis vert que le bedeau Jacques Lavoie venait tout juste de tondre.

— Bon Dieu, bedeau !

— Batince ! Est encore pétée, joualvert !

— Vous tirez trop fort, bedeau ! Ça fait au moins dix fois que je vous le répète !

— Ben là ! C'est pas de ma faute !

— Mettez la tondeuse dans la boîte de votre camion… Après le dîner, vous irez la porter chez Sears aux Promenades de Sorel pour la faire réparer. Une autre dépense, bonté ! Allez ! Vous commencerez à nettoyer le parvis de l'église après. Surtout, ne vous servez pas de la machine à pression. Le boyau d'arrosage suffira.

— C'est comme vous voulez, mon père, mais votre perron d'église sera pas aussi propre...

Jacques Lavoie n'avait pas changé. De ses cheveux raides comme des clous dépassaient quelques poils pointant droit vers le ciel et il ne s'était jamais acclimaté à d'autres vêtements que des salopettes de jeans et des chemisiers à carreaux. Par contre, l'alcool, pour lui, était chose du passé. Madame Crevier voyait bien que le bedeau était attiré vers elle, mais, même s'il avait cessé de se remplir l'estomac de ces liquides néfastes, elle n'avait aucune attirance pour cet homme rondelet qui s'empiffrait continuellement de croustilles, de Coca-Cola et des muffins aux pacanes que madame Soullières cuisinait.

Lorsque Jacques Lavoie arriva devant la grande galerie du presbytère, Paulette Crevier y escaladait les marches pour rendre une petite visite à Rachèle, qui, depuis quelques mois, était devenue sa « meilleure amie ».

— Non, monsieur Lavoie ! Je n'irai pas aux vues avec vous à soir...

— Pourquoi... ? l'implora-t-il.

— Parce que je ne sortirai pas avec vous. C'est tout.

— C'est quoi qui vous dérange dans ma personne ? Vous savez, j'ai arrêté de boire...

— Oui, je sais tout ça, bedeau.

— Bon ! Alors ?

— Alors ? Vous n'êtes pas à mon goût, c'est tout.

— Qu'est-ce que vous aimez pas sur moi, madame Crevier ?

— Plein d'affaires...

— Hein! Comme quoi, par exemple?

— Ben là… si vous êtes pas capable de vous apercevoir qu'au lieu de marcher, vous roulez, c'est pas mon problème.

— Quoi? Vous me trouvez gros?

— Ben là! Combien pesez-vous?

— Aucune idée… J'ai pas de balance à' maison. Je vas me mettre au régime…

— C'est pas assez.

— Qu'est-ce que vous voulez dire?

— Vos cheveux…

— Qu'est-ce qu'y ont, mes cheveux, vous les aimez pas?

— Y sont raides comme des clous, pis trop longs.

— Ben là! Vous exagérez. Si je les fais couper court, y vont être encore plus raides! Voulez-vous que je me fasse donner une permanente, batince?

— Une casquette, de temps en temps… ça les empêcherait de pousser tout croche, non? Y prendraient peut-être le pli en restant couchés à l'horizontale! Pis votre linge, bedeau…?

— Qu'est-ce qu'y a mon linge? C'est beau des salopettes… c'est la mode!

— Ça fait combien de temps que vous avez pas lavé vos *overalls*, monsieur Lavoie?

— Me prenez-vous pour un cochon, madame Crevier?

— Ben… à voir vos culottes raides de même… Quand vous vous levez le matin, vous devez avoir juste à vous donner un *swing* pour sauter dedans!

— Ben non ! C'est le matériel qu'y est raide de même, joualvert ! Je peux aller m'acheter des jeans si vous voulez...

— Ben oui, à' quincaillerie ? Connaissez-vous ça des magasins de linge où qu'y vendent des jeans, bedeau ? Ça s'appelle des « boutiques de jeans ». Vous portez des anciens *overalls* comme du temps où mon père Darius travaillait su' sa terre à Saint-David...

— Vous venez de Saint-David ? lui demanda le bedeau, surpris, essayant de ses deux mains de coucher ses cheveux sur sa tête.

— Ben oui ! Pis chus pas plus habitante pour ça, vous saurez.

***

Le curé Lalancette venait de terminer son repas du midi et faisait son va-et-vient sur la grande galerie en lisant son bréviaire. Le vicaire Guillemette sirotait une tasse de thé dans le boudoir du presbytère, décoré de bourgogne et de doré.

— Monsieur le vicaire ? le prévint madame Soullières. Madame Tessier demande à vous voir.

— Ouf ! Invitez-la dans la cuisine, madame Soullières, je vous rejoins dans cinq minutes. Offrez-lui quelque chose à boire pour la faire patienter.

Pauline Tessier avait fêté ses quatre-vingt-trois ans en juin. Même si elle devait continuellement s'aider d'une canne pour marcher, elle avait toute une carrure et était dans une forme physique impressionnante. Elle avait délaissé les permanentes Toni et sa grosse boule de neige blanche, comme elle l'appelait, pour une petite coupe très courte qui lui donnait un air candide.

— Bonjour, madame Tessier, lui dit l'homme d'Église en l'invitant à prendre place sur la chaise voisine.

— Bonjour, monsieur le vicaire...

— Que me vaut l'honneur de votre belle visite, cet après-midi ? Vous m'apportez du linge pour distribuer aux pauvres gens à la prochaine guignolée ?

— Non... Je suis venue vous demander quoi faire avec mon gendre, qui est en train de virer fou depuis qu'y a pris sa cibole de retraite !

— Ah... Vous vous entendiez bien, tous les deux, non ?

— On s'entend ben... Mais je sais pas comment y dire d'arrêter de remplir la maison pis le hangar !

— Que voulez-vous dire ?

— Ben, imaginez-vous donc qu'y avait acheté deux lapins, pis là, on est rendus avec vingt, cibole !

— En quoi pourrais-je vous être utile, madame Tessier ? Il n'y a aucune loi qui empêche les citoyens de posséder des lapins !

— Attendez, c'est pas toute ! On est rendus avec trois chats ! La ville de Contrecœur nous interdit d'avoir plus que deux animaux domestiques dans maison !

— Mais ce n'est pas à moi de régler cela, madame Tessier !

— Je le sais ben... Peut-être que si vous veniez faire une petite promenade dans le rang du Ruisseau, vous pourriez y faire comprendre que notre maison, c'est pas une dompe !

— Une dompe ?

— C'est un ramasseux de quétaineries, mon père !

— Quel genre de « quétaineries », madame Tessier ?

— Ben... Dans ma cour, y a une vieille laveuse à tordeur pis un vieux Ford Edsel 1958 pas de roues... Mais le char, c'est pas ben grave parce que dedans, j'ai trouvé plein d'affaires qui m'ont rappelé des souvenirs. Imaginez-vous donc qu'y avait une bouteille de Royal Crown de 1939 dedans ! C'est pas d'hier, ce whisky-là ! Dans le *dash*, j'ai aussi trouvé des timbres Gold Star, un journal *La Patrie*, pis même un pain de savon Barsalou ! Je pourrais ouvrir un musée, cibole ! Y a une paire de patins à roulettes avec la clef...

— Excusez-moi, madame Pauline, mais je ne suis pas la personne qu'il faut pour dire à monsieur Duchesne de se départir de ces choses qu'il affectionne particulièrement...

— Qu'y affectionne ?... C'est parce que vous, vous seriez capable de lui parler... Moi, je le connais... Y est ben fin, mon gendre, mais y faut pas y piler su' le gros orteil... Y a la dent ben dure, des fois. Je me fais du sang d'encre, avec ma maison toute délabrée de même...

— Avez-vous essayé d'en discuter avec votre fille ?

— Ben oui ! A' dit que ça l'empêche de s'ennuyer depuis qu'y a pris sa retraite ! Tu parles d'une retraite, toé !

— Mais il ne néglige pas le travail sur votre terre ?

— Y a pas de danger pour ça ! Y est fringant comme un poulain du printemps, cet homme-là ! Je le reconnais pus, cibole ! Y était paresseux sans bon sens quand je l'ai connu ! Des fois, ça arrive qu'y oublie un sillon en labourant la terre, mais son ouvrage est toujours ben faite.

— C'est bien! Moi, si j'étais vous, j'essaierais de lui parler, madame Tessier. Si personne ne lui fait la remarque... Lui, il croit peut-être que le désordre ne vous incommode pas, tout simplement.

— En tout cas, moi, ça me dérange! Quand je sors pis que je vois ma cour de même, j'ai le cœur qui danse la claquette, cibole.

— Pauvre madame!

***

La nouvelle année 2005

Dans le salon chez Solange et Mario, le grand sapin enlacé de guirlandes et décoré de boules gravées d'or répandait sa lumière tamisée sur le corps du petit Jésus né dans la nuit du vingt-quatre décembre. Dehors, le paysage était féerique. De gros flocons s'entassaient pour que, dans la matinée de la nouvelle année, les enfants joyeux puissent faire un bonhomme blanc portant une vieille tuque qui serait probablement d'un rouge terni et muni d'un lourd pompon effiloché. Dans la demeure des Martin, dame Lune avait rassemblé le partage, la tendresse et les souvenirs d'antan.

Il était déjà loin le temps où les nombreux mononcles et matantes faisaient fuir les plus petits en déposant un énorme bec mouillé sur leurs joues écarlates, ces mêmes enfants qui, aujourd'hui, menaient leur vie d'adulte.

Pour Anne-Marie, le drame qui l'avait touchée en 2001 n'était pas une raison valable pour se laisser sombrer dans le passé et cesser de respirer. La faiseuse de souvenirs s'occupait très bien de rendre les journées heureuses qu'elle avait passées auprès de Charles encore plus merveilleuses. Si Charles avait pu demeurer auprès d'elle, ils seraient toujours comme de jeunes amoureux. Le jour où ils auraient atteint le statut d'octogénaire, ils se seraient encore souri et leurs petits-enfants auraient conservé l'image d'un adorable couple ayant atteint l'âge de voyager vers le paradis pour déposer enfin, dans le panier du ciel, les passages douloureux de leur vie terrestre qui disparaîtraient à tout jamais dans l'éternité.

Les enfants de Solange et Mario vivaient sur un nuage d'amour. Lorie, leur cadette, aimait tendrement Mathieu, et leur fils, Benjamin, était aux petits soins avec sa femme Jessica, la fille de Christian et d'Isabelle, qui travaillait dans le monde de la télévision. Elle avait joué des rôles de figurante dans les téléromans *Virginie* et *L'auberge du chien noir* et elle espérait toujours faire des publicités pour des produits de beauté ou des articles de mode pour des magazines renommés du Québec.

Mario et Solange vivaient une retraite heureuse. Bruno et Charles-Édouard affectionnaient leur petite maison centenaire à Saint-Antoine-sur-Richelieu et visitaient régulièrement Anne-Marie dans le rang du Ruisseau. La première semaine de février, ils emprunteraient la voie des nuages pour se diriger vers le Guatemala.

Vêtue de sa robe à paillettes datant des années folles, madame Pauline avait convaincu son gendre Marcel de se départir de ses «quétaineries». Il avait remplacé ses lapins par deux moutons qui bêlaient à longueur de journée et la vieille Ford Edsel avait rejoint le «cimetière des vieux chars» pour être relayée par un ancien poste de radio où l'on avait l'impression d'entendre Roger Baulu sur les ondes de CKAC; la photo d'une autoneige six passagers que Pierre Thibault avait construite dans les années trente, qu'il avait baptisée Le Harpon des neiges; une affiche de la reine du vaudeville américain, une Québécoise du nom de Éva Tanguay, née dans un petit village près de Québec et qui avait passé son enfance à Sherbrooke, avant que ses parents ne déménagent dans l'Est américain. En 1910, Éva Tanguay était la comédienne la plus payée de l'univers du vaudeville. Elle gagnait trois mille cinq cents dollars par semaine. Les foules accouraient pour l'entendre chanter, même si elle avait une voix médiocre. Elle a enregistré plusieurs disques et figuré au cinéma dans trois courts films. En 1930, millionnaire, elle fut ruinée par la crise économique. Elle est décédée en 1947, oubliée.

«Attention!» s'exclama Mario Martin, coupe de champagne à la main. «Cinq, quatre, trois, deux, un... Bonne année 2005!»

***

Quelques événements marquants de l'année 2004

Cette année-là, les 24es Jeux olympiques d'été s'étaient déroulés à Athènes, en Grèce, du 13 au 29 août. Le Canada avait terminé en 21e position en remportant douze médailles: trois d'or, six d'argent et trois de bronze.

Dans le monde de la musique, Shania Twain était parmi les dix meilleurs vendeurs avec son album *Shania Twain Greatest Hits*, incluant son grand succès *Man! I Feel Like A Woman!* Le seize novembre, Michael Jackson offrait un coffret de quatre CD et un DVD intitulé *The Ultimate Collection*, retraçant l'ensemble de sa carrière avec d'anciens morceaux originaux, des démos, des versions inédites et quelques nouvelles mélodies. Les Trois accords faisaient la une des palmarès du Québec avec leurs titres *Hawaïenne* et *Saskatchewan*. Éric Lapointe chantait *Reste là* et Ariane Moffat *Point de mire*.

Le vingt-deux juillet, à l'âge de soixante et onze ans, décédait Sacha Distel, chanteur et guitariste français, interprète des chansons fétiches *L'incendie à Rio* et *Monsieur Cannibale*. Sur la scène québécoise nous quittaient les talentueux comédiens Paul Berval et Mariette Lévesque.

Au cinéma, le quatorze janvier sortait l'œuvre cinématographique *Le dernier Samouraï*, mettant en vedette Tom Cruise, et le film québécois le plus populaire de l'année, *Camping sauvage*, une comédie de Guy A. Lepageet Sylvain Roy. Ce film mettait en vedette Guy A. Lepage, Sylvie Moreau, Normand D'amour, Benoît Girard et plusieurs autres.

À Contrecœur, le quinze juillet fut inaugurée la Promenade sur pilotis (Une fenêtre sur le fleuve) située dans le parc du Belvédère. Une réalisation s'inscrivant dans le cadre du Plan d'action pour l'accessibilité aux rives et aux plans d'eau du Grand Montréal Bleu. Ce nouvel attrait touristique est le seul du genre dans la MRC de Lajemmerais.

Chapitre 14

Belle Isabelle

Vivre, c'est déambuler au cœur de quatre saisons extraordinaires et profiter des cadeaux qu'elles nous offrent.

Le printemps ouvre ses lucarnes sur un paysage tissé de merveilles. Les bourgeons éclatent, les potagers prennent vie et les fleurs se multiplient par milliers, pour la joie des abeilles et des papillons.

L'été est le palace des arômes fruités et épicés. L'astre persistant emplit l'azur d'arcs-en-ciel, d'aurores boréales et d'étoiles filantes, et les ruisseaux chantonnent en roulant gaiement pour se rafraîchir de leur course folle.

L'automne est la saison pendant laquelle on remplit son regard de teintes chaleureuses et où l'on endosse des vêtements douillets pour profiter des journées fraîches qui se succèdent. Elle est également décorée de citrouilles, de potirons et de végétaux dénudés espérant la première neige.

L'hiver, paradis cristallin où le paysage s'habille d'une robe étoilée. Une rituelle valse de flocons immaculés incite les adeptes de cette belle saison à sillonner les pentes de ski et à se balader sur les plus beaux sentiers du Québec.

Octobre 2005

— Allo! Viens t'asseoir, Mélanie. Tu n'es pas allée chercher tes filles chez Laurence?

— Je vais y aller en partant, maman.

— Elles étaient comiques cet après-midi. Monsieur Michon raclait son parterre en avant et elles couraient partout en se lançant dans les petits monticules de feuilles.

— Ha! ha! Cré petites puces! Elles sont vraiment bien chez les Michon... En plus, tu demeures juste en face et tu leur rends visite régulièrement.

— Oui, j'ai le privilège de les voir souvent. Ta journée s'est bien passée à la clinique?

— Bien oui. J'aime beaucoup mon travail... Est-ce que ça te dirait de venir à Louiseville en fin de semaine?

— Tu vas à Louiseville? Pourquoi?

— Denis et moi, on y va avec Jessica et Benjamin. C'est le Festival de la galette de sarrasin.

— Il n'y aura pas de place pour moi, Mélanie! Tu vas installer les filles où, sur le toit de l'auto?

— T'es drôle, maman! Je vais demander à Laurence si elle veut les garder samedi.

— Ah bon! Mais je ne suis pas certaine de vouloir me promener dans le village de Louiseville toute la journée, moi... Et tu sais, la galette de sarrasin...

— Je le sais, maman. Si je t'offre de faire le voyage avec nous, c'est pour que tu en profites pour rendre visite à Christian, Isabelle et ton oncle Albert.

— Bien oui, c'est une bonne idée! Mais il faudrait que je téléphone à mon oncle Albert avant. Je ne suis pas pour me présenter chez lui comme un cheveu sur la soupe, tu comprends?

— Il est déjà au courant, maman. Jessica lui en a parlé.

— Ah bon! Je suis heureuse que tu fréquentes ta cousine Jessica depuis qu'elle demeure à Tracy...

— Je m'entends bien avec elle et Denis voit régulièrement Benjamin. Au printemps, il voudrait être du voyage de pêche dans la réserve du Saint-Maurice avec Mario.

— Mais il n'est jamais allé à la pêche!

— C'est une bonne occasion de s'initier à ce sport d'été, non?

— En effet, ma puce.

— Il va aller au Maxi-Centre avec Mario pour s'acheter un coffre et une canne à pêche. Pour les vestes de sauvetage, Mario en a quatre dans sa chaloupe...

— Pourquoi ne prendrait-il pas la canne à pêche télescopique de ton père?

— Tu l'as gardée?

— Oui. Je l'ai remisée dans un coin du grenier de mademoiselle Pétronie. Son coffre, je crois qu'il est chez Mario.

***

C'est monsieur Roland Bellemare, président de la Caisse populaire de Louiseville, qui a eu l'idée d'implanter le Festival de la galette de sarrasin. Dans les années quarante et cinquante, cette céréale avait une réputation peu enviable dans le téléroman de Claude-Henri Grignon, *Les belles histoires des pays d'en haut*. Le sarrasin était considéré comme un aliment réservé aux pauvres et aux miséreux. À l'époque, on servait des soupers composés de galettes accompagnées de rôti de lard, de cretons et d'une fricassée de pommes de terre. Ces soupers traditionnels se nommaient « souper des gueux », ce qui signifiait « souper des pauvres ».

Ces rassemblements ont obtenu un si grand succès que le comité touristique de la Caisse populaire a convoqué une trentaine de personnes impliquées dans le milieu pour former un comité qui verrait à l'organisation d'un festival de la galette de sarrasin. La première édition du Festival a eu lieu en 1978. Cet engouement a également influencé les agriculteurs de la place, qui s'adonnent de plus en plus à la culture de cette céréale. Aujourd'hui, ils exportent une partie de leur production au Japon.

***

Albert Jolicœur accueillit sa nièce à bras ouverts. Anne-Marie ne s'attendait nullement à apprendre une nouvelle qui lui chavirerait le cœur.

— Christian et Isabelle vont arriver tantôt, oncle Albert ?

— Euh… Christian est à l'hôpital avec Isabelle…

— Non ! Isabelle a…

— Isabelle a rechuté…, lui apprit l'homme, effondré.

— Elle va devoir recommencer ses traitements de chimio et de radiothérapie à Montréal ?

— Non, elle n'ira pas à Montréal, Anne-Marie.

— Ah! Elle va les suivre ici à Louiseville?

— Non...

— Tu veux dire qu'il n'y a plus rien à faire pour elle et qu'elle va mourir? s'écria Anne-Marie en se levant de la bergère couleur crème.

— Il ne lui reste plus beaucoup de temps...

— Non! Jessica ne le sait pas encore?

— Je vais lui annoncer ce soir, avec Christian, avant que vous repartiez pour Contrecœur. Je ne voulais pas gâcher sa journée, tu comprends?

— Mais quand as-tu appris qu'elle était en phase terminale?

— Hier...

— Mon Dieu! Pauvre Isabelle, pauvre Christian, pauvre Jessica... Quand tout va bien, on finit toujours par marcher sur une bombe! Maudite belle vie, hein?

— Calme-toi, Anne-Marie... Ce n'est pas ta colère qui va t'aider à surmonter cette épreuve... Pense à Isabelle, qui, elle, a accepté de quitter avant que son règne soit terminé sur la terre...

— Oh... Combien...?

— Combien de temps? C'est ça ta question, ma fille?

— Oui...

— Pas plus que deux mois. Elle est très fatiguée, tu sais...

— Donc, ce soir, Jessica va retourner à Tracy avec un énorme chagrin dans le cœur. Maudite maladie!

— Je vais l'inviter à venir rester ici avec moi... Ça ne donne absolument rien qu'elle aille s'installer chez son père, Christian va rester en permanence auprès d'Isabelle à l'hôpital.

— Christian ne s'en remettra jamais !

— Ne dis pas ça, Anne-Marie. Quand Charles est parti, tu as décidé de poursuivre ta route auprès des tiens et aujourd'hui tu te portes bien. Pourquoi Christian n'en ferait-il pas autant ?

— Il l'adore, sa belle Isabelle, mon oncle !

— Tu adorais Charles aussi, ma belle fille !

***

Isabelle entreprit son long voyage dans la nuit du vingt-trois au vingt-quatre décembre. Pénombre nostalgique nous ramenant à ce jour où, en 1943, Christiane Gagnon donnait la vie à ses fils, Charles et Christian.

***

Mai 2006

Après le décès d'Isabelle, Christian vendit sa petite maison bleue de la rue Lemay et s'installa chez son père. Trop de souvenirs le ramenaient dans les années passées auprès de sa belle Isabelle. À soixante-deux ans, qu'allait-il faire de sa vie ? S'inscrire dans une ligue de quilles ? Travailler au centre de bénévolat de Louiseville ?

— Christian... Il faut que tu sortes de ta coquille ! Je n'aime pas te sermonner, mais si tu continues à t'enfoncer comme ça, je vais m'enfoncer moi aussi !

— C'est difficile, papa. Quand je sors de la maison, je ne sais même pas vers où aller. Je n'ai plus l'âge ni la force de retourner travailler. J'étais tellement habitué de tout entreprendre avec Isabelle que je n'avais même plus de loisirs...

— Prends des cours, inscris-toi à la bibliothèque, va au moins marcher tous les jours! Tu vis comme un homme de quatre-vingts ans! Je suis plus en forme que toi, mon gars!

— Quel genre de cours pourrais-je suivre? Je n'ai aucun talent!

— En dessin, tu te débrouilles...? Tu as déjà dessiné ta maison et tu l'avais très bien réussie.

— ...

— Pourquoi tu ne suivrais pas des cours de peinture?

— C'est peut-être une idée... Je pourrais peindre Isabelle à partir d'une photo...

— Oui, c'est vrai...

— Je vais zieuter les petites annonces classées dans *L'Écho de Maskinongé*. Peut-être que je pourrais trouver quelque chose qui me plairait...

— Voilà une bonne décision, mon fils! Oups! Attends, je réponds au téléphone. Allo?

— Grand-père, c'est Jessica.

— Comment ça va, ma belle fille?

— Ça va bien... Et papa, comment va-t-il?

— Ouf!... Peut-être qu'il va s'inscrire à des cours de peinture.

— Quelle bonne idée! Je voulais vous inviter à souper samedi soir... Penses-tu pouvoir réussir à faire sortir papa de Louiseville?

— Attends, je lui transmets ton invitation, ma belle.

Albert se tourna vers Christian, qui était en train de regarder ses albums photo.

— C'est ta fille, Christian. Elle nous invite à souper samedi.

— Dis-lui qu'on va y aller…

— Bon, enfin! Jessica?

— Oui?

— On va être sur le boulevard Cardin à trois heures, samedi après-midi.

— Super! Si le cœur vous en dit, après le souper, on pourrait aller à Contrecœur faire une petite visite à la mère de Benjamin…

— On verra, ma belle. Une étape à la fois. On a déjà un bon pas de fait, crois-moi!

***

Le souper fut excellent et personne n'y mentionna le nom d'Isabelle. Christian accepta même de passer la nuit à Tracy.

— C'était très bon, ma fille.

— Merci, papa. Non, ne touchez à rien! Vous êtes nos invités.

— Est-ce que ça vous dirait de jouer une partie de billard? demanda Benjamin aux deux hommes.

— Tu as une table de billard, Benjamin? demanda Christian en souriant.

— Bien oui, monsieur Laforge! On l'a achetée il y a deux semaines. Elle est au sous-sol…

— Tu viens, papa? Ça fait des lunes que je n'ai pas touché à une queue de billard! l'invita Christian d'un air enjoué.

Un peu plus tard dans la soirée, ils se retrouvèrent tous chez Solange et Mario dans le rang du Ruisseau, en compagnie d'Anne-Marie, Mélanie, Denis, Marie-Anne et Charlotte. Malgré le récent deuil, la joie et les rires furent au rendez-vous. Depuis le départ de Charles, Anne-Marie ne pouvait détacher son regard de cet homme aux yeux marron du même gabarit que son mari. Lorsque les invités partirent, Anne-Marie s'installa sur le divan du salon avec Solange pour un dernier café.

— Mon Dieu qu'il lui ressemble, Solange !

— On dirait Charles lui-même...

— C'est hallucinant !

— Tu as accepté, ma vieille... Je suis fière de toi.

— C'est drôle la vie, Solange. Je pensais que tout avait été découvert jusqu'à ce que je rencontre le docteur Lefebvre et qu'il m'apprenne que ma mère adoptive était sa sœur.

— Je crois qu'il serait temps de fermer le livre, Anne-Marie.

— Oui. De toute façon, il ne pourrait plus rien arriver d'autre maintenant. Est-ce qu'on va toujours au cégep de Tracy pour notre entraînement lundi ?

— Oui ! Je ne te ferais pas manquer ça pour tout l'or du monde !

— Mon Dieu ! À t'entendre, on dirait que je pense juste à ça !

— Écoute, mon amie... Penses-tu que je n'ai pas remarqué que monsieur Gamache n'a d'yeux que pour toi le lundi après-midi ? J'ai une poignée dans le dos, peut-être... ?

— Hein ? Voyons, toi !

— Ha ! ha ! Quel est son prénom, Anne-Marie ?

— Jocelyn... Solange Martin ! Tu sauras que je n'ai aucun intérêt pour cet homme, OK !

— J'ignore si toi, tu es attirée, mais lui, il est en admiration devant toi...

— Eille, toi ! As-tu des cataractes ?

— Non, je vois très clair, ma vieille.

— Euh... C'est vrai que j'ai remarqué que je ne le laissais pas indifférent, mais à aucun prix je n'accepterais son invitation.

— Quoi ? Quelle invitation ? Est-ce que j'aurais manqué quelque chose ?

— La semaine dernière, il m'a demandé de l'accompagner au cinéma Saint-Laurent à Tracy pour voir le nouveau film de Dan Bigras, *La rage de l'ange...*

— Tu as refusé ? Pourquoi ? Une petite sortie au cinéma ne t'aurait pas fait de mal !

— Solange ! s'exclama Anne-Marie en mettant son manteau.

— Il habite où, ce Jocelyn ?

— Il reste sur la rue Annie, dans les terres d'en haut.

— Hum... pas très loin d'ici...

— Solange ! Arrête ça tout de suite, OK ?

— Ha ! ha ! Est-ce qu'il est veuf ?

— Il est séparé depuis six ans.

— Intéressant... Il a des enfants ?

— Non... Finissons-en avec cette conversation, ma vieille... Je m'en vais me coucher, je suis fatiguée.

— Bien sûr, il faut que tu sois en forme pour ton conditionnement de lundi, hein ?

— Solange !

***

Au cours du mois de mai, Anne-Marie accompagna Jocelyn à un mariage champêtre, à Saint-Denis-sur-Richelieu. Jocelyn était un homme charmant. Grand, jovial, il ne faisait pas du tout ses soixante-sept ans. Une chevelure à peine grisonnante et un teint hâlé lui donnaient une allure chevaleresque. Sur le chemin du retour, la conversation avait été des plus agréables.

— Ça fait longtemps que tu connais Brigitte et Roland ?

— Ouf ! Ça fait tellement d'années que je ne peux plus les compter !

— C'était un mariage très réussi. C'est beau de voir des gens de cet âge convoler en justes noces…

— Il n'y a pas d'âge pour l'amour, Anne-Marie !

— Je ne sais pas… Moi, jamais je ne tomberai amoureuse d'un autre homme !

— Pourquoi ?

— Charles m'a quittée et je ne m'imagine pas le remplacer… Il fera toujours partie de ma vie, tu comprends ?

— Oui, je comprends très bien, Anne-Marie. Mais, sans que tu sois amoureuse comme au premier jour, ton cœur saurait encore aimer, non ?

— Non… Dans ma tête, j'ai aimé Charles et je ne pourrai jamais aimer personne d'autre.

— Tu es jeune, tu as le temps de changer d'avis… Tu veux finir ta vie toute seule ?

— Mais je suis heureuse de la vie que je mène, Jocelyn ! Pourquoi demander plus ? Mélanie demeure tout près avec Denis et mes petites-filles…

— Et les soirs, quand Mélanie est occupée ?

— J'ai des amis aussi !

— D'accord. Tu es proche de Solange... Ensuite ?

— ...

— Quand Solange est prise ailleurs, que fais-tu de tes soirées ?

— Il y a beaucoup d'émissions que j'aime écouter à la télé. Aussi, je navigue beaucoup sur le Web.

— Je vois que tu te contentes de très peu...

— Que veux-tu dire ?

— As-tu déjà voyagé ?

— Bien sûr ! Je suis allée sur la Côte d'Azur, au Venezuela, et dernièrement j'ai visité l'Italie et Paris avec Solange !

— Quand es-tu allée en Italie ?

— En avril 2004...

— Tu n'aimerais pas t'envoler encore une fois vers un nouveau continent ?

— Je n'y ai pas songé depuis.

— J'ai l'intention d'aller en Australie le printemps prochain. Aimerais-tu m'accompagner ?

— Sainte mère, Jocelyn ! Qu'est-ce que mon entourage dirait s'ils me voyaient partir en voyage avec un homme ?

— Tu penses à ce que les gens vont dire avant de penser à toi ?

— Bien...

— On en reparlera, si tu veux. Là, je t'emmène chez moi prendre un dernier verre.

— Je suis fatiguée, Jocelyn. J'aimerais que tu me reconduises chez moi. Une autre fois peut-être... OK ?

— C'est comme tu veux... J'ai passé une très belle journée en ta compagnie. Ce fut très agréable.

— Je te remercie de m'avoir invitée...

Pourquoi est-ce si difficile de vivre pleinement sa vie ? Anne-Marie avait une attirance particulière pour cet homme, mais elle était incapable de se lancer dans une nouvelle aventure, trop préoccupée qu'elle était par ce que penseraient les siens. « Je lui offre mon amitié, il désire l'amour... J'ai atteint une paix intérieure et mon âme ne peut que lui offrir une amitié sincère. Je dors encore avec le pyjama de Charles... Comment pourrais-je échanger avec un autre homme ? C'est impensable. »

Chapitre 15

Comme dans le bon vieux temps

En cette nuit de Noël, Denis et Mélanie accueillaient leur famille et leurs amis. Dehors, une ribambelle de flocons blancs s'étaient entassés sur le parvis de l'église Sainte-Trinité. Pendant la messe, quelques enfants impatients et fatigués avaient larmoyé pendant les cantiques, que les plus belles voix de la chorale interprétaient. Et, en ce moment, tous se sentaient fébriles devant leur majestueux sapin décoré de guirlandes en comptant les présents aux formes diverses égayés de rubans colorés, de sonnailles et de gros flocons givrés.

Dans la chaleur de l'ancienne maison de Juliette et Midas Hamelin, l'âtre crépitait d'allégresse et la grande table de merisier magnifiquement dressée avait revêtu son charme d'antan. Elle était loin, l'époque des veillées réunissant les grandes familles où les danses populaires s'entremêlaient au rythme des polkas et des *sets* carrés. La polka incitait les invités à reculer leur chaise, les *sets* carrés s'exécutaient accompagnés de la voix du calleur et la gigue, avec les encouragements de ceux qui regardaient. Un bon gigueur devait se tenir le corps bien droit et frapper du pied fortement sur le plancher. Sur le coup de minuit, tous les fidèles du village se rendaient à l'église, où ils chantaient avec la chorale *Il est né le divin enfant*. Avant de regagner leurs maisons surchauffées embaumées d'effluves de clou de girofle et de cannelle, les cultivateurs tendaient l'oreille pour s'assurer qu'aucun bruit ne provenait de leur étable. Une légende disait que les bêtes parlaient entre elles la nuit de Noël.

Autrefois, la veille du Premier de l'an, les marguilliers, aidés de quelques citoyens, passaient de maison en maison pour récolter des denrées qu'ils remettaient ensuite aux démunis de la paroisse. Souvent, on leur offrait du beurre, du lait. Certains offraient parfois une dinde, d'autres des pâtés à la viande et des conserves. Ces hommes qui avaient le cœur à la bonne place, surnommés «les guignoleux», étaient précédés des enfants du village, qui faisaient du bruit avec des bâtons pour annoncer leur visite.

Les parents ne donnaient pas de présents à leurs enfants à Noël. De simples effets personnels qui devaient revêtir un caractère pratique leur étaient distribués le jour de la nouvelle année.

Vêtue d'une nouvelle robe bleu poudre, madame Tessier, qui dégageait une forte odeur de «boule à mites», se raconta à Christian, venu célébrer Noël avec eux.

— Ç'a changé en cibole! Dans mon temps, en 1939, au début de la Deuxième Guerre mondiale, j'avais dix-sept ans. À cause de la crise, après la messe de minuit, le seul cadeau que notre mère Blandine avait pu nous faire, de peine et de misère, c'était un ragoût de boulettes pis une tarte au sirop d'érable, parce qu'un de nos voisins nous avait donné un pot de sirop qui venait directement de son érablière. C'était ça, nos cadeaux, mon ti-gars...

— Ce n'était pas comme aujourd'hui, approuva Christian, qui aimait que cette vieille dame aux cheveux blancs lui narre ses souvenirs d'autrefois.

Madame Tessier poursuivit.

— Le matin de Noël, je remerciais le petit Jésus de m'avoir donné une orange dans un vieux bas de laine de mon père Alcide. Ouin... C'était ça, nos cadeaux de Noël. La messe de minuit, du ragoût de boulettes pis une orange.

— Les oranges se faisaient rares dans ce temps-là..., enchaîna Christian en se versant une seconde coupe de vin. Vous pouviez au moins écouter des cantiques de Noël avec votre phonographe, madame Tessier?

— Oui, mon ti-gars! Mais pas juste su' le phonographe!

— Ah non?

— À' radio aussi! Su' le poste de Radio-Canada. Y nous faisaient jouer des cantiques entre les bulletins de nouvelles su'a guerre. On n'était pas riches, mais on avait un radio! Y grichait, le gros radio à lampes de mon père, mais c'était pas grave...

Tous les invités échangeaient allègrement en cette nuit magique empreinte de complicité et de jovialité. Bien sûr, Isabelle et Charles n'étaient pas présents à la fête. Est-ce que, dans le pays où ils demeuraient, un sapin de Noël avait été dressé? Christiane, la mère de

Christian, avait-elle conservé sa jeunesse au ciel ou son joli visage présentait-il aujourd'hui des signes de sagesse... ? Tous les gens sur terre, sans exception, se demandent comment sera leur deuxième maison. Un nuage pour voyager ? Un autre pour se reposer ? Un troisième pour dormir ?

Comme dans les années passées, Solange et Anne-Marie se retrouvèrent au même endroit, en train de laver la vaisselle après le fastueux repas.

— Donne-moi un linge à vaisselle, Solange...

— C'est gentil de m'aider, Anne-Marie. Tu as vu la montagne de vaisselle, toi ?

— Ça va donner une pause à Mélanie et Denis... As-tu vu comme ils s'entendent bien avec Benjamin et Jessica ?

— Bien oui, Anne-Marie...

— Pourquoi souris-tu ?

— Tu te souviens quand Mélanie et Benjamin étaient petits et qu'ils jouaient ensemble dans le tambour en arrière de la maison ?

— Bien oui... Ils disaient que le tambour était leur maison et qu'ils étaient mariés ensemble. As-tu déjà espéré, Solange, qu'ils se fréquentent sérieusement à l'adolescence ?

— Bien oui... Tu sais, quand Mélanie s'est mariée avec Denis, j'ai eu un petit pincement au cœur...

— Non !... Tu es sérieuse ?

— Bien oui ! Mais c'est la vie, mon amie. Mélanie est comblée auprès de Denis et Benjamin adore Jessica.

— Mais quelle famille, quand même ! constata Anne-Marie. Jessica est la fille de Christian, le frère de

Charles. Son grand-père Albert se trouve à être mon oncle... Christian est mon beau-frère et Charles était mon cousin...

— Si tu avais su, en 1973, que Charles était ton cousin, est-ce que tu l'aurais épousé ?

— Oui... Vu que j'étais enceinte de Mélanie, je l'aurais épousé.

— D'accord. Et Jocelyn, est-ce qu'il a toujours une petite place dans ton cœur ?

— Je le vois de moins en moins depuis qu'on a espacé nos cours de conditionnement physique au cégep.

— Comment ça ? Ce n'est pas une raison pour vous éloigner ! Vous vous entendiez bien, non ?

— Oui, oui... Mais tu sais...

— Qu'est-ce qu'il y a, Anne-Marie ? Jocelyn n'a pas été à la hauteur avec toi ?

— Chut ! Solange... je ne veux pas en parler ici.

— Mon Dieu, Anne-Marie ! Mélanie n'est au courant de rien ?

— Non, seulement toi.

— Elle ne sait pas que tu l'as accompagné dans une noce au mois de mai passé ?

— Non.

— Mais je ne comprends pas...

— Regarde, je vais terminer de récurer cette rôtissoire et on va aller prendre un peu d'air frais dehors. J'ai envie de fumer une cigarette...

— Tu fumes encore ?

— Oui, à l'occasion.

— Tu te caches pour fumer aussi, Anne-Marie ?

— Mélanie sait que je fume de temps en temps. Je

ne veux tout simplement pas que Charlotte et Marie-Anne me voient avec une cigarette à la main. Tu sais, aujourd'hui, avec tous les endroits qui interdisent la cigarette, nous, les fumeurs, on se fait regarder comme des criminels, sainte mère !

Le ciel étalait ses diamants. Le climat sec donnait l'impression à Solange et Anne-Marie de marcher sur du verre brisé. Bien emmitouflées dans des vêtements chauds, elles marchèrent jusqu'au bout du rang et se retrouvèrent sur le terrain du Service des travaux publics.

— Tu veux m'en parler, ma vieille ? Qu'est-ce qui s'est passé avec Jocelyn ?

— En septembre, on est allés à la marina pour marcher...

— Est-ce qu'il a essayé d'abuser de toi ?

— Non, Solange... Jocelyn n'est pas comme ça. C'est un gentleman.

— Quel est le problème, alors ?

— Il m'a demandé... de l'épouser.

— Hein ? Voyons, toi ! Tu es sérieuse ?

— Oui. C'est pour ça que je ne le vois qu'à l'occasion.

— D'accord. De toute façon, tu n'étais pas pour lui dire oui si tu ne l'aimes pas.

— Ce n'est pas pour ça que j'ai refusé, Solange...

— Tu es tombée amoureuse de lui, Anne-Marie ?

— Écoute... J'ai une attirance pour lui que je ne peux pas expliquer.

— Seigneur ! Tu es amoureuse !

— Non ! Je ressens quelque chose pour lui, mais je ne veux pas remplacer Charles. C'est différent...

— C'est certain que tu ne remplaceras jamais Charles, Anne-Marie... Seigneur de Dieu, laisse-toi aimer !

— Je n'aime pas Jocelyn autant que j'ai aimé Charles, tu comprends ?

— Mais... tu ne pourras jamais l'aimer comme tu as aimé Charles, non plus ! Chaque histoire d'amour est différente ! Si tu es bien en sa compagnie, sans te marier, tu pourrais au moins profiter d'une vie saine et paisible auprès de cet homme...

— J'aurais l'impression de profiter de lui, Solange...

— Regarde... tu ne t'es pas aperçue qu'il t'aime comme un fou ?

— Tu as peut-être raison...

— Certain que j'ai raison !

— C'est qu'il va se lasser de m'aimer s'il ne reçoit rien en retour, tu comprends ?

— Tu veux dire...

— Je veux dire que je suis toujours la femme de Charles et que je n'échangerai pas physiquement avec un autre homme...

— Mais ce n'est pas pressant... Une étape à la fois, ma vieille ! Il t'aime... Il va te laisser le temps ! l'assura Solange en relevant son collet de manteau.

— Et si ça n'arrive jamais, notre relation va se briser. Il m'a invitée à aller en Australie avec lui le printemps prochain. En avril, je crois...

— Wow !

— Relaxe, Solange ! Je ne lui ai pas encore répondu.

— Mais vas-y !

— Mélanie, Denis, et mes petites-filles... ?

— Ah! Voilà ce qui te bloque, ma vieille. Tu as peur de l'annoncer à ta fille?

— Oui...

— Veux-tu que je lui en parle, à ma filleule?

— Non! J'ai encore le temps de réfléchir. Au printemps, je verrai.

— Ton passeport est-il en règle?

— J'en ai commandé un nouveau au cas...

— *Yess!* Chanceuse, tu vas voir des koalas, des kangourous...

— Ha! ha! Calme-toi, Solange! De toute façon, si je décide de voyager seule un jour, j'aurai mon passeport. On rentre? J'ai les pieds gelés, moi.

***

Le mois de mars arriva un peu trop rapidement, selon Anne-Marie. Jocelyn lui téléphona pour l'aviser qu'il se rendrait à l'agence de voyages d'ici une semaine, puisqu'il souhaitait partir pour l'Australie la première semaine d'avril.

***

En ce lundi matin, dame Nature était restée au lit. Les nuages gonflés ne laissaient aucun espoir quant à la venue de percées de soleil. Anne-Marie s'était levée tôt et s'apprêtait à sortir tout le contenu de ses armoires pour les nettoyer. Du tambour, elle avait sorti un seau et une éponge. Curieuse, elle avait fouillé les anciens souvenirs laissés par les Demers en 1973. «Sainte mère!

C'est encore plus vieux que le phonographe que j'ai trouvé dans le coffre en chêne de mamie Bibianne!» Anne-Marie venait de dénicher une vieille photographie datant de 1896 prise au cours de l'Exposition de la vallée du Saint-Laurent, aujourd'hui nommée Exposition agricole de Trois-Rivières.

«Tante Rosalie avait même gardé des souvenirs de ses parents... Oh! Il y a d'autres photos!» Anne-Marie caressa doucement le petit album de velours noir. Comme une petite fille qui venait de découvrir un trésor caché, elle prit le coffret et retourna dans la cuisine pour se préparer un café avant de s'installer sur son divan pour regarder ces photographies d'antan montrant quelques passages de la vie de sa tante Rosalie et de son oncle André. Qui sait? Peut-être ferait-elle connaissance avec ses cousins et cousines? Rosalie et André Demers avaient mis au monde cinq enfants et jamais elle ne les avait croisés, pas même lors de la vente de la maison du rang du Ruisseau ni dans leur dernière demeure au manoir pour aînés de Boucherville.

— Attention, Chatonne! J'ai failli t'ébouillanter avec mon café... Je suis bénie des dieux, comme on dit!

Au dos de chaque photographie apparaissait un nom.

— Voilà mes cousins et cousines... Je suis enchantée de vous connaître!

En tournant la dernière page du petit album où elle venait de voir sa tante Rosalie en train de promener son garçon Ludger dans un ancien traîneau que l'on nommait à l'époque «berleau», Anne-Marie trouva une enveloppe rose aux coins jaunis adressée à Rosalie Demers.

« Une lettre de Louiseville ! »

Dans l'enveloppe rose se trouvaient une missive et une autre petite enveloppe... blanche. Non, peut-être qu'elle était beige...

Louiseville, novembre 1942
Bonjour, ma chère sœur,
Cela fait déjà trois semaines que Marie-Anne est partie.

— Oh ! C'est maman...

Je ne vis que dans mes pensées et Delphis n'arrête pas de me sermonner, car souvent ses repas ne sont pas prêts à temps.
J'ai tout essayé pour faire disparaître la peine qui me ronge les entrailles, mais en vain... J'ai remisé le petit berceau rose de Marie-Anne au grenier ainsi que la layette que je lui avais cousue avant qu'elle vienne au monde. Comme j'espérais avoir un garçon pour qu'on puisse le garder sous notre toit, j'avais confectionné tous les vêtements dans les teintes de bleu. Ils ne serviront plus pour un autre enfant malheureusement, le docteur Lefebvre m'a bien recommandé de ne plus mettre d'enfant au monde. Je pourrais y laisser ma vie. De toute façon, au moment où j'ai déposé Marie-Anne dans les bras du docteur Lefebvre, j'ai su que les jours prochains ne seraient pour moi que le néant. Je ne sais pas où le médecin est allé porter ma petite fille, mais à l'entendre parler, elle a été bien accueillie à Trois-Rivières. Que Dieu puisse lui allouer une enfance heureuse !

*Comme tu as pu remarquer, il y a une petite en-
veloppe blanche avec cette lettre. Je te l'envoie, car
ici à la maison, si Delphis la trouve un jour, je sais
qu'elle disparaîtra à tout jamais dans l'âtre du foyer.
Elle contient une photographie. Une photographie
que sœur Marie-Jésus avait prise de moi et Marie-
Anne juste avant qu'on quitte l'hôpital Comtois.*

— Oh!...

*C'est le seul souvenir qu'il me restera de Marie-
Anne et je te demande de garder précieusement cette
photo. Un jour prochain, peut-être que je pourrai la
caresser des yeux à nouveau.
Ta sœur Madeleine
XX*

Anne-Marie n'arrivait plus à distinguer les personnes
sur la photographie tellement les larmes lui brouillaient
la vue. Après être allée chercher un mouchoir, elle prit
dans sa main tremblante le seul souvenir qu'elle avait de
sa mère Madeleine. Comme elle était jolie malgré son
regard mélancolique... Même si la photographie était
en noir et blanc, on pouvait voir que la maman avait
une chevelure ondulée très foncée et que la couleur de
ses iris tournait autour du marron. Elle serrait sur son
cœur une petite fille profondément endormie.

« Oh! Je suis heureuse de te rencontrer, maman...
Comme tu es belle! Charles m'avait montré des photos
de toi dans les années soixante-dix, mais jamais je
n'aurais pensé pouvoir te voir juste après que tu m'aies
donné la vie. Si tu vois Charles aujourd'hui, dis-lui que

je t'ai rencontrée sur le chemin de tes vingt ans. Il en sera heureux… Dis-lui que je l'aime comme au premier jour, lors de notre rencontre à la bibliothèque. Dis-lui aussi que si je pars en voyage avec un ami, ce n'est pas pour le remplacer. C'est lui seul que je veux retrouver quand je monterai vous rejoindre tous là-haut. »

Chapitre 16

L'aveu

Mai 2006

— Entrez, madame Pauline. Venez vous asseoir..., l'invita Anne-Marie.

— Y fait-tu beau, ma tite-fille ? Avec ce beau soleil-là, pourquoi on s'installerait pas su' ton perron ?

— Vous avez bien raison... Assoyez-vous dans la causeuse en rotin, je vais prendre la chaise de parterre. Est-ce que vous voudriez une limonade, un thé, un café ?

— Pas tu-suite, j'ai pas soif...

— Oups ! Attendez, je vais la ramasser..., offrit Anne-Marie, qui avait vu tomber la canne de son invitée.

— Maudite béquille de mes deux ! C'est plus encombrant que d'autre chose, cette affaire-là. Ça fait drôle d'être assis comme ça su' ta galerie. La dernière fois que je suis venue icitte, c'était pour emprunter des pruneaux à mademoiselle Paradis.

— Bien oui... Ça fait déjà douze ans qu'elle est décédée. Je pense souvent à elle et au vicaire Desmarais.

— Tout un drame, ma tite-fille ! Élodie est tombée dans une ben bonne famille... Est belle comme un cœur en plus. A' ressemble pas pantoute à son père, hein ?

— Non, elle ressemble à sa mère. Une vraie petite soie...

— J'ai été porter un sac de linge au presbytère avec Marielle à matin... Y en a-tu du monde pauvre su'a terre ?

— Bien oui... Qu'est-ce que vous voulez me dire, madame Pauline ?

— Ben... Imaginez-vous donc, vous là, que le bedeau Lavoie y a une blonde, cibole !

— Ah oui ?

— C'est Paulette Crevier, le grand colosse...

— C'est qui cette femme ? Elle est de Contrecœur ?

— C'est la femme qui va aider Rachèle Soullières, des fois, au presbytère. A' fait du ménage.

— Je ne crois pas l'avoir déjà rencontrée, cette Paulette Crevier...

— Est pas là souvent. A' va aider Rachèle deux fois par semaine, pis une fois par année a' va faire le grand ménage.

— Ah bon ! Pourquoi vous l'appelez « colosse », madame Pauline ?

— Est emmanchée comme un cheval, maudit verrat ! C'est toute une pièce de femme ! Est grande et grosse. On dirait quasiment un homme, toé !

— Madame Pauline... vous n'exagérez pas un petit peu ?

— Y a pas de maudit danger ! A' doit mesurer six pieds ! Mais elle a un beau visage, par exemple... Oui, c'est une ben belle femme.

— Qu'est-ce qui vous fait dire qu'ils sortent ensemble, elle et le bedeau ?

— Chu-t-allée faire brûler un lampion pour mon Hubert à l'église, pis...

— Oui... ? enchaîna Anne-Marie en retenant une envie de rire.

— Pis... Imaginez-vous donc que le bedeau, y faisait pas juste nettoyer les balustres...

— Qu'est-ce que vous voulez dire ?

— La Paulette était ben accotée su' le mur du confessionnal pis...

— ...elle regardait le bedeau travailler ?

— Non, pas pantoute ! Je les ai vus rentrer dans le confessionnal. T'en souviens-tu quand j'avais pogné l'abbé Charland avec sa laide de Sylvianne Germain dans le confessionnal ? Je vous l'avais dit juste à vous. Parce que si le curé avait su ça, je sais pas comment y aurait pu réagir.

— Eh ! Vous avez toute une mémoire, vous !

— Ben sûr ! Je vais avoir quatre-vingt-cinq ans ben sonnés dans un mois pis je l'ai jamais perdue, celle-là... J'ai perdu la force de mes jambes, mais pas ma tête. En tout cas, si le bon curé Lalancette savait ça...

— Vous ne lui direz pas, madame Pauline ?

— Y a pas de danger ! Me prends-tu pour une bavasseuse ? rétorqua l'octogénaire en croisant ses bras sur sa poitrine.

— Non, non…, lui répondit Anne-Marie d'un air sceptique.

— Chus capable de tenir ma langue, tu sauras !

« Alors pourquoi me raconte-t-elle toute cette histoire ? »

— Ça aurait l'air qu'y boit plus une goutte de boisson, le bedeau… J'ai de la misère à croire ça, moé, depuis que je l'ai vu dormir dans le banc d'église parce qu'y avait trop bu…

— C'est possible qu'il ne prenne plus d'alcool, madame Tessier. Si monsieur Lavoie buvait comme avant, madame Crevier aurait probablement refusé de sortir avec lui…

— J'espère ben ! Quand y buvait, y flambait toutes ses payes ! Y volait le vin de messe dans sacristie… Si y avait commencé à sortir avec elle pendant qu'y sentait le fond de tonne, ben y aurait tout perdu, la framboise pis le jus !

— Oh ! Ha ! ha ! Et comment vont Marielle et Marcel ?

— Marielle va ben. A' travaille encore à temps partiel à' maison Duplessis, pis Marcel y a enfin commencé à se débarrasser de quèques cochonneries qu'y avait su' le perron. Y dit qu'y va faire une vente de débarras au mois d'août… Qui qui va être intéressé d'acheter des antiquités semblables, vous pensez ? Moé, en tout cas, j'achèterais rien pantoute ! C'est juste des maudites cochonneries qui servent à rien.

— Y a des gens passionnés qui recherchent ces objets d'époque, madame Pauline !

— Ben, là ! Serais-tu intéressée, toé, d'acheter un vieux téléphone à cornet ou un vieux journal *Montréal-Matin* parce que dans le temps y coûtait juste cinq cennes ?

— Je trouve ça très beau, un téléphone d'époque. Moi, si j'en avais un, ça ne serait pas long que je l'accrocherais sur le mur de mon salon.

— Ben là, toé ! T'es habituée de parler dans le cornet pis d'écouter en même temps ! T'aimerais ça écouter dans le cornet pis crier dans flûte en même temps ? Je serais toute mélangée, moé !

— Je ne m'en servirais pas, madame Pauline. Il serait sur mon mur comme parure.

— Ah bon ! Marcel le vend juste vingt piastres... Tu viendras le voir un moment donné. Y est brun, pis y a une tablette de pognée après. Tiens... votre fille arrive... A' travaillait pas chez le dentiste aujourd'hui ?

— Non, on est lundi... Elle travaille chez le dentiste Fredette du mercredi au vendredi.

— Le dentiste Fredette... Bon ! Ça me fait penser que ç'a ben l'air que j'vas y aller drette-là, moé.

— Vous êtes ben fine d'être venue faire la jasette avec moi, madame Pauline... Ne comptez pas les tours, comme on dit.

— Je vas essayer de venir te voir une fois par semaine, ma tite-fille. Ça fait changement de parler avec toé. C'est plus intéressant que de parler avec la veuve Défossé au bout du rang. Quand je vas prendre une tasse de thé avec elle, a' fait juste bavasser de tout le monde, cibole ! Ça vient fatigant, ça ! Moé, quelqu'un qui parle tout le temps des autres, ça me fatique...

— En effet, ça ne doit pas être bien agréable, madame Pauline...

Madame Tessier s'adressa à Mélanie.

— Va prendre ma chaise, Mélanie, je m'en allais justement. J'ai un bouilli de tites fèves jaunes su' le poêle en train de cuire...

— Merci, madame Pauline. Vous êtes chanceuse! Vous avez déjà récolté des fèves de votre jardin?

— T'es drôle, toé! Ha! ha! Des tite fèves jaunes, en ce temps icitte de l'année, y en a pas, tu sauras, ma fille. Mais le IGA se fend le cul pour en vendre... Ha! ha!

— Ha! ha! Attendez! vous oubliez votre canne, madame Pauline!

— Maudite béquille de mes deux! Bon... ben, salut! Pis merci pour la jasette, Anne-Marie!

Mélanie venait d'accepter un verre de limonade. Denis s'occupait de Charlotte et Marie-Anne.

— Denis est comme un enfant avec nos filles, maman... Il s'amuse tellement avec elles!

— C'est beau de les voir jouer tous les trois ensemble quand je vais chez toi... Es-tu toujours contente de demeurer dans le rang du Ruisseau, Mélanie? Tu ne regrettes pas ton choix?

— Jamais je ne regretterai, maman! Chaque fois que je fais quelque chose, que ce soit à l'intérieur ou à l'extérieur de la maison, je replonge dans mes souvenirs d'enfance.

— Bien oui, ma puce... Tu avais douze ans quand j'ai épousé ton père et qu'on s'est installés sous son toit. C'est épouvantable comme le temps a passé vite!

— Je m'ennuie beaucoup de papa...

— Et moi donc! Je pense à lui continuellement...

— Moi aussi. Je n'ai que de bons souvenirs quand je pense à lui. C'est moi, aujourd'hui, qui donne à mes filles tout ce qu'il a pu m'offrir. Je pense à la grande patinoire et au grand banc de glace qu'on a construits pour elles, Denis et moi, l'hiver dernier... La glissoire entre les deux sapins bleus. Je me souviens de la journée où on leur a acheté leurs premiers patins à glace au Canadien Tire. Elles étaient tellement impatientes de les porter que, si on les avait écoutées, elles les auraient enfilés dans le magasin. C'est là que papa m'avait acheté les miens aussi. Tu t'en souviens, maman ?

— Oui, ma puce. À ce moment-là, je demeurais ici, dans ma petite maison. Je ne voulais pas qu'il paie tes patins... J'avais voulu lui remettre l'argent et il m'avait sermonnée : « Est-ce que je peux faire des cadeaux à ma fille de temps en temps, Anne-Marie ? »

— Ha ! ha ! Te souviens-tu quand Franklin prenait une douche en dessous de la gouttière dans la cour arrière ?

— Ha ! ha ! Tu pleures, Mélanie ?

— Oui, je pleure ! C'est que j'ai tellement de beaux souvenirs !

— Moi aussi... Comment oublier de si beaux moments passés auprès de ton père ? Il était si présent ! Il nous aurait décroché la lune s'il avait pu.

Anne-Marie ne savait plus comment amorcer la conversation concernant sa rencontre avec Jocelyn Gamache. Un paisible silence s'était installé entre les deux femmes. Sur le rebord de la fenêtre à guillotine, l'eucalyptus dégageait son parfum rappelant le « thé des bois » et, sur le parterre, le saule aux feuilles d'argent miroitait sous les rayons du soleil doré.

Cela faisait un an qu'un petit anneau doré enserrait le cœur d'Anne-Marie. Elle ne devait plus garder son âme emprisonnée ainsi. Elle avait l'impression de trahir Mélanie. Elle avait offert son amitié à Jocelyn, mais il désirait l'amour. «Jocelyn... Quand Charles est décédé, j'ai vraiment pensé mourir. Je ne vivais que sur mon erre d'aller. J'ai vu, plus tard, que je n'étais pas différente des autres personnes ayant perdu un être cher. Un jour, j'ai compris que le deuil n'était pas une raison valable pour cesser de vivre. Quelques mois après les funérailles, j'ai décidé de poursuivre ma route, même sans Charles... Mes proches auraient été tristes de me voir nager dans ma peine durant des années. Je ne suis pas riche, je n'ai que de l'amitié à t'offrir, Jocelyn. Mon amour, je l'ai tout dépensé avec Charles. Depuis qu'il est parti, je n'ai jamais pu déposer d'autre amour à la banque, comme on dit. Je n'ai aucune économie de ce côté-là. »

— Mélanie...

— Oui, maman ?

— J'aimerais te parler, ma fille...

— Tu n'es pas malade, j'espère ?

— Non, ma puce... Et je remercie le Bon Dieu de me faire vivre une si belle vieillesse.

— Tu n'es pas vieille !

— Je ne suis plus une jeunesse non plus, Mélanie ! Je vais avoir soixante-quatre ans en octobre..., lui rappela sa mère avec nostalgie.

— À mes yeux, oui, tu es la grand-maman de mes deux filles, mais tu es tout d'abord ma jeune amie.

— Oh ! Tu me fais plaisir, ma fille. C'est vrai qu'on s'entend bien.

— Oui... Qu'est-ce que tu voulais me dire ?

— Euh… j'ai un ami.

Quel soulagement ce fut pour Anne-Marie de retirer ce petit anneau qui lui serrait le cœur depuis toutes ces semaines ! Quelle que soit la réaction de sa fille, un lourd fardeau venait d'être libéré.

— Hein ? Depuis quand ?

— Depuis un an… C'est un ami. Je ne sors pas avec lui, si ça peut te rassurer…

— Maman !

— J'étais certaine que je te blesserais. Je suis désolée…

— Maman… Tu me confies avoir rencontré un homme et tu ne sors pas avec lui ! Pourquoi ?

— C'est au-dessus de mes forces, Mélanie. Ton père…

— Mon père se repose en attendant que tu ailles le rejoindre dans son paradis… Cet homme t'aime-t-il ?

— Oui…

— Est-ce que tu as une attirance pour lui ?

— Tout l'amour que j'avais, je vous l'ai donné, à toi et à ton père. Je ne vois pas comment je pourrais m'éprendre d'un autre homme, Mélanie.

— Mais maman, c'est certain que tu ne pourras plus jamais aimer comme tu as aimé papa… Par contre, tu pourrais aimer d'une autre façon.

— Coudonc, Mélanie ! Est-ce que ta marraine t'a déjà parlé de Jocelyn ? À t'entendre parler…

— Ah ! Il s'appelle Jocelyn ?

— Oui.

— Est-ce que je vais le rencontrer bientôt, ce prince charmant ?

— Oh…

— Pourquoi ça te rend triste, maman ?

— Je croyais…

— Que je piquerais une crise ?

— Pas tant que ça… mais j'avais peur que tu ne sois pas d'accord…

— Maman ! On est en 2006, câline ! Moi, tout ce que je souhaite, c'est que tu sois heureuse à nouveau. Comment as-tu pu penser que je ne serais pas d'accord ?

— J'avais tellement peur de ta réaction, Mélanie… J'ai même refusé de l'accompagner en Australie.

— Tu as passé à côté de ta chance de voir des koalas et des kangourous ?

— Tu me répètes les mêmes phrases que Solange ! s'exclama Anne-Marie, sceptique, en prenant la main de sa fille dans la sienne.

— Maman… Vis donc ce bonheur auprès de cet homme qui ne demande qu'à t'aimer…

— Oh… Je pourrais être une compagne agréable pour lui… Mais de là à…

***

La troisième semaine de mai, sous un ciel voilé couleur d'encre, Anne-Marie se rendit à l'aéroport Pierre-Elliott-Trudeau, à Dorval, pour y accueillir Jocelyn.

Avoir un ami précieux dans sa vie est une richesse incalculable. Anne-Marie avait pris la décision de ne jamais laisser s'envoler au gré du vent ce qu'elle venait tout juste de commencer à édifier.

— Anne-Marie ! Quelle belle surprise !

Un premier baiser fut échangé sur le seuil de la demeure de Jocelyn, sur la rue Annie.

— Jocelyn... Je prendrais le dernier verre que tu m'as proposé en mai, l'année dernière, quand on est rentrés de Saint-Denis-sur-Richelieu...

— On en prendra deux si tu veux, Anne-Marie. J'ai beaucoup de photos à te montrer... J'ai pris des clichés de kangourous et de koalas pour toi...

— Comment on va pouvoir les voir, ces photos ? La pellicule est toujours dans ton appareil !

— Non, non ! J'ai acheté un appareil numérique. J'ai juste à le brancher sur mon téléviseur et toutes les photos vont dérouler en diaporama.

— Ah bon ! Donc, si je comprends bien, on en a pour une partie de la nuit ?

— J'en ai bien peur... Il est déjà deux heures du matin.

— Sois sans crainte, je serai très confortable pour dormir sur le divan du salon.

— Alors, d'accord pour le voyage en Australie en diaporama !

Chapitre 17

Une mauvaise nouvelle

Au début du mois d'août, à son réveil, Solange s'était effondrée, sous le regard apeuré de son mari. Elle avait été foudroyée par un accident cardio-vasculaire qui avait paralysé la moitié de son corps. Des lésions hémisphériques avaient touché le côté gauche de son cerveau, la privant temporairement de sa capacité d'élocution, de sa capacité à écrire et de son orientation gauche-droite.

Elle était alitée depuis maintenant deux semaines à l'hôpital Charles-Lemoyne, sur la Rive-Sud de Montréal. Mario lui rendait visite tous les jours. Depuis trois semaines, Solange se plaignait de migraines insupportables, elle qui ne s'était jamais plainte de maux de tête auparavant. « Chanceuse dans sa malchance », elle récupérait bien et pourrait réintégrer sa demeure d'ici quelques semaines.

— Seigneur de Dieu que je suis tannée d'être clouée au lit, Anne-Marie ! Je vais finir par avoir des plaies de lit, j'ai mal partout…

— Je te comprends, Solange. Mais je préfère te voir ici que... Tu ne peux pas savoir comme j'ai eu de la peine ! J'ai cru que je t'avais perdue à tout jamais...

— Pauvre vieille, je t'ai donné beaucoup d'inquiétude... Dis-moi, Anne-Marie... Est-ce que ma bouche est encore croche ?

— À peine, Solange... Le médecin ne t'a pas assez rassurée la semaine dernière quand il t'a dit que tout reviendrait à la normale ?

— Oui. Mais tu sais, je suis consciente que ce que je dis n'est pas toujours cohérent... Anne-Marie ?

— Oui ?

— Merci... Merci d'avoir fait ce que tu m'avais demandé de faire pour toi, en Italie, si un jour tu te retrouvais dans un lit d'hôpital... On ne connaît pas l'avenir, ma belle amie. Aujourd'hui, c'est toi qui t'occupes de moi. Merci.

— Oh... je t'aime tellement, Solange...

***

Anne-Marie trouvait son amie vieillie. Ses cheveux châtains étaient ternes et emmêlés. C'était comme si elle avait pris dix ans d'un coup. Son visage amaigri ne faisait que le confirmer. Malgré la désorientation évidente de son amie, elle la conduisit en fauteuil roulant dans une petite salle aménagée d'un lavabo pour lui appliquer une teinture et la coiffer.

— Je ne te remercierai jamais assez, Anne-Marie ! J'avais l'air d'une vieille grand-mère...

— Je voulais juste retrouver ma vraie Solange... Tu sais que je t'aime, toi ?

— Oh !...

Solange avait atteint ses soixante-cinq ans. Il était loin le jour où madame Bélanger, la responsable de la bibliothèque municipale de Tracy, lui avait présenté Anne-Marie, un certain samedi matin. Anne-Marie se remémora doucement sa rencontre avec son amie Solange.

— Solange, je vous présente mademoiselle Sirois. Anne-Marie Sirois.

— Bonjour, Anne-Marie...

— Enchantée, Solange..., lui dit Anne-Marie en lui tendant la main.

— Mademoiselle Sirois va travailler à la bibliothèque tous les samedis matin, c'est-à-dire un samedi sur deux en votre compagnie.

— Très bien, madame Bélanger, répondit Solange en regardant cette belle femme aux longs cheveux acajou dissimulés sous une barrette de cuir. J'achève de mettre en place les nouveautés et je lui fais voir la salle de visionnage, les rayons de la bibliothèque et la procédure concernant les réservations.

Après quelques semaines de travail, les deux femmes, qui demeuraient toutes deux dans le rang du Ruisseau, avaient commencé à se rencontrer à l'occasion. Elles affectionnaient particulièrement la littérature, les fleurs, les fleurs et les fleurs. Solange était mariée à Jean-Claude Robidoux et Anne-Marie assumait le statut de célibataire depuis... toujours.

— Bien voyons, Solange! Dis-moi pourquoi un homme de cette classe pourrait s'intéresser à une vieille laide comme moi...

— Tu n'es pas drôle, Anne-Marie Sirois! Ce n'est pas parce que tes parents te surnommaient «vieille laide» que tu es obligée d'assumer ce nom toute ta vie, voyons! Moi, je te dis que tu es une belle femme. Il est grand temps que tu arrêtes de t'enfoncer dans ton passé!

— Ce n'est pas si simple, Solange. J'ai grandi dans un climat austère avec des parents qui ne m'aimaient pas. Je ne me souviens pas d'une seule fois où ils m'auraient appelée Anne-Marie!

Le chemin que les deux femmes parcouraient ensemble était parsemé de confidences et de complicité.

***

— Tu n'as pas réservé la petite télévision, Solange?

— Je vais voir dans quelques jours. Si je reste ici encore quelques semaines, je vais la réserver pour ne pas manquer le premier épisode d'*Annie et ses hommes*. Je n'écoute pas *Les feux de l'amour* et tous les autres *soaps* en après-midi.

— Ha! ha! Madame Pauline n'en manque pas un épisode, elle. Elle m'a rendu visite hier. Tu aurais dû l'entendre: «Viarge que c'est pas drôle! C'est juste des échanges de couples! Quand y sont tannés, ben c'est «changez de bord, vous vous êtes trompés!» Je lui ai demandé pourquoi elle les écoutait, si elle n'aime pas ça plus qu'il faut, et elle m'a répondu: «Ben, y faut ben que je sache ce qui va arriver avec leurs histoires de cul, cibole ! »

— Ha ! ha ! Tu te souviens quand tu as acheté ta petite maison en 1973 ? Elle était venue te porter du sucre à la crème.

— Bien oui ! Elle était avec son Hubert… « Bienvenue dans le rang du Ruisseau, ma tite-fille ! Inquiétez-vous pas… Chus pas une mouche à marde, mademoiselle Sirois. J'ai deux grandes filles de votre âge aussi… »

— Vous avez des enfants ?

— Ben oui ! Y s'appellent Marielle pis Nicole. Je vas vous les présenter quand y vont venir faire leur tour à Contrecœur.

— Ça va me faire grand plaisir de les rencontrer, madame Tessier.

— Maudit que tu parles, mémène ! lui reprocha son mari. C'est une vraie pie, ma femme !

— Laisse faire, toé… Bon, ben… je vas vous laisser, j'ai un bouilli qui cuit su' le poêle.

— Je vous remercie encore pour le sucre à la crème, madame Tessier, lui dit Anne-Marie en regardant son mari s'éloigner d'un pas nonchalant sans attendre sa femme.

— C'est rien pantoute, ma tite-fille. Quand je vas faire ma recette de fudge au chocolat, je vas venir vous en porter une assiettée. Vous restez tu-seule comme une grande fille dans votre maison ?

— Oui… Pourquoi me demandez-vous ça ?

— Pour savoir… Par curiosité ! Vous êtes une belle femme pis je trouve ça drôle que vous ayez pas de mari…

— Peut-être un jour... Pour l'instant, je m'accommode très bien de ma vie de célibataire.

— Ben, coudonc ! Avez-vous fait connaissance avec les Hamelin ?

— Pas encore. Je n'ai pas eu beaucoup de temps libre, madame Tessier. Je travaille et je suis encore dans les boîtes...

— Ah ! Vous allez voir, c'est du ben bon monde avec le cœur à' bonne place... Travaillez-vous à Contrecœur ?

— Je travaille à la bibliothèque municipale de Tracy, le samedi matin, et trois avant-midi par semaine au presbytère Sainte-Trinité.

— Ah ben, cibole ! Vous travaillez pour le père Forcier ?

— Oui. C'est un homme très bon. Le vicaire Charland est très aimable aussi. Je fais les repas et un peu de ménage pour avancer le bedeau Carignan.

— Le bedeau Carignan ? Maudit sans-cœur de mes deux !

— Pourquoi dites-vous ça du bedeau, madame Tessier ?

— Vous m'en donnerez des nouvelles. C'est un bon gars, mais le cœur y traîne dans marde, verrat !

— Madame Tessier !..., la reprit Anne-Marie en retenant un fou rire.

— Que voulez-vous... Moé, je passe pas par quatre chemins pour dire ce que j'ai envie de dire. C'est toute.

Solange riait tellement de ce qu'Anne-Marie venait de lui raconter qu'elle laissa tomber sur sa chemise de nuit un morceau de la tarte aux pommes qu'elle était en train de déguster.

— Ah non ! Une vraie cochonne !

— Tu riais trop, Solange. Je vais appeler Mario en rentrant pour qu'il te rapporte une chemise de nuit propre ce soir.

— Regarde dans le tiroir de la petite table, Anne-Marie.

— Il y en a une autre.

En ouvrant le tiroir pour y prendre la chemise de nuit couleur pêche, Anne-Marie remarqua une pince à sourcils tout près d'un miroir et d'une brosse à cheveux.

***

Soulagée, assidûment aidée d'une canne, Solange réintégra sa maison le vingt septembre. « J'espère demeurer dans ma maison encore longtemps, seigneur de la vie ! »

La convalescente ne respirait pas la santé. Sa perte de poids considérable et son dos incliné représentaient pour elle un lourd fardeau. Elle pleurait. Mario lui disait que c'était temporaire et qu'elle redeviendrait autonome comme le jour où ils s'étaient rencontrés. Solange venait de passer dans le monde des aînés. Selon elle, cette fatigue continue l'emporterait dans sa deuxième maison…

Personne n'est à l'abri de la vieillesse. Tout va bien, puis un jour, la course qu'on mène depuis plusieurs années s'arrête et nous ordonne de nous reposer. Solange avait été victime d'une injustice et, malheureusement, cette injustice refusait de faire tourner le compteur des années, qui avançait beaucoup trop rapidement.

***

Le 8 avril 2007

En cette fête de Pâques, Mélanie et Denis avaient dressé la table de couverts blancs accompagnés de serviettes de table et de bougies pastel. Denis avait gonflé des ballons, à la grande joie de Charlotte, qui avait maintenant six ans, et de Marie-Anne qui, en juin prochain, aurait quatre ans.

— Maman, est-ce que je peux manger les oreilles de mon lapin en chocolat ? la supplia Charlotte. Je vais en donner une à Marie-Anne, c'est promis…

— Non, ma puce. Après le dîner.

— Oh…

Charlotte était le portrait « tout craché » de son grand-père Charles, tout comme Mélanie lorsqu'elle avait son âge. Une chevelure d'un brun étincelant encadrait son regard marron et, comme chez sa maman, la joie de vivre valsait dans ses yeux.

Du haut de ses trois ans, Marie-Anne reflétait l'image de sa grand-mère Anne-Marie, avec son teint de pêche parsemé de minitaches de son qui se mariaient à ses cheveux châtains parsemés de mèches acajou.

En attendant le retour de Mélanie, qui s'apprêtait à servir le repas de jambon à l'érable accompagné de pommes de terre pilées, Anne-Marie et Solange s'étaient retrouvées au salon avec une coupe de vin blanc. Solange s'était laissée sombrer dans une monotonie qu'elle aurait pu éviter.

— Je suis bien fatiguée, Anne-Marie… Je ne vois pas le jour où je pourrai retrouver mes forces… la forme physique que j'avais avant de me retrouver à l'hôpital.

Installée près d'Anne-Marie sur le grand divan, Solange dut déposer sa coupe de vin sur la petite table, forcée par ses tremblements, qui ne la quittaient plus depuis son terrible accident. Elle était vêtue d'une blouse de soie couleur charbon et d'une jupe à plis noire. Sur ses épaules reposait un châle noir, et sa chevelure châtaine ne montrait plus aucun éclat. C'était comme si elle avait oublié de les coiffer. Et son doux visage avait revêtu un teint glauque. Elle avait délaissé la poudre ocrée qu'elle déposait sur ses yeux et le rose givré avec lequel elle colorait ses lèvres.

— Est-ce que je peux te parler franchement, ma Solange ?

— On s'est toujours dit la vérité, Anne-Marie. Je ne vois pas pourquoi ça changerait aujourd'hui…

— D'accord… Pourquoi ressembles-tu à une femme de soixante-quinze ans alors que tu n'en as que soixante-cinq ?

— Tu trouves que j'ai l'air d'une vieille grand-mère, Anne-Marie ? s'apitoya Solange en regardant son amie, les yeux humides.

— Ben là… Est-ce que tu regardes le reflet que ton miroir te renvoie quand tu t'habilles le matin ?

— Je suis mal habillée ?

— Ce n'est pas ça, Solange… Tes vêtements sont beaux, mais pas à ta hauteur. Tu portes des robes destinées aux aînés, sainte mère ! Et tes cheveux… Pourquoi tu n'en prends plus soin comme avant ? On n'arrive plus à voir de quelle teinte ils sont !

— Ouin…

— Je ne te reconnais plus, Solange ! Tes souliers… Ils sont comme ceux de madame Pauline !

— Mais je suis confortable dans ces chaussures lacées, moi !

— Écoute… Tu serais aussi confortable si tu portais des Hush Puppies avec des talons qui donneraient une allure plus jeune à ta silhouette.

— J'ai le moral abattu, Anne-Marie. Je n'ai pas la force de m'occuper de mon apparence physique, tu comprends ? Je suis tellement FATIGUÉE !

— Moi, à te voir aller tous les jours, je détecte que tu es en dépression… Tu ne fais aucun effort pour reprendre goût à la vie. Tu es en train de t'enliser dans un gouffre très profond. Oui, tu as été éprouvée par la foudre qui est tombée sur toi et elle t'a gardée alitée un bon moment. Mais c'est terminé tout ça ! Vis, ma vieille ! Je suis certaine que cette canne ne te sert plus à rien… J'ai raison, Solange ?

— C'est vrai, Anne-Marie. Elle ne me sert plus à rien… Mais j'ai peur de tomber, avec toute cette fatigue qui ne me lâche plus depuis des mois…

— Là, ma vieille… La semaine prochaine, on pourrait aller aux Promenades Saint-Bruno pour renouveler ta garde-robe, si tu veux. Avant, tu vas te présenter chez la coiffeuse et tu vas aussi te réserver une journée santé, juste pour toi. Pour te faire dorloter…

— Mon Dieu ! Ça va me coûter les yeux de la tête, Anne-Marie !

— As-tu l'argent pour t'offrir ces gâteries, Solange ?

— Oui, oui…

— Alors, fais-le ! Redeviens la Solange que j'ai connue. Attends… Je n'ai pas terminé. Le châle que tu as sur les épaules, fais-le disparaître. Je ne suis plus capable de te voir le porter…

— Mais c'est le châle de ma vieille mère, Anne-Marie !

— Justement ! Il appartenait à une vieille dame de quatre-vingts ans et toi, tu n'en as que soixante-cinq. C'est un souvenir qui a une valeur sentimentale pour toi, je comprends. Mais fais-moi plaisir... Garde-le dans ton coffre de cèdre et prends-le dans tes mains de temps en temps pour te rappeler de beaux souvenirs. Je suis certaine que ta mère n'éprouvera pas de rancune à ne pas te voir le porter.

***

La semaine suivante, juste avant l'arrivée de leur fille Lorie, Mario retrouva « sa Solange » rajeunie de dix ans, malgré la légère inclinaison de sa silhouette et un manque de dextérité.

— Tiens ! Si ce n'est pas ma fille prodige ! Comment vas-tu, ma belle Lorie ? Tu es en congé ?

— Bien oui ! Comme tu es belle, maman !

— C'est à Anne-Marie que je dois ce changement. Tu n'es pas venue avec Mathieu ?

— Oui. Il va venir me rejoindre tantôt, il est parti chez ses parents.

— Est-ce que tout va bien, ma fille ? Tu as l'air préoccupée...

— Je vais très, très bien ! On va se marier cet été...

— Quelle bonne nouvelle !... Mario ! Viens ici !

— Qu'est-ce qu'il y a ? demanda-t-il pendant qu'il récurait le parquet de leur chambre à coucher.

— Viens ici, on a de la belle visite !

Mario se présenta dans la cuisine muni d'une va-drouille Swiffer et adressa un sourire chaleureux à sa fille.

— Tiens ! Si ce n'est pas notre grande fille !

— Bonjour, papa ! Je suis venue vous annoncer notre mariage en août prochain.

— Ah ben, ah ben... Félicitations ! Où est Mathieu ?

— Chez ses parents... Il va venir nous rejoindre tout à l'heure.

— Je l'espère bien ! Il faut ouvrir une bouteille de champagne pour fêter ça, ma fille ! Où allez-vous vous installer ?

— Pas très loin...

— Pas très loin, ça veut dire dans quelle ville, ça ?

— Boucherville, Sainte-Julie, Brossard ?

— Non... À Verchères.

— Si près de nous ? demanda Solange, émue.

— On s'est trouvé un terrain sur la rue André-Beauregard et on va se construire un petit cottage.

— Et ton travail à Montréal... ? lui demanda son père.

— J'ai trouvé un nouvel emploi à Tracy. Je commence la semaine prochaine...

— Ah bon ! Tu vas travailler dans la restauration, ma fille ?

— Tu sais bien que oui, papa ! Je vais travailler au restaurant Philippe de Lyon, sur le chemin Saint-Roch.

— Oh là là ! C'est moins grand que le restaurant de Pierre Marcotte, mais c'est un restaurant très reconnu !

— Oui... Je sens que je vais adorer cette petite maison accueillante. Allez-vous venir me visiter à mon travail ?

— Bien sûr, ma fille ! lui répondit sa mère. On va y aller avec Anne-Marie et Jocelyn.

— Ça me fait tout drôle de voir Anne-Marie avec Jocelyn...

— Je sais, Lorie, mais ne t'inquiète pas, Charles est toujours près d'elle et il veille sur Mélanie et ses petites filles.

***

Au même moment dans la demeure des Tessier...

— Vous voulez ma mort, vous deux ?

— Bien non, maman... Ce serait tout un changement pour toi, mais tu pourrais t'adapter à cette nouvelle maison...

— J'ai-tu le choix, si je veux pas me retrouver dans un hospice ? Pourquoi vous me faites ce coup de cochon là, vous deux ? Vous auriez pu attendre que je parte rejoindre mon Hubert avant de vous acheter une nouvelle maison ? Sais-tu que ton père doit s'être retourné dans sa tombe en entendant cette nouvelle-là, toé ?

— Maman ! Après tant d'années...

— C'est justement, ma fille ! Cette maison-là, ç'a été notre premier toit pour dormir, pis là, tu veux qu'on déménage... Cibole de verrat ! J'en reviens pas !

— Ne pleure pas comme ça ! Il n'y a rien de décidé... On l'a juste visitée, cette maison...

— Elle est sur quelle rue, à Contrecœur, cette maison-là ?

— Euh… Elle n'est pas à Contrecœur… Elle est à Sainte-Anne-de-Sorel, en face du chenal du Moine, lui avoua sa fille, nerveuse.

— Hein ? Es-tu folle, toé ? Ah ben, verrat ! Marielle, le rang du Ruisseau, c'est toute ma vie ! Tu peux pas faire ça à ta vieille mère ! Je vas mourir d'ennui à Sainte-Anne ! En plus, je l'haïs, la maudite gibelotte des Îles…

— On n'a rien décidé encore, Marcel et moi, maman. Mais si on décide d'acheter cette maison-là, c'est certain que tu ne pourras pas rester ici toute seule dans ta grande maison…

— C'est ça… Donne à manger à un cochon pis après ça, y va venir chier su' ton perron, cibole !

— Maman, on aimerait ça avoir une maison plus moderne, Marcel et moi, tu comprends ?

— Où c'est que vous allez prendre votre argent pour acheter une maison su' le bord de la rivière ?

— C'est Marcel qui va la payer… Ses parents lui ont laissé beaucoup d'argent quand ils sont décédés… Tu comprends maintenant ?

— Non, pas pantoute ! C'est ton Marcel qui t'a mis cette idée de fou là dans tête ?

— Non… On en a discuté tous les deux.

— Mais pour quoi c'est faire que vous voulez changer de maison comme ça, d'un coup sec ?

— On a envie de renouveau… Marcel commence à être fatigué de s'occuper de la grande terre ici… Ce n'est plus une jeunesse, tu sais…

— Y a juste à arrêter de labourer ! Les épiceries se fendent le cul pour vendre des fruits pis des légumes !

— Oui, je sais…

— Où est-ce qu'y va mettre toutes ses cochonneries à Sainte-Anne-de-Sorel ?

— Il a l'intention de faire une vente de débarras avant de déménager. Il m'a promis de ne plus rien collectionner si on déménage à Sainte-Anne.

— Pis tu l'as cru, Marielle ? T'es innocente, des fois, ma fille ! C'est une maladie, son affaire de ramassage. Y en guérira jamais… Bah ! Faites donc ce que vous voulez. De toute façon, Marcel y faisait plus rien su'a terre, y fourrait le chien avec ses cochonneries toute la journée…

— Maman ! Là, tu parles à travers ton chapeau. Marcel a toujours travaillé fort depuis qu'on a emménagé dans ta maison. Avoir su, avant de me marier, je lui aurais demandé de venir rester avec moi dans la petite maison d'Anne-Marie. T'aurais pas eu le choix de vendre ta maison, t'aurais pas pu t'en occuper toute seule…

— Ah ! Pis laisse donc faire… Vous comprenez rien, ni du cul pis ni de la tête, cibole !

La semaine suivante, attablés au restaurant Le Château, sur la route Marie-Victorin, à Contrecœur, Marielle et Marcel avaient pris la décision de remettre leur projet de déménagement. À partir de ce moment, Madame Pauline ne prononça plus jamais les mots *quétainerie* et *cochonnerie*.

Chapitre 18

Confidences

Décembre

Comme la température était clémente en cette journée de l'Immaculée Conception, la fête de la Vierge Marie, Anne-Marie décida de rendre visite à son oncle Albert et son beau-frère Christian à Louiseville. La nuit d'avant, les nuages avaient saupoudré leurs sucres blancs sur les couleurs ternes de l'automne et un léger tourbillon d'étoiles scintillantes dansait au gré du vent. «Sainte mère que c'est beau!» La nostalgie venait de transporter Anne-Marie vers les saisons hivernales de son enfance.

— As-tu l'intention de charrier de l'eau comme ça tout l'avant-midi, toi? lui demanda sa mère adoptive.

— J'ai presque fini, maman. Si je veux patiner cet après-midi…

— Tu te donnes de la misère pour rien…

— Non! Où voudrais-tu que je fasse du patin à glace si ce n'est pas en arrière de la maison? Tu ne veux pas que j'aille patiner au Colisée…

— Sois polie, parce que tu ne mettras jamais tes patins à deux lames, tu vas te retrouver au grenier avec les souris...

Les plus beaux moments de ces saisons froides, Anne-Marie les avait savourés chez sa mamie Bibianne.

— Mamie ! La neige a commencé à tomber ! Regarde ! On ne voit plus les épines des sapins !

— Bon... Ils vont arrêter d'avoir froid, les pauvres... Ils viennent de mettre leur manteau blanc pour passer à travers l'hiver.

— Et Noisette et Grenoble... Ils vont dormir au creux de l'arbre tout l'hiver ?

— Ils vont dormir beaucoup, oui, mais ils vont faire une petite sortie de temps en temps. Regarde... En voilà un sur le toit de la petite remise !

— C'est qui ?

— Je crois que c'est un nouvel arrivant...

— Bien oui... On dirait qu'il cherche quelque chose, il fouine partout.

— Peut-être qu'il cherche de la nourriture. Tiens, va dehors et mets des cacahuètes un peu partout comme le Petit Poucet le faisait pour ses petits frères...

Maintenant qu'elle y pensait... Qu'était devenue sa bonne amie Annick depuis qu'elle était déménagée à Sept-Îles, près de chez sa fille Mireille, sur la Côte-Nord ? Depuis le décès de son fils Constant, en 1985, Annick Chénier n'avait plus jamais été la confidente qu'Anne-Marie avait croisée dans les années soixante-dix sur la rue des Forges, à Trois-Rivières.

Anne-Marie regrettait de ne pas avoir rénové le grenier de mademoiselle Pétronie, car si elle l'avait fait, elle aurait pu lui rendre visite quand bon lui semblait. Déverrouiller la trappe poussiéreuse et grimper dans l'échelle aux marches étroites lui semblait une tâche difficile. Un jour prochain, elle irait dans son petit refuge oublié avec sa fille Mélanie et lui présenterait tous les trésors endormis depuis tant d'années dans les grands coffres en bois ainsi que le petit berceau recouvert de blanc par Charles et qui, autrefois, avait bercé deux jolis petits cœurs. Après sa dernière visite au grenier, Anne-Marie avait regretté de ne pas avoir ramené avec elle le manuscrit *La vieille laide était jolie*. Elle aurait aimé le parcourir à nouveau pour en terminer l'écriture.

***

Louiseville

— Bonjour, ma belle fille!

— Comme je suis heureuse de vous voir, oncle Albert! Mais vous avez donné une cure de rajeunissement à votre maison!

— C'est Christian qui a tout refait la peinture...

La couleur bourgogne des murs du salon avait été changée pour un bleu acier et les bergères blanches avaient été recouvertes de bleu royal et de jaune doré. Les tentures opaques avaient été remplacées par de jolis rideaux « bonne femme » blancs et les pattes des tables de salon reposaient maintenant sur un plancher flottant. Plus aucune trace du tapis persan rouge bordeaux ourdi à la main, ce qui redonnait à la pièce un espace incalculable.

— Wow ! Je trouve ça... plus tendance, mon oncle...

— Tu as raison, Anne-Marie. C'est beau les vieilleries, mais des fois, ça nous fait sentir... plus vieux, tu comprends ? Tu vois, j'ai rajeuni de dix ans ! Ha ! ha ! Viens voir la cuisine... Je suis certain que Marie-Anna s'est retournée dans sa tombe quand Christian a recouvert de corail les murs beige foncé. C'est...

— ... une métamorphose complète ! Des appareils ménagers en inox, mon oncle ? Wow !

— Ça, je n'en voulais pas, mais Christian m'a promis de les entretenir... Je n'aurais pas ciré ces appareils toutes les semaines, moi. Oh non !

— J'aime beaucoup. C'est plus vivant...

— Es-tu en train d'insinuer qu'avant, c'était morbide ?

— Non, mais c'était un peu pesant comme atmosphère...

— Tu as bien raison ! approuva Albert Jolicœur en préparant du café au percolateur.

— Christian n'est pas ici avec toi ?

— Oui, oui... Il est dans la troisième chambre, au fond du couloir. Il a transformé la pièce en atelier de peinture.

— Il s'est décidé à prendre des cours ?

— Oui. Et il a beaucoup de talent. Regarde derrière toi, sur le mur au-dessus du buffet...

— Mais c'est votre maison ?

— Il l'a peinte au début d'octobre...

— Je n'en reviens pas ! Un talent qu'il cachait depuis toujours...

Anne-Marie frappa à la porte de la pièce où Christian était installé devant son chevalet sur un tabouret, en train de peindre sa femme Isabelle.

— Bonjour, ma petite belle-sœur! Comment vas-tu? lui demanda Christian en déposant un baiser sur sa joue écarlate.

— Je vais très bien, Christian. Mais tu es un artiste-né! Qu'est-ce que tu es en train de peindre?

Anne-Marie s'avança près du chevalet et y découvrit une Isabelle plus belle que jamais. L'esquisse laissait voir un visage de soie avec des yeux si doux qu'Anne-Marie en eut les larmes aux yeux.

— Elle était vraiment belle, Christian.

— Oui... Je l'ai dessinée telle qu'elle était: douce, aimante, rieuse et amoureuse.

— Oh! Je vois que tu n'as pas complété sa chevelure...

— Elle n'en aura pas... Je la trouvais mignonne quand elle portait son petit foulard lilas. Il faisait ressortir son regard vert tendre.

— Tu as raison... Lors de notre première rencontre, je l'avais trouvée vraiment ravissante avec ce petit foulard.

— Bon... Je vais déposer mes petits mixtes de peinture au congélateur et on va prendre un café rehaussé de Baileys... Tu es partante?

— Bien sûr!

— Si ça te dit, après, je t'emmène faire une randonnée en raquettes.

— Hein? Tu es sérieux? Je n'ai jamais chaussé de raquettes!

— Ce ne sera pas difficile, Anne-Marie. Avec le peu de neige qui est tombé dans le sentier, tu ne t'enliseras pas, tu vas glisser!

— Je suis bien d'accord, mais je n'ai pas apporté de vêtements chauds. Comme tu vois, je porte une jupe et un chemisier.

— J'ai deux ensembles de ski... Je peux t'en prêter un, tu n'auras qu'à rouler les manches et le bas du pantalon.

Leur promenade se déroula dans une douce quiétude, accompagnée du chant des mésanges et d'une légère brise leur caressant la peau. Après avoir marché deux kilomètres, Christian invita Anne-Marie à déguster un chocolat chaud dans une petite érablière.

Ils entrèrent dans la vieille mansarde au toit d'acier bleu roi. Une odeur d'érable envahissait le petit espace chaleureusement décoré d'objets d'époque. Sur les murs se trouvait une série de photographies de motoneiges du célèbre Joseph-Armand Bombardier, inventeur et industriel décédé en 1964 à l'âge de cinquante-sept ans. Après plusieurs années d'efforts, monsieur Bombardier a créé, en 1937, le B7, un transporteur sept passagers. Sur l'une des photos, on pouvait voir une autoneige datant de 1942 qui ressemblait à un petit char d'assaut. C'est en 1959 que Joseph-Armand Bombardier a commercialisé la motoneige Ski-Doo.

— Suis-moi... On va s'installer près de l'âtre, l'invita Christian en lui désignant le petit coin tranquille éclairé par la flamme naissante.

— Regarde, le serveur a mis des miniguimauves dans notre chocolat chaud. Mamie Bibianne en avait toujours un gros sac dans la grande armoire au-dessus de sa boîte à pain...

— Cette mamie Bibianne, qui n'était pas ta vraie grand-mère lorsque tu étais petite, c'est aujourd'hui ta grand-mère biologique... C'est aussi ma grand-mère et celle de Charles...

— Et toi, tu es mon beau-frère, et ton frère Charles était mon mari et mon cousin... Tout un arbre généalogique !

— Tu peux le dire... Comment vas-tu, ma petite belle-sœur ?

— Je vais bien. Mon moral est bon et ma santé est appréciable.

— Jocelyn va bien ?

— Oui..., répondit Anne-Marie en baissant les yeux.

— Tu m'as paru lointaine quand j'ai dit son nom, Anne-Marie... Vous êtes toujours ensemble ?

— Oui et non... Je suis bien en sa compagnie, mais je ne l'aime pas.

— C'est normal... Je n'aime pas Solange non plus...

— Hein ?

— Ha ! ha ! Solange est une amie que j'ai rencontrée à mes cours de peinture. Elle a cinquante-neuf ans et elle est divorcée depuis une bonne vingtaine d'années. Il n'y a pas de chimie entre nous. Je ne peux pas remplacer Isabelle... Et toi, tu ne peux pas remplacer Charles.

— C'est vrai ce que tu dis...

— Écoute...

— Oui ?

— Ce soir, il y a une soirée dansante au centre communautaire dans le rang de la Petite-Rivière... Tu aimerais m'accompagner ?

— ...

— En amis, Anne-Marie... Si tu rencontres ton prince charmant, et moi, ma princesse, on prendra le même carrosse pour rentrer !

— Ha! ha! Ça fait une éternité que j'ai dansé. Non! J'ai valsé avec le mari de Mélanie au mariage de Lorie et Mathieu en août. Tu sais, Christian, j'ai des excuses à te faire.

— Mais pourquoi me ferais-tu des excuses?

— Quand Charles est décédé, j'ai coupé les liens durant deux ans...

— Tu veux t'excuser pour ça? Voyons, Anne-Marie! Je comprenais ta peine et je n'aurais jamais voulu me pointer en avant de toi!

— Je te remercie quand même pour ta discrétion. Je l'apprécie.

— Dis-moi, Anne-Marie...

— Oui?

— Présentement, qui vois-tu devant toi?

— Je ne vois pas Charles... Plus maintenant... Je te vois, toi, mon beau-frère, Christian Laforge-Jolicœur.

— Ouf! Quel soulagement! lui avoua Christian, le regard moqueur. Allez, viens! On entre déguster le bœuf Stroganoff qu'a préparé mon père et, dans la soirée, on va aller s'émoustiller sur la piste de danse.

— Un bœuf Stroganoff! Mmm...

— Qu'est-ce que tu croyais que mon père aurait pu cuisiner? Son répertoire de «chef» se limite au bœuf Stroganoff et aux petits biscuits préparés en usine.

— Je suis sûre qu'on va se régaler...

***

Le souper avait été exquis et la soirée très joyeuse. En entendant les rires d'Anne-Marie, Christian s'était retrouvé sur le séant à deux reprises sous le bâton de limbo. Ils étaient rentrés à une heure.

Lorsqu'il entendit les rires autour de la table où Anne-Marie et Christian sirotaient un café, Albert sortit de sa chambre à coucher et les rejoignit.

— Ah non... On t'a réveillé, oncle Albert! dit Anne-Marie, déçue, en l'apercevant sous l'arche du salon.

— Je suis heureux de vous voir rire comme ça tous les deux. Mon cœur vient de reprendre son tempo. Ça faisait bien longtemps qu'il était au ralenti, comme on dit. Vous avez trouvé la bonne recette pour lui redonner sa cadence d'autrefois. Est-ce que je peux me joindre à vous pour me faire raconter votre soirée?

— Oui, papa. Viens près de moi, je vais te raconter la scène où Anne-Marie a refusé la main d'une jolie personne qui l'a invitée à danser un *slow*...

— Christian! C'était une femme, sainte mère!

— Ha! ha! pouffa Albert Jolicœur.

Depuis cette soirée, Christian et Anne-Marie sont devenus les meilleurs amis du monde.

Fin de la saga La vieille laide

Épilogue

Trois printemps s'étaient envolés depuis décembre 2007…

***

Toujours maladroit et distrait, le curé Lalancette s'était fait bousculer par une voiture le vingt-trois août 2008. Il avait été hospitalisé durant plus de trois mois et avait réintégré sa cure en s'appuyant sur une canne.

À la fin du mois de novembre, le vicaire Guillemette s'était envolé vers l'Éthiopie pour prêter main-forte aux démunis.

Le bedeau Jacques Lavoie avait vu s'évanouir la confiance que sa belle Paulette lui portait. L'alcool était revenu le hanter et il avait recommencé à vider les bouteilles de vin de la sacristie.

Rachèle Soullières avait été nommée « secrétaire » du curé Lalancette. Elle s'occupait de recevoir les paroissiens, que ce soit pour le paiement de leur dîme, pour émettre des baptistères ou pour recevoir les futurs mariés désirant réserver leurs bans d'église pour leur mariage prochain.

Paulette Crevier avait pris en charge la petite cuisine du presbytère. Laissez-moi vous dire que lorsqu'elle cuisinait la recette préférée du bedeau Lavoie, des muffins aux pécanes, ce dernier la louangeait, et sans rien recevoir en retour.

***

Le médecin Joachim Lefebvre, qui avait atteint l'âge vénérable de quatre-vingt-seize ans, résidait toujours aux Habitations Ursula et avait eu l'immense joie de rencontrer Christian Laforge, accompagné d'Anne-Marie et d'Albert Jolicœur, en janvier 2009.

***

Devant le regard chagriné de leur fille Élodie, Laurence et Henri Michon avaient pris chacun leur chemin. Laurence avait gardé la maison et déjà elle vivait avec un certain François Clément, employé des travaux publics pour la Ville de Contrecœur.

***

Bruno et Charles-Édouard avaient vendu leur maison ancestrale de Saint-Antoine-sur-Richelieu pour emménager dans un luxueux condo sur le boulevard Marie-Victorin, aux abords du fleuve Saint-Laurent. Ils partaient toujours en voyage deux fois l'an pour une période de trois mois. Cette fois-ci, ils se prélassaient sur les plages cristallines de l'île de Sainte-Lucie, située